講談社

抱影
北方謙三
Houei, Kitakata Kenzo

目次

抱影

装幀　片岡忠彦

第一章　西埠頭《ふとう》

1

人が、流れていた。

立ちどまり、私は水面に眼を凝《こ》らした。大人ではない。小さいが、しかし人のかたちをしている。ただ、仰《あお》むけだった。

流れる速さに合わせて、私はゆっくりと川沿いを歩いた。陽が射して、不意に人の顔が無機質の光を照り返した。

人形だった。三、四歳児ほどの大きさに思える。人形としては、特別かもしれない。顔の作りなど、人に似せてある。髪も、本物のように水面を漂っていた。

よくできた、少女の人形である。

私は、舌打ちをし、上流の方へ戻った。

この川には、昔はさまざまなものが流れていた。帽子、靴、手拭《てぬぐ》い、空瓶、ビニール袋、動物の屍体《したい》。時には、人間の屍体も流れていた。手と足だけが、流れていたこともある。

この十年は、流れているものを、あまり見なくなった。水の色も、黄土色から緑がかったものに変っている。

それが川らしくなったということなのかどうか、私にはよくわからなかった。

はじめに、護岸の工事が徹底された。洗剤の泡が常に流れているような水だったが、河口まで、しっかりと護岸工事はなされた。

それから、人が出て、ゴミを拾うようなことをした。長い竿《さお》の先に鉤《かぎ》をつけ、流れるゴミをそれにかける。小さなボートで、集める。流すもとを断とうと、流域で運動が起きたようだ。建物の下水工事も、進んだのかもしれない。

魚が来たなどということが、ニュースになったのは、どれほど前のことだったのか。

私は、自転車のところに戻ると、スケッチブックに鉛筆を走らせた。

人形の絵である。人だと思った瞬間の映像は、頭に焼きつけてあった。スケッチブックには、それを復元するだけである。

水に浮いた人形は、きちんと描《か》きあげることができた。それでもう、人形には関心がなくなった。

自転車を、飛ばす。一日四時間ぐらいは、漕《こ》いでいるだろう。昼間に二時間、夜に二時間というところか。

遠出はしない。横浜の街の中を走り回っているだけだ。気持にひっかかるものがあったら、スケッチする。何日も、なにも描かないこともあれば、一日に数枚描くこともあった。スケッチブック一冊で、二ヵ月は保《も》った。

風を、心地よく感じる季節になっていた。

山下埠頭《やましたふとう》の突端まで走り、引き返した。

自宅は、曙町《あけぼのちょう》の二階屋の二戸建てである。一階部分にガレージがあるが、庭などはない。築三十年の、古い木造だった。買った時に改造したのは、二階の屋根の一部で、かなり大きな強化ガラスを入れて、外光を採るようにした。

ガラスの屋根があるところが、アトリエである。

私は、一階の居間でコーヒーを淹《い》れ、しばらくぼんやりしていた。

テーブルには帳簿があるが、すぐにそれを見ようという気は起きてこない。数字が、嫌いだった。その割りには、税理士が感心するほどの、正確な帳簿ができあがっている。

シャワーを使い、髭《ひげ》を当たった。髪にあまり白髪《しらが》はないが、髭はかなり白くなっていた。髭を蓄えると、実際より四、五歳は上に見られる。

腰にバスタオルを巻いた恰好《かっこう》で、煙草《たばこ》を喫《す》った。窓を開けても、隣のビルの壁が見えるだけだ。近所には、オフィスビルともマンションともつかないものがいくつもあって、通りを歩くと、客引きを六、七人は見かける。

つまり、風俗産業の巣になっているのだ。毎日自転車で突っ走る私に、声をかけてくる者はいない。眼さえ合わせようとしないのは、彼らなりの礼儀なのか。

日《ひ》ノ出町《でちょう》や黄金町《こがねちょう》の娼婦街が、徹底的な当局の浄化作戦で消えてしまっても、女の子たちはいるわけで、それがこの町の風俗産業に流れてきた、と言われている。この町が取締られるようになれば、また別の場所に流れていくのだろう。

私はソファに腰を降ろし、スケッチブックをめくった。今日は、水に流れる人形を一枚だけ描いた。それが、特に私のなにかに触れてくることはなかった。

風景画は、ほとんどない。横浜には、多くの日曜画家たちがやってくるが、ほとんどが建物を入れこんだ風景であったり、港や船がモチーフになっている。

私が描くのは、単純に眼に触れてきたもの、つまり心にひっかかってきたものである。街の景色や、海がそうなったことはないのだ。

擦《す》れ違った車の運転をしていた男の顔、客を見つけた瞬間の娼婦の顔、恐怖に襲われた犬、相手を測っている猫、木の枝から道路を見降している烏《からす》。そんなものが、私のスケッチブックには描かれている。

そのすべてが、絵になっていくわけではない。スケッチは、いわば素描《デッサン》であるはずだが、ほとんど写真と呼んでもいいような、実像の再現が私にはできる。それは、私が自分に課した訓練のようなものだ。なにか心にひっかかるものを描き直すと、やや違ったものになり、さらに数枚描き直していると、なにが心にひっかかっていたのか、次第に見えてくる。その時には、最初のスケッチとは、まるで違ったものになっている。

煙草を消した。

テーブルに、蟻《あり》が二匹這《は》っていた。ただ動いているだけでなく、前肢《まえあし》で白い物体を抱えている。それがなんなのかより、蟻がものを持ちあげた人間に見える瞬間があって、それが面白くて、しばらく私は見つめていた。

ドアがノックされ、遠慮がちな声が聞えてきた。

「いいっすか、ちょっとだけ」

返事をすると、そういう信治《しんじ》の囁《ささや》きが、妙な狎々《なれなれ》しさで私の耳に届いた。

「いましたか、親父さん」

また返事をすると、左の二の腕を押さえた信治が入ってきた。

「怪我か？」

「バイクで擦れ違った時、いきなりきやがったんです。とっさに、避けたんですが」

出血はまだ続いているようで、左腕に巻いたタオルが、血で濡れている。

「医者へ行け、信治。出血が止まらなけりゃ、おまえ、ぶっ倒れるぞ」

「ここで、しばらく休ませちゃ貰《もら》えませんか？」

「ぶっ倒れたら、どの道、救急車だ」

「血、止まりますよ」

「止まらんな、そんなに出血してちゃ。ここでくたばられると、俺が困る」

私は、新しいタオルを二本、信治に投げてやった。

部屋の隅の新聞紙を、何枚も重ねて床に置き、信治は、そっと血で濡れたタオルをとった。シヤツは、腕に張りついている。赤っぽいシャツだから、水に濡れたように見えるだけだ。

「おい、新しいタオルを当てるだけじゃ、どうしようもないぞ。血を、止めるんだ」

「どうすりゃ、いいんです？」

「傷の上を、きつく縛れ。それから、病院へ行け」

信治が、周囲を見回した。私は、梱包用の紐《ひも》を戸棚の抽出《ひきだ》しから持ってきて、適当な長さに切った。片手ではどうにもならない、という顔を信治がしている。私は傷の上を三重に巻き、紐を絞《しぼ》りあげた。

しばらくすると、傷口からの血は、止まったように見えた。

「このまんまじゃ、今度は腕が腐って、切り落とさなきゃならなくなる」

「そんな」

「病院に行け」

「行きたくねえんですよ」

縛った時についたのか、指さきが血で汚れていた。それが、私の好奇心を誘った。

「おい、縫ってみようか」

「縫うんですか？」

「病院に行っても、縫われるだけだろう」

私は、救急箱と鋏《はさみ》を持ってきた。まず、シャツを肩口から切り落とした。出血は止まったが、傷は見知らぬ動物の口のように、開いている。獲物を食らい尽して、血まみれになっている口だ。

「縫うぞ。ボタン付けの針と糸だ」

「俺」

「こわいか。だったら、病院へ行け」

「縫ったら、血は止まりますか?」

「わかるか、そんなこと」

私は、ボタン付け用の針に糸を通した。それから、信治の左腕をとると、無造作に縫っていった。細かく、肉に針を刺し通していく。あまり痛みはないのか、信治はぼんやりしていた。十一回縫い、端と端を留めた。小さなクリップに、糸を縛りつけたのだ。

傷口は、塞《ふさ》がっている。だからといって、血が止まっているのかどうかは、わからなかった。

指さきは、思ったほど血で汚れてはいない。

「血を洗ってこい、信治。シャツも脱いでな。俺のシャツを、一枚やる」

「紐、このまんまですか?」

「血が出るかもしれん。とにかく、洗ってこい」

ガレージ部分の奥が、浴室である。信治はそこで、血を洗い流してきた。

私は、消毒液で濡らしたガーゼを傷口に当て、きつめに綳帯《ほうたい》を巻いた。

「すげえや、親父さん。医者みてえだ」

「その気になりゃ、誰でもやれるだろう。問題は、紐を解《ほど》いたら、血が出てくるかどうかだ」

「紐、そのままにしてたら、やっぱり腐りますかね？」

「多分な」

肉に食いこんだ紐に、鋏の先を入れ、切った。しばらくすると、繃帯に点々と赤くしみが出てきた。それは拡《ひろ》がりひとつのしみになったが、それ以上出てくる気配はなかった。

私は、バスタオルを腰に巻いただけの恰好だったので、もう一度シャワーを使い、指さきの血も洗い流した。

居間に戻ると、信治はすでに私のシャツを着こんでいた。

「親父さんには、絶対に迷惑はかけませんから」

「もう、かけてるじゃないか」

「そうですよね」

「おまえ、そのうち殺されるぞ」

「かもしれないです。はじめから、覚悟してたことなんで」

「なら、なにも言うことはない」

「水、貰っていいですか？」

「冷蔵庫に、ミネラルウォーターのボトルがある」

信治はボトルを持ってくると、股《また》に挟《はさ》んでキャップを回した。出血した時、水分を補給するのは大事なことだと、信治も知っているようだった。

私は二階へあがり、服を着た。下に降りてきても、信治はまだ椅子に腰を降ろし、半分ほどに減ったペットボトルを、右手に持っていた。冷えたペットボトルには、水滴が浮いている。

「俺は、もう出かけるぞ」

私が言うと、信治は立ちあがり、一度頭を下げて、新聞紙に丸めたものを抱えた。シャツやタオルで、置いていかれたら確かに困る。信治がもう一度頭を下げ、出ていった。

私は自転車に乗ると、まず伊勢佐木町《いせざきちょう》へ行き、路地の奥の定食屋の前で停めた。

カウンターに座ると、茶が運ばれてくるだけである。週に一度ぐらい来るが、日替り定食しか頼まないことは、店の主人にはわかっている。

煙草を一本喫う間に、盆が差し出されてくる。大皿に焼いた肉と玉ネギ、キャベツ、ブロッコリー、小鉢に蛸《たこ》とワカメの酢の物、小皿に稚鮎《ちあゆ》の佃煮《つくだに》。それに白飯と味噌汁と新香である。普通よりはちょっと高い定食屋だから、素材は悪くないようだ。

白飯はいつも残していたら、そのうち少量が運ばれてくるようになった。

携帯がふるえた。私は味噌汁を口に入れると、ポケットから出し、着信を見た。辻村《つじむら》からだった。

「面接の日ですから」

「わかってる」

「八時です」

ああ、とだけ言い、私は電話を切った。まだ、六時を回ったところだ。

茶を一杯飲んで、私は店を出た。

最初に、『アイズ』へむかった。入った時は、すでに客が二人、カウンターで喋《しゃべ》っていた。水割りを舐《な》めながら、七時半までそこにいた。客が入りはじめ、カウンターの中の二人は忙しくなった。ショット売りで、ボトルキープはない。私は勘定を払い、釣りを受け取ると、伊勢佐木町から福富町《ふくとみちょう》を通り、宮川橋《みやがわばし》を渡って、野毛町《のげちょう》へ行った。

路地に自転車を置き、チェーン錠をかけた。

客は、四組いた。その中のひと組にだけ、私はちょっと頭を下げて挨拶《あいさつ》した。

カウンターの、一番奥に座った。辻村が眼の前に立ち、鮮やかな手際で水割りを作った。

水とウイスキーの相性は、よくない。調合がぴたりと決まった時だけ、水割りなどとは呼べない、まるで別の酒に変貌《へんぼう》するのである。辻村は、腕のいいバーテンだった。

七時五十分に、青年がひとりで現われた。

私の隣のスツールを、辻村が指した。

「坂下《さかした》です」

「硲《はざま》です」

差し出された封筒から、私は履歴書を出した。高校を卒業して、アルバイトをしては海外を旅行する、ということを続けていたようだ。若い者の中で流行《はや》っている、自分捜しの旅、というやつなのか。

「アルバイトの経験が、合計で半年ちょっとというところですか」

「腰を、落ち着けよう、と思いはじめまして。そろそろ、そういう年齢《とし》になっているんじゃないかって」

二十三歳だった。まともな会社に勤めるより、ずっと楽な道を選ぼうとしている、ということなのか。

「なぜ、バーテンを?」

「バーテンというより、この街なんです。そして、昼間にやりたいことが、ちょっとありまして。そっちの方は、仕事ではありません」

「ふむ」

私は、煙草をくわえ、ライターを探った。坂下は、火をつけるべきかどうか、ちょっと迷ったようだ。

「昼になにをやるのか。言わなくちゃなりませんか?」

「いや。もしあなたがこの店の従業員になって、そして喋りたいと思ったら」

ほんのちょっと、私は坂下に関心を持った。

「中で、作って貰います。マティーニと水割りを。客は、私ですよ」

バーテンのアルバイトをして、派手なシェーカーの振り方を覚える者は多い。マティーニは、ステアしなければならない。

坂下は、カウンターの中に入り、手を洗ってから、私にむかって頭を下げた。

水割りはごく普通だったが、マティーニはさまになっている。味も、悪くはなかった。

「この店で、学ぼうという気は?」

「大いにあります。というより、まともなバーテンダーになりたい、と思っています」

求人応募の中から、辻村が下選びをして、私に面接させている。そこそこの腕は、持っているのだ。

「いいだろう。試用期間が五日。無論、その間も、日給は出る。チーフとの相性がある。五日目に、辻村が雇うと言ったら、正式に勤めてくれ」

かつて古い商店だったところを改造して、バーにしてある。築五十年ほどの建物だが、それが妙な魅力を放ちはじめていた。

だから現代風なのだ、と私は思っていた。こういう古さが、もてはやされる時代なのだ。実際に、話題にもなりつつある。

私は外に出て、また自転車に乗った。

真砂町《まさごちょう》まで、ゆっくりと漕いだ。まだ酔っている感じはないが、それは自覚できていないだけかもしれない。酔って運動をするなとは、友人の医者に言われていた。

関内《かんない》駅の海側のビルの四階に、『サテンドール』がある。この店は、規模が大きい。と言っても、ほぼ三十五名で満席である。

「新人、入るんですか?」

カウンターに腰を降ろすと、竹内《たけうち》が前に立って言った。竹内も『いちぐう』の出身である。辻村より気が回り、愛想がいい。バーテンとしての腕はそこそこで、店長むきだった。

「辻村が決める」

「まあ、『いちぐう』で一年保てば」

「おまえ、十ヵ月ぐらいだったろう」

「私は、辻村さんの下で、もっとやりたかったですよ。バーテンの腕を見る眼はあるんですが、自分の腕はからっきしのまま、この店を任されたんですから」

「だから、勤まるんだよ。俺は、そう思ってる」

カクテルが、一杯運ばれてきた。オリジナルのカクテルが、ここの売り物だった。

私は、一杯だけでやめておくことにした。辻村のカクテルとは、較《くら》べものにならない。

店を出ると、次に石川町《いしかわちょう》にむかった。『サムディ』である。

午前十一時からやっていて、さまざまなコーヒーを出す。酒に替るのは、六時からで、効率のいい店とは言える。

四軒を回ると、私は吉田町《よしだまち》へ行き、川沿いの店に入った。二階建ての長屋で、半分大岡川《おおおかがわ》にせり出したようになっている。一階には、商店があった。次々に店を仕舞い、いまは靴屋と八百屋があるぐらいだ。

二階に、五、六人入れる小さな酒場が二十数軒並んでいる。

こういう建築を、いま造ろうとしても無理だった。川にせり出した家など、許可が出るはずもないのだ。かつてはそれができて、既得権のようなもので、いまも存在を認められている。入り組んだ権利関係も、役所をためらわせているのだろう。

共同トイレへ行った。長屋の端に二つある。

昔は、大岡川にダルマ船の酒場や商店、それに住居もあったが、さすがにそれは撤去された。不法繋留《けいりゅう》のプレジャーボートは跡を絶たないが、定期的に撤去されているようでもある。

二階の三軒目が、『花《はな》え』だった。ドアに札をかけておくだけの店名とはいえ、花江《はなえ》は女主人の名前で、安直なものだった。

私は、ここでは純粋な客である。焼酎《しょうちゅう》のボトルも、キープしていた。花江とは、三十年近い付き合いになる。私は以前、吉田町のひと間のアパートに住んでいた。そのころ安い酒を求めてこの店に入り、それから居着いてしまったような客である。石川町の、ちょっと洒落《しゃれ》たマンションに引越し、曙町の猥雑《わいざつ》な路地の一戸建てに移っても、花江にはなんの関心もないようで、私はただ自転車で通ってくる客だった。

なにも言わず、ボトルとお湯を出してくる。古いポットが四つあり、三つの小さいポットは客のものだ。それに湯を入れるのと、惣菜屋《そうざいや》で買ってきた三品ぐらいを、丼《どんぶり》に入れて並べるのが、仕事だった。

客が来ても、なにか特に註文をしないかぎり、ほとんど喋りもしない。

「おう、先生。友だちだけど、一枚頼む」

二人の客がいて、常連が声をかけ、常連ではない方が、笑顔をむけてきた。私はここでは、売れない画家だった。似顔絵などを描かせると、びっくりするほどうまく描くが、芸術性に欠けている、というのが客たちの評価だった。

素描《デッサン》は、徹底的な写実である。そこから、私の絵ははじまる。写実の力を磨くことは、毎日やっていることだった。私の素描は、年を重ねるごとに、写真に近づいた。

この店では、一枚五百円で、メモ用紙に素描する。サインは入れないが、それを気にする客もいなかった。

私の絵は、いま一号二十五万で売れる。たとえば五十号だとして、一枚千二百五十万である。商習慣のようなもので、五十号一千万で売っていた。

抽象画である。抽象画にこそ、デッサン力が必要なのだ、というのが私の考えだった。画家が十人いれば、十通りの方法がある。

私は、メモ用紙に鉛筆を走らせた。鉛筆も、店に置いてある。二分ほどで、顔を描き終えた。

「相変らず、うまいねえ、先生。赤レンガ倉庫のあたりで似顔絵を描いたら、売れると思うよ、私は」

常連の方は、近所の文房具屋の親父だった。商売が、成り立っているのかどうかは、知らない。アパートを一棟持っている、という噂もあったが、定かではなかった。

この長屋で飲んでいる客の中で、素性《すじよう》がわかっている人間の方が、遥かに少ないだろう。私も、売れない画家か、ただの似顔絵描きと思われている。そう評価されることで、安心できた。

四軒の酒場を経営していて、毎日自転車で巡回していると知られたら、口を利いてくれる者はいなくなる。

五十号一千万の絵を描いていると知られたら、川に放りこまれるだろう。

「おっかあ、飲むか?」

「一杯だけな。一枚売れたから」

花江は、グラスに焼酎を半分注ぎ、ひと息で呷《あお》った。ほぼ二百五十円分だ、と私は計算した。

「俺は、おっかあに、いままでどれぐらい奢《おご》ったかな?」

「男が、奢った酒について、ぐだぐだ言うんじゃない。奢りは、奢りだ」

「確かにな」

「だけど、あんたはあたしに奢ってる方さ。そこの消しゴム屋よりな」

文房具屋からは、消しゴムをひとつ買ったことがあるらしい。

「隣の店に、若い女が入っていった。ピチピチのジーパン穿《は》いて、セーターの上からでも、胸がでかいのがよくわかった。あれは客か?」

文房具屋が言った。

「ここはねえ、若い子でもすぐ店出せるんだよ。権利金がどうのなんて話はなくなっちまって、家賃さえ払や、それでいいんだから」

安直に、はじめる。ここを踏み台にして、もう少しきれいな店に移ろうとする。考えていることは大抵《たいてい》同じで、成功した例を聞いたことはなかった。常連の客を持っていないかぎり、生活費も稼げないかもしれない。

「どこ行くんだ、エロ親父」

立ちあがろうとした私に、花江が言った。

「挨拶代りに、似顔絵を描いてやろうと思ってね」

「やめときな、からかうのは。ここに来る娘《こ》たちは、ちょっと考えが足りないだけで、そりゃ一所懸命なんだから」

クラブなどに勤めて、パトロンを見つけるという発想を持っていれば、この長屋酒場など見えるはずもない。見えていても、街の汚点としてだろう。

「飲もうか、おっかあ」

腰を据え直して、私は言った。

「車の鍵、かけ忘れてないだろうね」

「大丈夫だ、俺のオープンカーを持っていけるやつなんて、そうはいねえ」

「オープンカーって、車なのあんた?」

文房具屋の、連れが言った。

「コンバーチブル、カブリオレ」

「自転車《チャリ》だよ。それもママ自転車」

「三段切り替えの、スポーツカーだからね」

ここの下に置いておいて、一度盗まれた。鍵のかけ忘れだと花江は言ったが、ポケットに鍵は入っていた。

ビルのそばに置いておいて、盗まれたことはないが、ここでは盗まれる。持たざる者が盗み合っている、というもの悲しさはあった。

この店で、私は本格的に酔う。それでも、足もとが乱れるほどではない。ゆっくりと自転車を漕いで、そう遠くもない家にまで帰るのだ。

2

三日目になった。

キャンバスは、まだ白いままだ。

私は、一匹の猫を凝視《みつ》めていた。陽溜《ひだま》りに座って、ちょっと首を曲げ、肩のあたりを舐めようとしている、黒い猫だ。

二ヵ月前も、四ヵ月前も、私はこの猫に挑んでいた。スケッチブック二冊、三冊と遣っても、猫は猫のままだった。

三度目である。断食道場に入る、と辻村には言ってある。花江は、私がまた断酒道場に入っているのだ、と思っているだろう。

私は、三日間で描いた素描《デッサン》を、すべて捨てた。スケッチブックで、ほぼ一冊分である。

最初の素描を、三時間ほど眺《なが》めた。

完璧な、写実だった。猫が、紙から出てきて、そのあたりを歩きはじめる、という気さえした。

箱から木炭を出し、猫を描く。また、猫を描く。猫でいいのだ。猫の中に、私は見るものを見たのだ。だから、猫を描く。はじめの猫とは、かなり違ってくる。ディフォルメ。いや違う。猫が生きて、動き、成長する。

私の見ているもの。ひとつだけだ。それは、自分の心の中かもしれない。心に、かたちなどはない。それが猫に近づくのか。猫が、心に近づくのか。

どれほどの時間、木炭を遣い続けたのか。三日か四日なら、わかる。それを過ぎると、昼も夜もわからなくなるようだ。

二十枚ほどの猫の絵。猫に見えるし、猫に見えない。具象と呼ばれるが、そんなものはどうでもよかった。

私は、ただ見ている。ひとつのものだけを、見ている。

呻《うめ》き、喘《あえ》ぎ、のたうち回り、しかしどこかに、微妙な快感がある。

私の絵は、抽象だった。つまり、かたちを写したものではない。しかし、私はかたちから出発する。何百枚も描くと、どこかで、跳ぶ。かたちから、かたちではないものに、跳ぶ。それが、私の抽象だった。

かたちを、捨てるのではない。かたちと、同化する。ほんとうに、するのだろうか。

気づくと、倒れていた。

私は、転がっていたペットボトルに口をつけ、水を飲んだ。

立ちあがる。階段を降り、キッチンに立ち、一升炊きの炊飯器を開ける。臭《にお》いをあげはじめた飯が、底にひと塊《かたまり》残っている。塩を舐めながら、それを食った。

まだ、食わなければならない。胃にものを入れると、そう思う。

買ってあったジャガイモをたわしで洗い、冷蔵庫の野菜室にあった玉ネギと人参を、鍋に放りこむ。玉ネギは二つに割り皮を剝《む》き、人参は洗っただけだ。

アンチョビを二缶、鯖《さば》の缶詰を二つ、鍋にあける。十個ほどのジャガイモを鍋に入れると、ほとんど一杯になった。

水を注いだ。手近にあった酒や、調味料も入れた。

火にかける。台所は、家を買った時に丸ごとシステムキッチンに替えたので、すべて電化である。スイッチを入れ、微熱にしておく。三十分ほどで、それは自動的に切れるのだ。

私は、二階に這《は》いあがった。

床に倒れたまま眠っていたようなので、ベッドは使われていない。

猫を、描いた。まだ、猫だ。

階下に降り、台所に立った。鍋は、冷えている。一度、熱が通ったようだが、ジャガイモはまだ硬い。スイッチを入れる。

それを、何度かくり返したようだ。

ずっと、煙草を喫っていない。それを思い出し、箱の封を切って、一本くわえた。

なぜ、見えないのか。なぜ、心が見えてこないのか。いや、見えている。それを、木炭から出せないだけだ。

座りこんだ。尿意が襲ってくる。座ったまま、出した。便は、どうしたのか。

立ちあがると、スェットが重たくなっていた。階段を降り、浴室へ行くと、素裸《すっぱだか》になり、熱いシャワーを浴びた。濡れた躰《からだ》のまま、トイレに入り、排便した。小山のように、便が出ていた。一度の水では、流れなかった。三度、流した。

なにをやっているのだ。ふっと、正気に戻りそうになる。猫が、耳もとで鳴く。木炭をいつ持ったのか、いやいつ二階にあがったのか、憶《おぼ》えがなかった。

下へ降りる。なにも食っていないと思ったが、鍋の中身は半分になっていた。皮ごと煮たジャガイモが、破れ、崩れはじめている。スプーンで、鍋から直接掬《すく》って食った。冷たくはない。まだ、熱が少し残っている。

きちんとズボンを穿き、シャツを着、なぜかネクタイまでしていた。

木炭の箱を持ち、キャンバスの前に立った。

白いキャンバスから、なにかが挑みかかってくるのを、感じた。それを閉じこめるように、私は木炭を遣った。かたちが、頭から消えている。跳んでいた。かたちのない次元に跳び、そこで私は心のかたちを描いた。かたちのないものの、かたち。抽象というのは、それだ。

心から、はみ出してくるものがある。それも閉じこめようと、筆を持っていた。

やがて、キャンバスの中で暴れていたものが、鎮《しず》まってくる。

私は、筆とパレットを放り出し、仰むけに倒れた。

眠ったようだ。起きあがり、キッチンに降りて、鍋の蓋《ふた》を取った。空になっている。

私は、塩を舐め、水を飲んだ。

終った、という感覚が、全身を包んできた。私は、塩を舐め続けた。

キッチンが、吐瀉物《としゃぶつ》だらけだった。かたまってしまっているものもあり、さっき吐いたとしか思えないものもあった。雑巾《ぞうきん》で、それをきれいにした。

服を替え、外へ出た。

夜だった。自転車を飛ばしたつもりだったが、ゆっくりしか漕いでいない。人通りは、まだ多かった。末吉町《すえよしちょう》に、肉屋がある。普段だと二、三分の距離だが、ずいぶん時間がかかったような気がした。

肉屋は、閉めようとしているところだった。

ケースの中の肉を指さし、厚さを指で示した。言葉が、出てこない。顔見知りの肉屋の主人は、私が酔っていると思ったようだ。

「五百はあるよ」

私は、ただ頷《うなず》いた。金を払って、肉を受けとり、それを自転車の籠《かご》に入れて、またゆっくりと漕いだ。

家に帰ると、リビングに掃除機をかけた。それからバスタブに湯を溜《た》め、風呂に入った。顔が、白い無精髭《ぶしょうひげ》に覆われている。剃刀《かみそり》を当てた。

まるで別人のように、形相が変っていた。土気色になっている顔は、痩《や》せて、眼が飛び出していた。私は、髭を剃《そ》ると、なるべく鏡を見ないようにした。

風呂から出て、私は電源を切りっ放しにしていた携帯を開いた。日時を、確かめようとしたのだ。十四日が、経っていた。

私は、肉を取り出し、塩をして揉《も》みこんだ。塩・胡椒《こしょう》というが、胡椒は焼いている間に、焦げて味も匂いも変る。

フライパンを熱し、五百グラムのサーロインをまず表面だけ焼いた。冷蔵庫には、バターなどはあった。ほかにも、多少の食いものはあるが、バターだけかなり大量にフライパンに放りこんだ。

バターが溶けて、いい匂いがしてきた。熱は弱火にしてあって、バターが少しずつ肉にしみこんで、それによって熱が通るのを待ち、インジケーターのパネルを押し、強火にし、溶けたバターが跳ねはじめたら、赤ワインをグラスに一杯入れた。

眼の前を、炎が一瞬覆う。熱を落とし、胡椒を振り、一番大きな白い皿に肉を移すと、フライパンに残った汁をしばらく熱し、肉にかけた。

白い皿に、肉だけである。ナイフとフォークで、ゆっくりと食った。嚙《か》むと、口の中に脂《あぶら》が拡がる。それが、うまいというより、快かった。

二十分ほどで、私は五百グラムの肉を食った。

ソファに移り、ワインセラーに入れてある葉巻の箱から、一本出して吸口を切り、火をつけた。ベガス・ロバイナの、ウニコという葉巻である。凝っているというほどではないが、私は葉巻が好きだった。

ただ、ひとりで喫うことが多い。店のスタッフで、私が葉巻をやることを知らない者もいるのだ。

ウニコを半分ほど灰にしたところで、胃のむかつきが、耐えられないほどになってきた。

私はトイレへ行き、便器の中に嘔吐《おうと》をくり返した。生々しい肉が、山ほど出てきた。私は、その肉が、全部、よく咀嚼《そしやく》してあることを確認し、流した。

皿やフライパンを洗い、二階に行ってパジャマに着替えると、ベッドに倒れこんだ。

眼が醒《さ》めたのは、夜明け前だった。

トイレで放尿し、水を飲み、喫いかけの葉巻を少しだけ喫い、またベッドに戻った。

次に眼が醒めたのは、陽が高くなってからだ。

アトリエで、ガラスの屋根から射しこむ光が、陽気に踊っていた。

私はベッドから這い出し、イーゼルに架けたキャンバスにちょっと眼をやると、それを裏返した。描きたかったものが、キャンバスにあるとは思えなかったのだ。

自転車で近所のカフェまで行き、トーストのオープンサンドとコーヒーを腹に入れた。これは吐かずに済みそうだ、とトーストを齧《かじ》りながら考えていた。

自転車で走り回るのはやめ、自宅に戻ると、私はアトリエの画材を片付けた。相当な量になった素描《デッサン》を、古新聞のようにひとつにまとめ、思い出して新聞屋に電話し、止めてあった配達を解除し、明日から朝刊を入れてくれ、と頼んだ。

「安く売って、たまるか」

私は、ひとりで呟《つぶや》いていた。

絵を、もう一度見ることはしなかった。

「自信作だぜ」

私は、画商の吉村《よしむら》に電話した。観に来る、というのが返答だった。

「安く売って、たまるか」

電話を切ると、呟きではなく、しっかりした声でそう言っていた。

汗を拭いながら吉村がやってきたのは、夕方だった。私は、普段の生活の感覚を、ようやく取り戻していた。

冷蔵庫には、ミネラルウォーターなどは入っていた。吉村は、勝手にそのボトルを出し、キャップを捻《ひね》った。

「今年になって、はじめての絵じゃないか。何号?」

「五十号」

「早速、観たいんだがな」

「構わんよ」

私が言うと、吉村はひとりで二階へあがっていった。十分ほどして、降りてくると、私とむき合って座った。吉村は、しばらく眼を閉じていた。

「うちで、買うよ。先生の絵が欲しい、という客がいる。つまり、一応バックオーダーは抱えているから。ここを搬出すると同時に、小切手で払う」

「個展をやろうと思ってる」

「よせ」

「三十点ほど、ストックがあるしな」

「その三十点も、うちで買うと言っているじゃないか」

「なんでもない、こぢんまりしたギャラリーを借りて、見せるだけの個展をやる。おたくとはこれまでの関係があるので、個展の後のファーストオプションはやるよ」

「個展は、やめろ」

「絵を、売ろうって気がなくなった。つまり、それほど金は欲しくない。絵を見せたい、という欲求の方が、強くなった」

「じゃ、うちでやろう。三年前よりも、もっと話題になるぞ。ニューヨークでの評価が高いしな」

三年前の個展で、吉村が売ったのは五点だけだった。あとの十点は所有者がいて、借り出したものだった。変則的なやり方だが、それでも吉村はそこそこに儲《もう》けた。裕冬樹《ふゆき》も話題性が高くなり、評価額は二十万から二十五万に跳ねあがったのだ。

画商が商売するひとつの方法は、まず画家に投資することだ。簡単に言えば、生活費を出し、画材なども与える。そうやって飼った画家の作品をストックし、小出しにしながら話題作りをし、少しずつ取り返していく。

そういう場合、画家の取り分は一割かそこらだ。評価が上がれば、その配分が揉める要因になるが、過去の作品を抱えている画商の方が、圧倒的に強い。

私は、最初からそれをやらなかった。売れなくてもいい、と思っていたのだ。京急川崎《けいきゅうかわさき》の駅裏に、十人ほど入れる小さなバーを出し、なんとか食っていける態勢は作っていた。

そうやって、絵の純粋性を保とうという、高邁《こうまい》な意思があったわけではない。絵を売って、食えるはずがない、と考えていたのだ。まして、抽象だった。趣味のつもりはなかったが、日常の生活の中では、趣味以上のものにもなり得ないはずだった。

父親が死に、金沢区《かなざわく》にあった、小さな家を相続した。借地に建てられたもので、建物になんの価値もなかったが、借地権を売ると、ある程度まとまった金になった。三十年前のことだ。それでも、私は川崎のバーを畳まなかった。

暮していた横浜の方に店を出そうと思ったのは、辻村に会ったころだ。

店の前に、辻村は倒れていた。チンピラの喧嘩《けんか》の果てだ、というのは見てわかった。手当てをしてやったのは、ほとんど気紛《きまぐ》れだった。私自身にも似たようなところがあり、過剰防衛で起訴され、執行猶予で実刑は免《まぬか》れた。つまり、前科はある。

辻村は、数日後から、礼だと言って店を手伝いはじめた。

さまざまなことがあったが、半年後に、伊勢佐木町の路地裏に店を移し、辻村に任せた。それが『アイズ』である。父親から相続したものは、それで消えた。

しかし、絵に打ちこむことはできた。それで生活できるとは、相変らず思っていなかったので、後ろめたさのようなものは、つきまとっていた。

個展をやったのは、その後ろめたさがあったからなのかもしれない。小さな画廊での、ささやかな個展だった。

それが、いくらか話題になった。偶然だったのか、熱心だったのか、美術を担当している全国紙の記者が観て、記事を書いたのだ。

「なあ、硲先生よ。俺はほとんどあんたの言い値で、買ってきたんだ。一号二十五万の評価だから、五十号で一千二百五十万なんて値になるわけじゃないことは、あんただってわかってるはずだ。俺たちだって、そんな勘定で売るわけじゃないしね」

「俺が、金にこだわってるような言い方だね、吉村さん」

「思い返すと、ずっとあんたにうまくやられてきた、という感じがないわけじゃない」

吉村は、何本目かの煙草に火をつけた。外は、ようやく暗くなろうとしている。

「一千万、でどうだね？」

「個展をやるよ。公共の施設を借りる。買いたい人とは、個展が終ってから、交渉する、ということになるね」

「画商を、あまり馬鹿にしない方がいい」

「してないさ。あんたが、組合だか協会だか、そういうところに訴え出れば、画廊と名のつくところじゃ、個展なんかできなくなるだろうよ。そういう世界だものな。しかし、公共の施設は借りられる。新聞や雑誌に案内状を送れるし、ニューヨークで活動している、美術関係者と話もできる」

「待ちなさいよ、硲先生。俺は、なんであんたに苛《いじ》められなきゃならない？」

「他人《ひと》の褌《ふんどし》で角力《すもう》をとる商売だろう、吉村さん。それぐらいのことは、言われるさ」

「他人の褌か。確かに、俺は自分で絵を描いちゃいないよ。だけど、商売ってのは、大体そんなもんだろう?」

「儲かるよ、吉村さん。商売は、それだけでいいじゃないか」

「まったくなあ。そんなことを言うあんたと、あんな絵を描いたあんたと」

「そういえば」

私は、煙草に火をつけた。二週間前から、カートンの箱で三つは煙にしてしまっている。しかし私に、煙草を喫い続けていた、という自覚はなかった。

「絵の感想、まだ聞いてないよ、吉村さん」

「あんたが、自信作だ、と言うだけのことはあるよ。抽象画については、俺はいつも首を傾《かし》げている。画家の資質を、どうやって判断すればいいか、迷いがあるんだ。そういう俺を、あんたの絵は捻《ね》じ伏せるね」

「そりゃまた、ありがとう」

「あんたの絵の秘密が、俺にはわからないんだ。具象画だったら、まだいくらか思いを述べられる。抽象画になると、心がふるえた、とただ言うしかない。そりゃ、感想なんてもんじゃないだろう」

「俺は、はじめて個展を開いた時から、自分がなぜ理解されるのか、よくわからなかったものだよ」

「いまは?」

「いまもさ。だから、思い切り通俗的になる。絵じゃなく、絵の値段にね。それだけが、認められている、と俺に実感させてくれるんだよ。個展をやるというのも、同じ理由さ」

吉村は、画商としては、百戦錬磨《ひゃくせんれんま》だった。ただ、直情的なところがある。最初の個展のあと、接触してきた数名の画商の中では、最も好感が持てた。

「いくらで、売る？」

「額面通りってやつさ」

「わかった。そちらにストックしてあるものの中で、五点、俺に売ってくれ。それも、額面通りでいい」

「上の絵は、売るのかい？」

「いや、俺はしばらく抱えるよ」

自分に対する投資を、そういうかたちでやろうとしているのだ、と私は思った。

これまで吉村の手に渡った絵のうち、十数点は、人手に渡っていないはずだ。三十点ほど集めた時、大々的な個展をやろうとしているのかもしれない。

初期の作品は、号十万にも満たなかった。そしてそのころのものの方が、珍重される可能性は高い。

「三点だ、吉村さん」

「商売人なのか、硲先生は」

「金は、いらないって言ったろう」

「酒場を、やってるんだよな。そんなに儲かるもんかい？」

「酒場をやってるってのは、噂さ」

「とにかく、絵だけ描いていてやっていける、数少ない人間のひとりなんだよ、あんたは」

「趣味みたいなもんだ。飽きたら、やめるかもしれん」

「なんに、飽きるんだね？」

「生きてることにさ」

吉村はなにも答えず、ペットボトルに残っていた水を飲み干した。

「三点は、俺が選ぶよ、吉村さん。いいね？」

「初期のころのを、一点入れてくれないか？」

私は、頷いた。

金の準備に時間がかかるので、明後日の取引ということになった。

吉村が帰ると、私は自転車で定食屋へ行った。半分ほどで、食えなくなった。気分が悪いわけではない。満腹感だ。

酒は、飲めそうになかった。私は家へ帰ると、大人しくベッドに潜りこんだ。

思った通りの絵は、やはり描けなかった。三十数年前から、たったひとつのものを描き、描けないでいる。

素描《デッサン》は、助走だった。見える物を通して、それを描く。描きに描き、心へ跳躍する。跳躍は、できるのだ。そこから先が、わからない。自分をしっかり見つめていないのか、という気もする。

いつの間にか、眠っていた。

3

傘《かさ》と、私は呼んでいた。

二十年前の、フォード・マスタングである。三年落ちを中古で買い、いま十二万キロに達している。修理費はかさむが、気に入っていた。マニュアル・ミッションのところが、特にいい。

普段はガレージで眠っていて、雨の時だけ自転車の代り《オープン》に出す。

全塗装を一度やり、エンジンのオーバーホールもやり、運転席のシートもバケットタイプに替えた。

だからと言って、運転がうまいわけでも、好きなわけでもなかった。一番気に入っているのは私が手放すと、ただの鉄屑《てつくず》でしかなくなる、という点だった。

車を転がし、多摩川《たまがわ》を越え、大井町《おおいまち》まで行った。

有料のパーキングに入れ、二百メートルほど歩く。雨は降っていないが、自転車で来るには距離がありすぎる。

マンションの四階の一室だが、看板などが出ているわけではない。

入ると、廊下に長椅子が置いてある。そこに、人が座っているのを、見たことはなかった。完全予約制だった。長椅子のむかい側に、額に入れて鍼灸師《しんきゅうし》の免許がかけてある。

古いマンションは、白い壁もくすんでいた。

入ると、長い寝台《ベッド》がある。

私はブリーフ一枚になり、うつぶせに横たわった。真ん中の空いた枕があり、顔を真っ直ぐ下にむけていても、息が詰まることはない。

「やり甲斐があるねえ、今日は」

いつもより、躰の状態がひどいということだ。

「だけど、ここまで躰を苛《いじ》めりゃ、早晩、死ぬよ」

「いいんだよ、死んでも」

「ま、そういう人間にかぎって、死ぬ間際には大騒ぎするもんだが」

指が、首筋にめりこんでくる。それが肩、背中、臀部《でんぶ》、腿《もも》と移動していく。躰が、軋《きし》んでいるのかどうか、よくわからない。痛みは、遠かった。

「なにやってるの、あんたは？」

「修行」

「そんな感じじゃないね。野放図な傷み方だよ、これは」

喋っていられるのは、そのあたりまでだった。睡魔が襲ってくる。首筋に鍼《はり》を打つあたりまでは、遠いが意識はある。それから気づくと、全身の鍼を抜かれている。

仰むけになり、何ヵ所かに鍼を打ち、そのままにしておく。裏側より、こちらの方がずっと少ない。裏側に鍼が打たれている姿は、ヤマアラシかなにかのように見えるかもしれない。

眠った時は、眠ったまま治療してくれる。

「重いもの、持ちあげたかね」

「心が、重くってさ」

「十日過ぎに、もう一度来た方がいい。ま、勝手だがね」

二時間の治療の間、私はほとんど眠っていた。

「内臓まで、ダメージを受けてると思うよ」

「そうかもな」

「大事に手当てすりゃ、まだ使える躰だ」

私は、服を着て、治療費を払い、外へ出た。長椅子には、やはり人はいない。

外の光が、眩《まぶ》しかった。眉《まゆ》のところにある窪《くぼ》みにも鍼を打たれたので、そのせいかもしれなかった。

駐車場まで歩く間に、それは消えた。

横浜駅のそばのデパートで、食材をいくつか買い、曙町に戻った。

鍼を打った躰が、気怠《けだる》かった。私は、ベッドに倒れこんだ。

絵が、売れた。描きあげた五十号を、結局、私は一瞥《いちべつ》しただけだった。描きたいものが、描けていない。描きたいものはひとつだけで、そして難しいものでもない。私の心が、難しいだけなのだ。

二千三百七十五万は、小切手ではなく、銀行に振り込んで貰った。

額面通りの売買を、吉村はぼやいていたが、描くことと売ることは、別次元にある、と私は考えていた。描きあげた絵を、切り裂いたことは、何度もある。売れば、売れるものだった。新作の五十号も、じっと見ていれば、切り裂いただろう。私にとって切り裂くべきものでも、客観的には評価されると、なんとなくわかる。

描き終えて、ちょっと見ただけでキャンバスを裏返したのは、正常な神経が残っていた、ということでもある。

プロの画家には、なりきれない。そもそも、プロとはなんなのか。絵を売って金にするのがプロなら、私は立派なプロだ。しかし、素人《しろうと》だった。描きたいものはひとつで、これまでそれしか描いてこなかった。

いつの間にか、眠った。

眼醒めた時はもう暗くなっていて、ジーンズを穿くと、私は自転車を引き出して、山手《やまて》のイタリアン・レストランに行った。

生ハムの前菜、パスタは魚介のリングイネ、メインは魴鮄《ほうぼう》のアクア・パッツァ。全部量を少な目にして貰ったが、白ワインとともに難なく胃に入った。

巡回をはじめた。『サムディ』からである。最後に、『いちぐう』へ行った。

「断食道場ってのは」

呆《あき》れたような表情で、辻村が言った。相当、やつれて見えるのだろう、と私は思った。

「断食をしているとな、辻村」

「人でも殺したくなりますか？」

「いや、何日目かに、宿便が出る」

「やめてください、そんな話」

結構な客が入っていて、店の中は騒々しかった。

「やつ、雇うことにしましたので」

坂下が、グラスを並べて、水割りを作っていた。

「カクテルは、そこそこできます。シェイクも、ステアも。課題は、ウイスキーの扱いだったんですが、本人はいままで気にしたことがなかったみたいで」

つまり、教え方によっては、いいバーテンになる。私は、自分の眼が、間違っていなかったと思った。絵は素人でも、酒についてはプロだ。どんな酒でも、それに合ったカクテルは作れるし、飲むのも嫌いではない。

「辻村、三十年前は、俺らは若かったよな」

「俺は、絵に描いたような、チンピラでしたよ。硲さんに拾われなかったら、どうなっていただろうと、眠る前にふと考えて、呻き声をあげたりしてます。硲さんは、チンピラを卒業したというところでしたね」

「そうか。俺は、卒業していたのか」

「勢いがついて、酒場が五軒じゃないですか」

五軒目を知っているのは、辻村だけだった。

「おまえを、つまらん人生に引っ張りこんだかな?」

「面白い人生は、すぐ終ります。この歳になって、それがわかってきましたよ」

「俺は、チンピラのままでいたいと思うが、無理な話か」

「というより、チンピラに失礼ですよ。酒場を五軒も経営している経営者は、それなりに振舞った方がいい、と思います。飄々《ひょうひょう》としているのは、俺の眼から見れば好ましいですが、それはチンピラなんかに見えません。チンピラになろうとするのが、土台無理な話で」

「心のチンピラってのは?」

「なれません。チンピラってのは、自分を捜してるんですよ。坂下みたいに世界中を放浪するやつもいれば、チンピラになって、世間と肩をぶっつけようってやつもいる。硲さんには、絵がありますからね。スケッチブックの中に、自分を見つける方法をすでに持ってるじゃないですか」

「おまえは?」

「俺は、酒の中ですかね。飲むんじゃなく、作る方で」

辻村は、私が絵に打ちこんでいるのを、知っている。街でスケッチしているところを、何度も見られた。一度など、背後から覗《のぞ》きこまれたことがあり、その出来栄えにしきりに感心していた。写真的な、素描《デッサン》である。

「バースプーン、さまになってるな」

喋りながらも、私は坂下の動きに眼をやっていた。水割りは、バースプーンで素速く三、四回。同じ回数でも、マドラーを遣うと水っぽくなる。

「やつ、教えると、理由を考えるんですよ。マドラーとじゃ、グラスの中の対流が違う、とすぐに気がつきました」

水割りやハイボールは、私の考えでは、ショートカクテルに似たものだった。一杯は、三口で飲んでしまう。グラスとグラスの間隔は、あけていい。チビチビと時間をかけて飲みたいのなら、ストレートにチェイサーというやり方がいいのだ。

この店は、テーブルが多いので、フロアに山本《やまもと》という入って二年の男がいる。テーブル席の註文を、正確にカウンターの中に伝えられるし、客の質問にも、ほとんどは答えられる。バーテンで入ったが、フロアの方がむいていると、自分で申告してきた。

「硲さん、何キロ痩せました？」

「測ってない」

「必ずしも、健康になって戻ってきている、とは俺には思えないんですがね」

「今度のところは、少し過激だったな」

辻村は、それ以上、断食道場については訊《き》かなかった。

店の中に、号鐘《ごうしよう》が響いた。本格的なやつで、重厚な音がする。

「信治が持ってきましてね。きれいに磨いてありました。客の誕生日なんかに鳴らせるように、山本が梁《はり》に付けたんですよ」

号鐘が梁にあって、長く細いロープを垂らし、それを引けば鳴るようにしてあるようだ。

店の中には、さまざまな飾りがある。ロープワークの見本、古い横浜港の写真パネル、めずらしい酒の空きボトル、船上用の真鍮《しんちゅう》のランタン。もともとは古い木造の商家だから、梁にも柱にも味が出て、白かったはずの漆喰《しっくい》の壁も、茶色がかっている。

「いい店に、なってきた」

「酒も、ひねったやつを揃《そろ》えましたし」

私は頷き、勘定を払って、腰をあげた。どの店でも、勘定は払う。払う客の気分がわかるからだ。

外へ出ると、自転車で家へ帰った。

トレーナーを脱ぎ、服を替えた。シャツとジャケットである。

歩いて家を出ると、客引きが寄ってきて、私の顔を見ると踵《きびす》を返す。

通りで、タクシーを拾った。

本牧小港《ほんもくこみなと》の『ウェストピア』も、私の店だった。女の子を常時六、七人置いている、こぢんまりしたクラブふうの店だ。

ここは、私の店というだけで、すべてのことに関して、口出しはしない。この店から、金が入ってくる、ということもない。権利を持っているだけのことだ。

五人座れるカウンターの、端に腰を降ろした。ほかにカウンターの客はおらず、ボックスに三組の客がいるだけだ。ボックスが三つ塞《ふさ》がると、満席なのである。

たき子は、マダム・タキと名乗っていて、胸と尻が張り出し、ウエストが締った、日本人離れした体型と、ファニーフェイスで、客の人気を集めていた。

ただ、たき子のいいところは、自分よりもてるかもしれない女の子を、捜し出して雇うことだ。

バーテンが、私のアードベッグのハイボールを、作って出すのを見計らったように、たき子がそばのスツールに来た。この店で、アイラモルトなどを飲む客は、ほかにいない。ハイボールの作り方は、まったく気に入らないが、文句をつけたことはなかった。

「いただいて、よろしいかしら？」

私はただ頷き、葉巻に火をつけた。凝った酒はないが、高い酒はあり、葉巻をヒュミドールに備えていたりする。

タキ・ドリンクを、バーテンが出した。ノン・アルコールである。店で、たき子は決して酒を口にしない。ただ、タキ・ドリンクが酒だと思っている客は、少なくないようだ。

アップライトのピアノがあって、ピアニストの老人がひとりいる。どんな曲でもこなすので、結構人気はあった。十一時半から三十分が、最後の演奏になる。

「新しい子を入れたの。つけましょうか？」

私は、黙って頷いた。

たき子を目当ての客が、来ている。奥の、五人のグループがそうだろう。サービスのためには、席についているべきだった。

タキ・ドリンクに口をつけただけで、たき子はスツールから腰をあげた。

代りにそばについたのは、二十歳《はたち》そこそこに見える女の子だった。

「あたし、葉巻喫っている人を、はじめて見ました」

名乗るのも、忘れている。まりです、とバーテンがフォローした。こういうところの教育は、行き届いている。

頰《ほお》に産毛《うぶげ》が生えているような、清純さを表に出した女だった。若い女が好みの客にはこたえられないだろうが、どこかしたたかな眼をしている。

演奏がはじまった。

私は、軽いジャズに耳を傾けた。スタンダードナンバーで、いささか重い曲だが、弾き方が軽かった。

「これって、ビリー・ホリデーなんかが唄ってたよな?」

まりが知らないとしても、別段、気にかかりはしない。まりが知っている新しい曲を、自分は知らないだろう、と私は思った。

「知らない、あたし」

知らないという言い方が、駄目なのだ。どんな人ですか、という対話の糸口を作れない。そういう気の利かなさは、客を疲れさせるだけだろう。

ジャズが数曲続き、最後に『暗い艀《はしけ》』というシャンソンを弾いた。映画音楽で、私は映画のタイトルを思い出そうとした。

題名を思い出す前に演奏は終り、まばらな拍手が起きた。零時ぴったりだった。

「横浜の生まれか?」

「ううん」

「そうか、なにか飲むか?」

「カシス・ソーダ」

私は、バーテンにむかって頷いた。

軽く、グラスを触れ合わせる。それから、消えていた葉巻に火をつけた。

零時二十分に、私は勘定を現金で払って、店を出た。

横浜で、サウスピアと言えば、大桟橋《おおさんばし》だった。ノースピアが瑞穂《みずほ》埠頭、センターピアが新港《しんこう》埠頭だ。イーストとウェストと呼ばれる埠頭はない。

そんなことを考えながら、タクシーに乗った。

山手にある、マンションの前で降りた。

オートロックを、キーで解除する。最上階の端が、たき子の部屋だった。

店は、零時半には終る。私が出る時、奥のボックスにはまだ客がいたが、さらに居続けようとしたら、女の子をひとりつけて、たき子は帰ってしまう。私が来た時だけそうしているのか、いつもなのかはわからない。

十分だけ部屋で待っていてと、たき子はいつも言うが、その十分を私は気にしたことがなかった。

シャワーを使っていると、帰ってきた気配があった。

裸のたき子が、乳房を揺らしながらバスルームに入ってくる。白い肌だった。脂の乗った滑《なめ》らかさがあり、ベッドで快感を貪《むさぼ》る時は、顔から肩にかけて紅潮してくる。三十八歳である。女としては、いい年齢だと、私は思っていた。若いころ結婚し、三十二歳で離婚し、それから二度、恋をした。そんなことを、ベッドの中で語った。

セットした髪を、ピンを何本か抜きながら、頭を振って崩す。なにかが落ちてきたように、肩を髪が覆う。

白い肌に、髪は黒すぎる、と私はいつも感じる。平気で湯に当てるので、頭が不意に小さくなったような気がした。

私は先に出て、バスローブを羽織り、まだ喫い終えていない葉巻に火をつけた。葉巻用の灰皿は、いつもリビングのテーブルに置いてある。

「ずいぶんと、放っておいてくれたのね」

髪だけはシャンプーしたようで、いい匂いが漂ってきた。色違いのバスローブで、躰を包んでいる。

「ねえ、何点？」

首を傾げ、バスタオルで叩《たた》くようにして髪の水気を取りながら、たき子が言った。バスローブの前がはだけ、黒々とした陰毛と白い下腹が見えた。

「五十点だな。とりえは、若いことだけだ。まあ、女には大きな要素ではあるが。会話ができない。できないのではなく、その気がないのかもしれん」

「同じよ、あたしの見方と。あなた、女の子を置く店をやると、成功すると思うけどな」

「女は、当てにならないんだ」

「確かに、そうよね。辻村さんなんか、あなたに一生ついていく、という感じだもんね。それから、信治」

「あいつのことは、いい」

「自分の父親を呼ぶみたいに、あなたを親父さんと言うわ。聞くたびに、あたしはむかつくけど、羨《うらやま》しい気もする」

さあ飲もうと言って、たき子はブランデーグラスに、コニャックを勢いよく注いだ。私は、飲まない。これ以上飲むと、男として役に立たない、という限界のところで、やめていた。飲むほどに淫《みだ》らになるたき子とは、もともとのありようが違う。

「あたしね、まりに喋り方を仕込んでみようと思ってるの。少しずつ歩合給にしていって、本人が眼を剝くぐらいのお金を摑《つか》ませる」

「あどけない顔をして、男から毟《むし》ろうとする女だぞ」

「それぐらい、したたかな方がいいのよ。でも、感心するな。よく見てる。そんな長い時間じゃないのに」

「習性だな」

私は、葉巻の煙を吹きあげた。

たき子は、これからドライヤーを遣う。

「捨てられたとは思わなかったけど、放っておいてくれたものよね。また、断食道場だって言うんでしょう。ほんとか嘘かは別として、あなたのやつれ方は、女じゃないわね」

私は葉巻を灰皿に置き、寝室のキングサイズのベッドへ行った。葉巻は、置いておけば、自然に消える。

そして、うつらうつらするだけで、私の酔いは醒めるのだ。

4

晴れていた。

雲行の怪しい日が多かったが、晴れれば光は初夏のものだった。

私は電車で有楽町《ゆうらくちょう》まで行き、そこからレストランまではジャケットを腕にかけて歩いた。ふた月に一度の食事だが、それが二十二年続くと、のべつ逢っているという感じになる。

六時を回っていても、まだ明るかった。食事の日だけ、私はほかのものに関心を示さなかった。擦れ違う人間の表情は、みんな同じに見えた。街の風景は、猥雑な物象としか感じられず、音はただ騒音だった。

レストランに到着した時、私はかすかに汗ばんでいたが、入口でジャケットは着た。

響子《きょうこ》は、まだ来ていなかった。約束の時間まで、あと七分ある。彼女がレストランに入ってきて、席に案内されてくるのを見るのが、なんとなく好きだった。

五分前に、響子は入ってくる。そういう時間の守り方は、医師という職業のせいだろうか。

響子が入ってきた。私は時計を見て、ぴったり五分前であることを確認し、にやりと笑った。

「二年ぶりぐらいかな、ここ」

席に着くと、響子が言った。

私と響子は、二十二年間、食事以外の逢い方をしたことはなかった。食事の場所は、まちまちだった。彼女が聞きつけてきたレストランのこともあれば、話題のカウンター割烹《かっぽう》だったり、料亭だったり、場末のおでん屋だったりする。

勘定を割ろう、とはじめに響子は言った。そういうことなら、食事はしない、と私は答えた。一度きりだ。いかにも、人の躰を切り刻んでいる、外科医らしい言い方だ、と私は思った。

いまは、開業医で、外科、内科ふたつの診療科目を看板に出しているが、ほとんどが内科だという。つまり風邪や下痢などを治し、難しい患者は専門の病院に送る、というのが仕事だ。

同時にナプキンに手をのばし、膝の上に拡げた。服装は悪いものではないが、ごく普通の地味な色のツーピースで、インナーも普通のブラウスだった。ファンデーションなど遣わない薄い化粧で、装飾品は皆無である。

食前酒を頼み、響子は眼鏡を出すと、それをかけず手に持ったまま、メニューを見はじめた。

「変ってないね、二年前と」

「深くなったのか、現状維持か、マンネリか、食ってみないことにはわからん」

「味は、忘れたな」

「食えば、思い出す」

響子が註文をし、私も適当に品数が同じになるように言い、ワインリストを眺めた。私の場合、この程度では眼鏡を必要としない。

「ニューヨークの雑誌で、ちょっとした話題になってたね。アメリカ人に、抽象がわかるのかしら」

「リアリズムから、いきなり抽象に跳んじまったのが、アメリカ絵画さ」

「そういうところは、冬さんと相似形だ」

「俺は、ひとりでそれをやってる。アメリカは、絵画史の中で、それが起きた」

「自慢かね？」

「相似形、などと言われたくないだけだ」

「それは、雑誌に書いてあったことよ。あたしが勝手に、相似形と訳しただけだけど」

前菜が運ばれてきたので、会話は中断した。

響子は、咀嚼している間、絶対に口を開かない。なにを質問しても、しっかりのみこんでから、答えるのだ。

それは身についた作法とも思えたし、ある種の頑《かたくな》さが出ているのだという気もした。

いつもと同じ、食事だった。ワインは、気に入ったようだ。私は、たき子と食事をする時は、いつもボルドーばかり飲んでいるが、ピエモンテの微妙なところを選択した。

私は、葉巻を喫いたくなっていた。響子は、食後酒を求めている。

私は、アメックスのグリーンで支払いをした。ゴールドでさえない。私より明らかに収入の少ない画商でも、プラチナかブラックである。クレジットカードの色によって、虚栄心をくすぐられるということが、画商の間にはあるような気がする。あるいは、はったりのために、色が必要ということなのか。

好きよ、そのカード、と最初の食事の時に、響子が言った。だから、二十年以上、カードの色は変えていない。

タクシーを拾い、西麻布《にしあざぶ》のバーへ行った。ここも、一年に一度か二度は来る店だ。人を見馴れている店主が、私たちの関係を測りかねているのが、よくわかった。

「この間、『ウェストピア』へ、行ってしまったよ。横浜の医師会と、ちょっとした会合があって、食事はお弁当だったんだけど、本牧のクラブに案内したいって話になってね。ああ、冬さんの店だって、入ってからわかった」

「あそこが、俺の店だと思ってはいないよ」

「マダム・タキ。美人じゃなく、男の人たちが言う、いい女というのが、あの人なんだろうね。別れないかぎり、あそこは冬さんの店でしょう?」

たき子と、そういう話をしていたわけではない。別れたら、手切金代りに店の権利をやるつもりだ、と響子に言っただけだ。

「ねえ、『ウェストピア』って、どういう意味?」

「横浜には、存在しない桟橋ってことかな」

「横浜じゃないところには、あるの？」

「知らないが、ありそうな気がする」

存在しない桟橋というのは、いま思いついたことだ。『過去を持つ愛情』。先日、店でピアニストが弾いていた『暗い艀《はしけ》』という曲は、その映画の中に流れていたものだ。それを、不意に思い出した。

「ピアノ、聴いたか？」

「気に入ってるのね」

頷きながら、響子が言った。

「ああ、冬さん、こういうので、気持を鎮めることもあるんだって思った」

意識したことはなかったが、言われてみれば、そうなのかもしれない。心が波立った時は、足があの店にむく。ピアノを聴き、それからたき子を抱く。

私は、店のヒュミドールからハバナ産の葉巻を一本選び、火をつけていた。響子は、コニャックを飲んでいる。私は、水を一滴たらした、アイラモルトのスコッチだった。

「ねえ、マダム・タキとは、どんなセックスをしてるの？」

こういう話題も、しばしば出てくる。露骨なことを言ったとしても、響子は嫌がらないが、医師の眼にはなる。

「どういうところが、気になるんだ？」

「セクシーと言うのかな。そういう部分を、臆《おく》せずに表面に出している人の、セックスのキャパシティって、どの程度のものなのだろうって、お話ししていて、ふと思ったの」

酔うと、響子の言葉遣いは、女性的なものが滲《にじ》み出してくる。素面《しらふ》では、医師という鎧《よろい》を脱ぎきれないのだ。

「おまえが想像している範囲を、越えちゃいない」

「そう」

「アナルは、最初は強姦みたいなもんだった。二度目は、強い拒絶はなく、三度目は、これを使ってくれと、ワセリンを出された」

「そこまでか」

「正常値の中で、右に振れたり、左に傾いたりだな」

「もういい」

「おまえが振った話題だ」

「夫が、その方面の研究をしてるの。セックス依存症が、もともとのテーマなんだけど。その過程で、欲求の正常、異常の問題が出てきたわけ。異常な症例を集めることに、夢中だった。オー・マイ・ゴッドという言葉と、にやにや笑いが検証中は混在していたわ」

「そんな話を、旦那とするんだ」

「話だけね。彼は、依存症の症例を集めている間に、セックスそのものに嫌悪感を抱くようになった、という感じね」

こういう話は、微妙なものになってくる。私は、響子の夫婦生活を、深く探ろうという気を持たないようにしていた。再会した時、響子は結婚していたのだ。

「もう一杯、お代り」

響子が言ったので、私も註文した。響子は、大抵の酒は飲む。どんな酒かは、その時の気分次第である。ただ、あまり強くない。コニャックでも、せいぜい三杯が限界だった。

外科医をやっていたころは、無理をして飲む、という感じはあった。

人だと思ったら、切れないいね。なにか、機械を修理するような気分にならなくちゃ。酔って、そう言ったこともある。

「次のごはんは、横浜がいいな」

「わかった。だけどそのあとの酒を『ウェストピア』というのは、勘弁してくれよ」

「お店の名前、決して船を着けられる場所がない、というマダム・タキの気持を表わしているんじゃなくて。心の中にしかない、幻の桟橋」

「そうかな」

たき子が、生活に不自由している、ということはない。店の利益は、すべて自分のものなのだ。経費を差し引いたあとの利益を、私は一度だけ訊いたことがあるが、予想よりずっと多かった。

たき子と一緒に暮すことが、私には想像できなかった。私と一緒に暮せる女など、多分どこにもいない。ひとりで、絵にむかい合ってしまう。その時は、他者の存在などなくなるのだ。

本牧小港に店を出す時、一緒に暮してくれないか、とたき子は訊いてきた。無理だ、と私は言った。そうしたいが、絵を描きはじめると、俺はいまの俺でなくなる。そして、間違いなく、おまえを傷つける。

言ったことに誤りはなく、しかも小狡《こずる》く計算した言葉だった。

俺の気がむいた時に抱かれていればいい、などと本音を洩《も》らすほど、私は軽率でもなかった。早い時間に店に顔を出した時は、心配で様子を見にきただけであることも、伝えてある。ほかの店を巡回する途中で、タクシーを拾ってちょっとだけ行くこともあるのだ。

バーテンは、人当たりがよくて気が回る。ただ、腕は悪い。辻村が鍛えたわけではないのだ。

「前に訊いたことがあるけど、酒場は、硲冬樹にとって、精神の平衡をとるために、必要なものなの？」

「前は、なんと答えた」

「現実と繋《つな》がっている必要がある。普遍性は、現実と遊離したところからは生まれない」

「それは、間違いではないだろうが、すべてではない。俺は、酒場が好きでもある。通俗のきわみだし、通俗の塊のようなところが自分にあるのも、気づいている」

「冬さんの絵が通俗とは、誰も言わないわよね」

「抽象というのは、通俗をうまく隠してしまうのかもしれん」

「フユキ・ハザマの自虐《じぎゃく》への旅。相似形とは別の人が、書いた評論よ。自己破壊衝動を、リアリズムの破壊で代償している、ということが書かれてあった」

「わからんな、俺には」

アメリカの美術雑誌を取り寄せているのは、響子ではなく、旦那の方だった。抽象画の多いアメリカ絵画では、その評論も少なくないらしく、精神科医が書いているものもあるという。精神病院では、絵を描かせ、そこから心理分析をはじめることも、やるようだった。

「自虐への旅か」

「大きくはずれてはいない、という気がしたわ」

響子が、二杯目のコニャックを呷った。

「もう一杯ね。それで、終りにする」

「俺も、そうしよう」

「肝臓なんかは、大丈夫そうね、冬さん。正確なところは、血液データを読まないとわからないけど」

「よほど飲まないかぎり、二日酔いはしない」

「冬さんの健康状態、一度チェックしたいけど、うんと言うわけないわね」

「病んでるの、躰じゃないからな」

「冬さんの心は、病んでない。過剰なだけよ。なにが過剰か、言えないけど」

響子の言っていることは、多分、正しいだろう。そして、なにが過剰かは、私にも言えない。

「持て余さないでね」

なにを、と響子は言わず、私も訊かなかった。

バーの主人が、それぞれに三杯目を注いだ。

「雨みたいですよ」

「夕方は、気持のいい晴れだったが」

「降りはじめたの、ついさっきです。そこそこの降りにはなっております」

入り組んだ場所にある、バーだった。流しのタクシーを拾うには、大きな通りまで出なければならない。

「あと十分後ぐらいに、車二台頼む」

「かしこまりました」

響子を送っても、それほど遠回りにはならない。しかし私は、一度も送ったことはないのだ。

「次の横浜、海の見えるところがいい。しばらく、海を見てないわ」

「海のそばの別荘なんて、旦那は考えないのか。休暇も、必要だろう」

「ちょっとどこかで踏み間違った人たちの、心の中に入ってばかりいると、健康的なものに対して、アレルギー反応を起こすみたい」

「それは、まあ」

私は、短くなった葉巻を、灰皿に置いた。これで、火は消える。

響子が、掌《てのひら》の中でブランデーグラスを揺らした。この指が、外科医として、人の躰を切り刻んでいた。それが信じられない、しなやかな指である。

5

家へは帰らず、タクシーで長屋酒場に乗りつけた。

飲み足りない。いや、足りないのは、まったく別のものか。

「客が、来ない。あんたの酒、ちょっといただいたよ」

煙草の煙を吐きながら、花江が言った。

「ひどい話だな、まったく」

私は、カウンターに出た焼酎の一升瓶から、コップに注ぎ、湯を足した。

「あんたは、ひと月以上来なかった。ほんとはその時、ボトルは流れてんだよ。ハーモニカじゃ、どこでもそうだ」

私は長屋酒場と呼んでいるが、花江はハーモニカと言う。対岸からは、そう見えなくもない。

私は、小窓のガラスに顔を押しつけて、暗い川を眺めた。対岸の道路を、車のライトがいくつか通り過ぎ、川面が、照り返しで異様な光を放つ瞬間がある。

「ひどい川だ」

「なにが？」

「この間、人が流れてた。ずっと前だが、椅子が流れていたのを、見たこともある」

「だから、なんだい？」

「ひどいと思わんのか、おっかあ?」

「昔は、ダルマ船が並んでた。船の上に、店があって、酒場があって、そして家もあったよ。人間が出すもんは、なんでも流れてたね」

「ずいぶんと繁盛《はんじょう》してたって話だが、俺はそのころのことは知らん」

「役所が、いつまでも黙ってるわけないだろう。船は持っていかれたが、店なんかは、このハーモニカに集められたのさ」

「なるほどね。そういうことか」

「あんた、何年ここで飲んでんだ。三十年近くになるんじゃないのかい?」

「若いころは、俺もそこそこだったろう?」

「ハーモニカで飲んでんのは、カンカン虫か、港湾人夫って、相場は決まってたもんだ。あんたは、変なやつだったよ」

「あのころは、おっかあも若かったんだな」

「当たり前だろう。てめえで爺《じじい》になってやがるくせに、なに言ってる」

「そうか、俺は爺か」

花江は、私のボトルから、なみなみとコップに注ぎ、そのまま飲んだ。

私はまた窓の外に眼をやり、水面が車のライトで一瞬浮かびあがるのを見つめた。

おやすみなさい。響子は、そう言っただけだ。私も、同じ言葉を返して、響子のタクシーを見送った。

二十二年間、同じことをくり返している、というむなしさなど、微塵《みじん》もなかった。また、おやすみと言えた。私は、そう思っただけだ。響子の、おやすみなさい、も数えきれないほど聞いたが、はじめて聞く言葉のようにしか、私には感じられなかった。

響子との二十二年前の再会は、偶然ではない、と私は思っていた。

初個展は、中目黒《なかめぐろ》の川のそばにある、小さな、わかりにくいギャラリーで開いた。エレベーターもない古いビルの三階で、通りに面した入口に写真を一点出すことで、ようやく告知ができたという、およそ売ることなど考えていない個展だったのだ。

買いたい、という客がいると言われ、私は会場に入っていった。絵の前に、絵から抜け出した人間が立っている、と思った。全身の肌が粟立《あわだ》った。

人は人だ、と自分に言い聞かせたことを憶えている。

人が、ふり返った。永井《ながい》響子だった。乾《いぬい》さん、と響子はしばらくして私の本名を呟くように口にした。

八年ぶりの再会だったが、少なくとも私は久しぶりだとは思わなかった。

あたしを描いた絵だ、と思ったんです。響子は、戸惑ったように、そう言った。自分が描かれているとしか思えなくて、それもなにかいとおしい感じで、あたしが買わなくちゃならない、と思ってしまって。

響子と絵を並べてみても、共通性を見出《みいだ》せる人間は稀《まれ》だろう。なにしろ、抽象画なのだ。しかし、展示されている絵のすべては、自分を描いたものだ、と響子はまた言った。だから、どれを買えばいいか、わからなくなってしまって。

　会場の係員が、頭のおかしな女だ、と思ったようだ。さりげなく、外に出そうとした。私は、それを止めた。

　響子がたたずんでいた絵を勧め、十万円と私は言った。展示が終るまでに現金を用意すると言い、私は自分で渡すことにした。十号だったから、女に持てないというほどの大きさでもない。

　君を描いたのではない、と絵を渡す時に言った。素描《デッサン》のはじめからを、すべて見せてやった。風でわずかに傾いでいる、樹木の素描。横浜の高台に、ひっそりと一本だけ立っていた木だった。

　木があって、それがディフォルメされる過程で、やっぱりあたしが滲み出している、と感じてしまいます。言われて、私はうつむいた。最後の、油彩になった作品に、直観的なものを感じてしまったとしても、素描の段階での変化と、その後の跳躍まで、私以外の人間にわかるはずがない、と思って見せたものだった。

　主観が見せてしまうものまで、俺は責任は持てない。ひとりひとりの人間が、それぞれの主観で、絵を見る。特に、抽象はね。

　私が言ったことを、響子はしばらく考えていた。なぜこの女が、俺の眼の前にいるのだ、と私は思った。ありそうもないことが、起きてしまう。それが、人生とでも言うのか。

　その時、私を包んでいたのは、なにかを呪《のろ》うような気分だった。これで、絵が描けなくなるかもしれない、という思いが、波状的に襲ってきた。

私の内部で、響子は現実であり、現実ではなかった。眼の前にいる響子は、現実そのものだ。私の中にあるのは、十九歳の響子の像だった。それは私の、絵画的感覚の中で、大きく変化しているはずだった。八年という歳月が与えた、現実的な変化ではない。

あたしを、描いてみてくれませんか。勿論《もちろん》、たくさんは無理ですけど、料金というのか、お礼というのか、それはお払いします。

私は、気軽に頷いた。そこらの風景や物と同じにならいくらでも描ける。無料でね。その木の絵のように、俺は徹底した写実から絵をはじめてるんだから。

私は、いつも持っているやや小ぶりのスケッチブックに、念を入れて響子の似顔を描き、渡した。

あたしです、これは。絵を受け取って、響子は言った。ただ、あたしだと思います。まるで、写真みたいに。これからディフォルメされて、いつか抽象へ跳ぶんですね。

どうかな。スケッチしたものが、俺の心を揺さぶらなければ、筆はこれ以上は動かない。

いつ、動きはじめるのですか?

わからない。二ヵ月後、動いているかどうかだな。

じゃ、二ヵ月後に、逢ってください。

いいよ。君はなにしろ、最初に俺の絵を買った人だから。

それで、二ヵ月後に逢い、食事をした。響子は写真のままで、次の二ヵ月後も、同じだった。

そうやって、二十二年が経ったのだ。

筆が動いたかどうか響子が訊いてきたのは、最初の一度だけで、それ以後は、ただ食事をしていくらか酒を飲み、おやすみの言葉を交わし合う、というだけのことだった。

「おい、いつまで穴みたいな窓から外を眺めてんのさ」

花江の声がした。

「一瞬の光。濁った水さえ、清らかなものに見せてしまう、一瞬の光。絵にはできないんだろうな、と思いながら、眺めてた」

「たまには、芸術家みたいなこと言うんだね、あんた。一瞬の光か。あたしも、ひとりで窓の外を見てて、そんなことを感じることがあるね」

「おっかあ、俺を芸術家だって認めているんだな」

「画家って、芸術家だろう?」

「そのレベルか」

「あんたは、絵はうまいよ。だけどさ、世の中にゃ、写真ってもんがあるんだから」

「そうだよな。確かに、そうだ」

「なんかこう、ぐしゃぐしゃって描くじゃないか、絵って。人の顔でもなんでも、曲がってないのに、曲げて描いたりするじゃないか。あんなのが、あんたはできないんだ」

「わかってるよ。だけど、俺はあんなふうにしか、描けない。才能がないんだ」

「あんたの歳じゃ、それで食っていくしかないだろう。才能がないなんて、言ってる場合か」

「厳しいことを、言うなよ、おっかあ」

「断酒道場に入ったりするようじゃ、駄目だな。まあいい。次にひと月以上来なかったら、ボトル流しちまうからな」

壁が、二度、ノックされた。

「おい、二度、叩き返してやんな」

言われた通りに、板壁を私は二度ノックした。

しばらくして、ジーンズ姿の若い女が入ってきた。ジーンズの腿ははち切れそうで、全体的に小肥《こぶと》りの女だ。化粧っ気のない顔の頬は紅《あか》く、眼は両端が垂れている。茶色に染めた髪は、頭の後ろでかきあげて留めていた。

「あっ、お客さん、いたんだ」

「いいんだよ、この人は。あたし相手に飲むのが気に入らなくて、外ばっかり見ているんだから」

女は、入口の椅子に腰を降ろした。

「隣の加奈《かな》ちゃんだよ。夕方から、客が来てないらしい」

ノックで、そういう合図をし合っているのだろう、と私は思った。花江は、平気で私の焼酎をコップに注ぎ、差し出した。

「こっちの先生からの、奢りだよ」

「え、いいんですか?」

仕方なく、私は頷いた。

「先生って、なんの先生ですか？」

「学校で教えてなんかいない。画家だよ。死んでないところを見ると、一応は食えてるみたいだね。硲って言ってね、石偏《いしへん》に谷って書いて、はざまだよ」

「えっ」

加奈という女の子が、私の顔を見つめてきた。

「この子は、画家志望らしい。もっとも、食えちゃいないので、ハーモニカで酒場をやろうって突飛なことを考えた」

「硲先生、ですか」

「おい、挨拶代りに、似顔絵描いてやんなよ。金、取るんじゃない。夕方から、加奈のところは、客が来てないんだから」

鉛筆とメモ用紙が出された。私は、黙って加奈の顔を見つめ、鉛筆を走らせた。私の正確過ぎる素描《デッサン》は、普通は素描とは言わない。ただの似顔で、画家志望なら、むしろ馬鹿にする技術だ。

加奈が、食い入るように、私の手もとを見ていた。私は不安になったが、描きあげて加奈に渡した。

「すごい」

「おまえも、駄目だね。こんな写真みたいな絵に、感心してるんじゃない」

煙草に火をつけながら、花江が言った。どこか、自慢気な響きも入っている。加奈は、それが聞えないように、似顔絵に見入っていた。

酔った客が、三人入ってきた。客がいるかぎり、朝まででも店はやっている。

「おかあさん、硲先生とコップ、借りてっていい？」

花江が、頷いた。そういう気のいいところは、昔から変っていない。

三人の顔は知っていて、かなり酔っているので、加奈に引っ張られるまま、私は隣の店に移った。

店の中に、絵が二点かけられているのが、眼についた。加奈が、ぺこりと頭を下げた。

「硲冬樹先生ですよね、アブストラクトの」

加奈は、画学生のように、抽象のことをそう言った。

「崎山《さきやま》加奈と申します。卒業して、二年になります」

加奈は、美術大学の名を言った。

「参ったな。俺はこの長屋じゃ似顔絵描きだと思われているんだ」

「似顔だなんて。すごいデッサン力だと思います。生意気な言い方になりますが。完璧な客観から、完璧な主観、もしくは物象を伴わない感性に昇華されたものが、アブストラクトなんですね」

「この長屋じゃ、気紛れに一枚五百円の似顔絵を描く、売れない画家なんだ、俺は。飲みながら、話さないか。焼酎を一本入れてくれ」

「はい」

加奈が、焼酎のスクリューキャップを、音を立てて回した。一種類しか、酒はないらしい。

「そこそこ、売れている画家と、思われたくないんだ。若くて、貧乏で、未熟だったころの、俺のままでいたいんだ、ここじゃ」

「わかるような気がします」

「内緒にしてくれないか?」

「はい。約束します」

「ならいい。気軽に飲もうぜ。言っておくが、絵画論なんかで絵は描けたりしないからな」

「絵画論はやりません。このデッサン力が、いかなる絵画論よりも、あたしを納得させる力があります」

「君の絵か?」

私は壁の二点に眼をむけて言った。稚拙《ちせつ》ではない。達者と呼んでいい部分もあるだろう。しかし、足りないものも大きすぎる。自分を描こうとしていないのだ。心を動かす絵は、必ず画家がどこかで自分自身を描いている。

「プロを目指しているなら、自己否定からはじめろ。自分で自分の絵を飾るのは、ただのマスターベーションだ。とっ払え」

「どうすればいいんでしょうか?」

「画商は?」

「付き合いには、距離を置くつもりです。もっとも、どこにも相手にして貰えませんが」

「自分で、売り歩け。額縁代に二千円プラスされたら、よしとしろ」

「売れるでしょうか？」

「酒場で売れる絵を描くのさ。まず、それからだ。この店は、絵を描くためにやるんじゃなく、ひたすら生活のためにやれ。絵を描くことと、次元を変えるんだ」

私にそれだけのことを言わせるのは、絵にそこそこの力はあるからだ。

「満足するな。まず、酒場で売れる絵。つまり、制約の中で描いてみる。制約があればあるだけ、創造力は高まる」

私は、自分自身に言い聞かせているような気がして、口を噤《つぐ》んだ。二杯続けて飲み、煙草に火をつけた。

「ベラスケスって画家は、宮廷で飼われていて、王族や貴族の絵ばかりを描かなければならなかった。つまり、大いなる制約さ。それでも、いやそれでこそ、素晴しい絵を描いた」

「ベラスケスなんて」

「制約の例だ」

「先生に、制約はあるんですか？」

「ない。だから、駄目なのかもな」

ひとりの人間だけを、描き続ける。それは、私が私に与えた制約ではなかった。私にある多少の想像力が、その一点にだけしかむかわないのだ。

私は、煙草を消した。

「おい」

カウンターの上にあった、加奈の手を私は摑んだ。

「おまえは処女か、崎山加奈?」

「どうして、そう思うんです?」

「絵が、服を脱ぐのを恥しがっている。まして、下着など、絶対に脱がない、という感じだよ」

紅い頰をさらに紅潮させて、加奈がうつむいた。

「捨ててこい。おまえの歳のバージンなんて、子供のころ着ていたシャツみたいなもんだ。いくら大事に抱えていても、躰に合わなくなっている」

「そんな」

「君の絵は、みんなおかしなものをまとってる。つまり、君が見えない」

加奈が、一瞬、自分の絵に眼をやった。

私はコップの焼酎にお湯を足し、梅干をひとつ入れた。そうやって飲むことは、ほとんどない。

この店の小窓からも、『花え』と同じ風景が見えた。夜が更《ふ》け、車の数は少なくなっている。

永井響子とはじめて逢ったのは、三十年前の空手の関東地区大会だった。同じ道場に、響子の兄がいたのだ。名門の経済学部の学生と、バーテンの接点は、その道場だけだった。

私は二十二歳で、バーテンをやりながら、すでに絵を描いていた。絵は趣味だと自分に言い聞かせていたが、生活の中で最も力を注いでいたのは、絵にほかならなかった。

空手は高校時代にやっていて、卒業してからも、アパートの近くに同じ流派の道場を見つけ、週二日通っていたのだ。

関東地区大会は、個人戦だったが、同じ流派内の、道場の競い合いという趣きもあった。試合に出場しない者が、同じ道場の出場者のセコンドもつとめる。

響子は医学部の一年生で、怪我の手当てなどをさせようと、兄が連れてきていたのだった。

私は、出場者だった。高校時代に、そこそこの力量を身につけていて、週二回の稽古で、実力はいくらかあがっていた。

響子は、ジャージの上下を着ていて、ショートヘアだったから、道場の練習生のように見えないこともなかったが、躰つきは華奢《きゃしゃ》だった。セコンドの後ろに控えていて、繃帯の巻き直しや、出血の手当てなどをしていた。

響子を見た時から、私は響子以外の人間は見えなくなっていた。

それまでに恋人は何人かいたが、そういう経験は人生ではじめてだった。視界がすぼまり、全身に鳥肌が立って、それがいつまでもひかなかった。

あの感覚は、いまでさえ生々しく思い出すことができる。女性に対してそれほどストイックではなかった私には、理不尽なものが襲いかかってきた、という気がしたほどだ。

響子は、ただそこにいるだけだった。仕草のひとつひとつが眼に入ってくるというのではなく、表情の変化が見えているわけでもなく、響子はただそこにいた。

気配が、存在そのものだった、ということなのだろうか。その不思議な感覚も、やはり経験したことがないものだった。

私の試合の番になった。

むき合い、位置を変えた時、セコンドの練習生の後ろで、響子が立ちあがるのが見えた。眼が合った。そう感じた。

私は頬から血を噴き出し、試合を止められた。なにがあったかは、はっきりわかった。中段で蹴る構えを見せた相手が、その足をそのまま軸足にして、上段の回し蹴りを放ってきたのだ。私は多分、本能的にかわしたのだろう。相手の足先が、頬をかすめただけだった。

止血の処置をされた。あろうことか、それをしたのは響子の指で、私の顔に何度か彼女の吐息がかかった。

試合に戻った私は、自分で理解できないものに対して、ひどく腹を立てていたような気がする。相手は勢いづいていた。私は、一歩だけ踏みこんだ。相手は、頽《くずお》れた。躰を寄せて放った掌《しょう》底《てい》が、まともに水月《みぞおち》に入っていたのだ。

私は勝ったが、次の試合を放棄し、着替えると、試合場を出た。響子が、走って追いかけてきた。血が止まっているのは、見ればわかったはずだ。彼女は、息を弾《はず》ませていた。

なにかいけないことをしたのでしょうか、あたし。試合中に、じっとあたしを見ておられました。

なにも。君を、見ていたわけではない。それだけ言うと、私はいたたまれなくなり、響子に背をむけて歩きはじめていた。

それから八年後の個展の時まで、私は響子を見てもいない。道場には時折、出かけたが、彼女がいるはずもなかった。彼女以外の、誰を見るのもいやだった。特に兄の永井の顔は見たくなかった。

道場にいかなくなり、空手もやめた。

つまらないことで、四人の港湾労働者と喧嘩になり、ひとりにひどい怪我を負わせてしまった

のは、その半年後だ。

「おかしなものって、なんなんですか？」

「自分で考えろ」

「自意識でしょうか？」

私は小窓の外から、加奈の顔に視線を移した。

「自分で考えてわからないなら、絵はやめちまえよ」

私は、焼酎の中の梅干を、割箸《わりばし》で突き刺して口に入れた。

それから腰をあげ、ボトル代を払って『風の道』を出た。

空の端が、明るくなりはじめている。

道まで見送りに降りてきた加奈に、私は軽く手を振って歩きはじめた。

第二章　蟬《せみ》の日

1

自転車はいたが、みんなスポーツ車で、色とりどりのヘルメットを被《かぶ》り、前傾姿勢でゆっくりと走っていた。

私の自転車は、たとえ三段切り替えのギアがついているとしても、いかにも異質だった。乗っている人間も、スポーツ車とは違いごく普通の服装で、それも逆に目立った。

ここには、かつて造船所や修理のための乾ドックがあり、相当な数の労働者が通っていたものだった。

造船所が移転し、乾ドックには帆船が入れられて、観光名所になっている。造船所の跡地は、埋立てで拡幅され、未来都市のように高層ビルが乱立していた。観光名所は乾ドックだけでなく、街全体がそうだとしか言い様がなかった。

平日でも、帆船にむけてイーゼルを立てている画家は見かける。街角でも、しばしば見かける。彼らが趣味で描いているという点で、私と同じだと思っていた。技倆《ぎりよう》の巧拙《こうせつ》は別として、仕事ではないということでは、同じなのだ。私はたまたま売れているが、売るために描いてはいない。

私は、造成は終っても、まだ建物が建っていない場所に入っていく。廃墟の名残りが、わずかだが見え隠れしているのだ。鉄骨が地上に頭を覗かせていたり、毀《こわ》れたヘルメットが半分埋もれていたり、土で腐食した大型のキーを見つけたこともある。スケッチしたくなるものが、時々見つかるのだ。

造船所の残骸などは、捜してもなかった。荒地としか見えない造成地は、草で覆われていて、腰を降ろしていると、草原の趣きさえあった。

そこをひと回りするのは、月に一度程度で、その時は新港埠頭《センターピア》の方へも行く。

赤レンガ倉庫の前には、画家が並んでいる。少しずつ手入れをされて、その分だけ情感の消えた建物は、しかし画家たちの絵心をくすぐるようだ。みんな、広場で行われているイベントなどには眼もくれず、一心に筆を遣っている。

私は、人眼からはずれた埠頭に立ち、舫《もや》いのとられていない繋船柱《ビット》を、短い時間でスケッチする。舫いがとられていると、意欲が半減するのだが、新港埠頭に着けている船は、最近では少ない。

私が子供のころから、繋船柱は立っていた。時にはペンキが塗られていたりするが、それはそれで、鉄の質感を際立たせていた。

繋船柱のスケッチを、私は何十枚持っているだろうか。

魅《ひ》かれてしまう理由を、考えたことはない。

それが終ると、万国橋《ばんこくばし》を渡り、弁天通《べんてんどおり》に出る。夜は、人で賑《にぎ》わう場所だった。昼間は、意外なものを見かけるのだ。烏《からす》。鷗《かもめ》。雀《すずめ》。街路樹の根もとの吐瀉物。吐瀉物のスケッチは、難しかった。半分乾きかけている質感が、なかなか出ないのだ。

一枚のスケッチに要する時間は、五分程度だ。今日は、やたらにスケッチをしたくなる日だった。自転車を漕いでいても、眼はたえずモチーフを探している。

擦れ違う、人の顔。後ろ姿。私は弁天通を抜け、横浜スタジアムの方へむかった。

不意に、眼が違うものになった。つまり、スケッチの眼ではなくなったのだ。スタジアムを一周して、松影町《まつかげちょう》の方へむかう。まだ、一時間半というところだ。時計は見ないが、躰がそれを感じている。松影町から真金町《まがねちょう》へ入ったが、私は直進を続けた。右折すると、曙町へ戻ってしまう。

いまは、ロードワークのようなものだった。ギアは一番高くしてあり、スピードは出るが、なにしろ歩道だ。ゆっくり走ると、ハイギアは、力が必要になる。

人を避ける。自転車を避ける。道路を横断する時は、近づく車のスピードを測る。

そんなふうにして、私は三十分走り、曙町へ戻ってきた。時計を見ると、二時間ちょうどだった。

躰が、かすかに汗ばんでいる。

シャワーを使い、バスタオルを腰に巻いたまま、鉛筆ケースの鉛筆をすべて削った。刃渡りが七、八センチのナイフである。もともと十センチ以上あったが、研いでいる間に短くなった。鉛筆は、いつもナイフで削る。鋭く尖《とが》っている必要はないし、木炭のようにやわらかく遣うので、芯が多少長めの方がいいのだ。

持ち歩いている鉛筆は、二十本というところだった。

それが終ると、私は服を着こみ、しばらく音楽を聴いていた。音にこだわりがあるわけではないので、ごく普通のプレイヤーである。

ジャズ、ファド、シャンソンというのが、耳には心地よかった。

私の家には、テレビはない。ニュースなども、新聞で読むだけだ。

ファドの、いくらか情感過剰の唄声を聴きながら、この一週間のスケッチを、ぱらぱらとめくった。ひっかかるものはない、というのはわかっていた。

スケッチからはじめる私の抽象画が、方法として間違っている、と考えたことはなかった。百人いれば、百の方法がある。

なにを描きたいかは、決まっていた。私が描きたいのはひとつだけで、それについての迷いはなかった。

なぜ、そのひとつを描きたいのかは、深くつきつめたことはない。これから、つきつめることがあるのだろうか。

ようやく、陽が傾きはじめていた。

私は、煙草を一本喫って、腰をあげた。

関内駅の近くまで自転車を漕いだ時、スケッチブックを抱えた加奈に行き合った。店に出る時と同じ、ジーンズと薄いオレンジのセーター姿だった。

「しけた顔してやがるな」

「お腹減っちゃったんですよ。ずっと歩き回ってたから」

私は、月に二度行く、イタリアン・レストランへむかおうとしているところだった。

「行こうか」

「えっ、どこへですか？」

「この先のイタ飯《めしや》屋。俺は、そこへ行くところだ」

「奢ってくれるんですか、先生？」

「先生はやめておけ」

私は、自転車を押して歩きはじめた。加奈は、大人しくついてきた。

顔見知りのボーイが、ドアを開けてくれる。

まだ客は入っていなくて、一番奥の席は空いていた。

「ここ、よく来るんですか？」

「たまにだ」

「夜は、自転車で飲み歩いているって、おかあさんが言ってましたけど、ほんとなんですね」

「合理的だ、タクシーを使うより。路地も一方通行も、どうにでもなる」

「夜も、スケッチはするんですか?」

「メモ程度の大きさのスケッチブックは、ポケットに突っこんでいるが、飲んでいると、描きたいと思うものは、ほとんど見つからない」

「スケッチをする時は」

「絵の話は、もうやめておけ。特に俺の絵の話はな」

「あたしの絵については、喋ってもいいんですか?」

「喋りたけりゃ、勝手にしろ」

ボーイが、註文を取りに来た。私は、トマトのサラダと、カニのリングイネと、仔牛のカツを頼んだ。加奈が、慌《あわ》ててメニューを見つめはじめる。すぐに諦《あきら》め、同じもの、と言った。

「独創性がない、と言われちゃいますか?」

腕を組んで見ている、私に眼をむけて言う。

「別に、腹が減っているのに、俺と同じ量でいいのか、と思っただけだ」

「裕さん、朝食や昼食は、どうしているんですか?」

「自分で、作る。作るものはほぼ決まっていて、買い出しは週に一度だ」

「へえ、御自分でですか?」

「君は?」

「君なんて言わないでください。この間は、おまえだったのに。あたしは、ほとんど自分で作ります。主として、経済的な理由によりますが」

「要するに、貧乏ってことだな」

「家賃が、大変なんです。二軒分だから」

店と部屋の、二軒分の家賃、ということなのだろう。

店の売上げがどれくらいなのか、見当はつかない。値段は、『花え』と変らなかった。花江の孫のような若さだということだけで、これから客は入りはじめるかもしれない。

もっとも、三十年近い付き合いになるが、私は花江の年齢は知らない。

料理が、運ばれてきた。

客も、ふた組入ってきた。外はようやく、暗くなったようだ。

加奈は、パンの籠に手をのばし、すぐに二つ平らげた。パンは、四切れある。私は、籠を加奈の方へ押しやった。ボーイが気を利かせ、グラスワインを運んできたついでに、籠のパンも足していった。

「豊かな食事だわ、ほんと」

三つ目のパンに食らいつきながら、加奈が言った。私は、冷えたワインを口に運んだ。

朝食は、卵ひとつと、ハムと野菜。昼食は、作り置きのカレーかシチューと、パン。カレーなど、ひどく凝って作る。

「硲さんは、画壇とは関係を持たれないいんですね。公募展に出品もされないし、顔を知っている人もいない」

「画壇ていうのは、どこにあるんだ?」

「どこかに、あるんです、間違いなく。ヒエラルキーがあって、しばしば画商が介入してきて、絵の値段なども、そこで決められてしまいます」

「知らんな、俺は」

ある時から、画商たちの間で決められる、一号いくらという値段を、私は気にするようになった。絵を描くのとは、まったく別の次元で、たとえば私の酒場の酒の値段を気にするように、こだわりを持った。

買う人間がひとりもいなければ、それはそれで仕方がない、という開き直りもあった。どこかで、はずみのようにして絵の評価が決まる。あるいは、画商と関係なく、外国の美術館が何点か買いあげる。

そうなると、売り手の私の方が強くなる。絵の価値とは関係なく、売り値の交渉ができる。私の場合、ニューヨークの美術雑誌の特集が、いまは大きい。私自身はそれに眼を通していないが、響子が自分のことのように教えてくれる。

値はあってないようなものだから、幻を売るのに似ているのだ。幻なら、高ければ高いほど、私に快感を与えてくれる。

「君は、公募展から、出ようとしているのか?」

「また、君ですか。酔ってないと、礼儀正しいんですね。あたしは公募展しか、道がないんです。そこで多少でも認められれば、画商との関係もできます。そうならないと、絵を売ることもできません」

「そして、ヒエラルキーの底辺に入るのか？」

「遠い道ですよね。いい絵を描くというより、画商に儲けさせる画家にならなくちゃならないんですから」

「そのうち、いい画商が現われて、おまえを売り出してくれるさ」

「自分がそうなるなんて、信じられません。だけど、絵は描き続けていたい。酒場をはじめた理由は、それです」

「あの長屋じゃ、酒場も楽じゃないだろう。生活するのに、精一杯だ。そのうち画商が現われて、画材の面倒なんかみてくれる。なにをやっていようと同じなら、酒場で苦労することもない」

「師匠につけばいい、という人もいます」

「俺は、弟子をとるような、有名な画家の名前も知らなかったな」

二度、ニューヨークの美術展に展示された。私とは関係ないところで、そういう話になり、ただ百号と五十号の作品を貸したのだ。それも、話題になった。

画家としては、運に恵まれたということだろうが、苦労をしている人間には、悪いような気もする。どうでもいいと思ってやったことが、次々に私の評価をあげていったのだ。そして、画学生に毛の生えたような、加奈のような人間でさえ、私の名を知るようになっている。

「裕さんって、写真なんかもほとんどないんですよね。美術雑誌に、スナップが載ったぐらいで」

「俺が、裕冬樹ってのは、嘘かもしれないぜ」

「あのデッサン力、半端じゃありません。あれだけ描ける人って、はじめて会いました。おかあさんは写真みたいな絵って言いましたけど、写真の下に、動かし難いなにかがあります。写実に徹底することで、それを隠しておられるんですよね」

「どう解釈しようと自由だが、俺は『花え』で、似顔絵を一枚五百円で売ってる。おっかあは、それを許してきてくれた」

絵の話が、面倒になってきた。私には、描きたいものは、ひとつしかない。それを、自分以外の人間に、語る気もない。

「横浜の生まれか?」

「はい。伊勢町《いせちょう》です」

「でなけりゃ、あんな長屋に、眼をつけたりゃしないよな」

「もうちょっと、お客さんが来るだろうと思ったんですが、見通し甘かったです。やれるならやってみろ、と親は言いましたけど。まだ、子供だと思います」

「どこかの酒場に勤める方が、金になるかもしれんぞ」

「あたし、こんな顔だし、こんな躰だし」

食事は、メインに移っていた。仔牛のカツを、加奈はうまそうに食っている。

私は笑ったが、加奈のコンプレックスを分析しようとは思わなかった。

食後酒には、安物のグラッパが置いてある。加奈がドルチェを腹に収める間に、私はそれを二杯飲んだ。

「ごちそうさまでした。久しぶりに、おいしい食事でした」

店を出ると、加奈はぺこりと頭を下げた。

私は、『サテンドール』から回りはじめ、最後に『いちぐう』に行った。十数人の客が入っていて騒いでいたが、カウンターには常連がひとりいるだけだった。私は、軽く挨拶した。

店にいる時間が長かろうと短かろうと、巡回はほとんど欠かさない。こちらには、仕事という意識が、明確にあった。断食道場に入る時は、三日に一度、辻村が私の代りに巡回する。坂下が入ったので、それは楽にやれるようになった。

「信治のことなんですがね、裕さん」

「見ているだけでいい。あいつは、やりたいようにやるよ」

「危なっかしくて」

こういう時、かつて不良だったころの面影を、辻村はちらりと見せる。

「今日も、女を連れて歩いてましたよ。台湾の子みたいでしたが」

「だから、放っておけって」

「野郎、腕を斬られて、裕さんのところに駈けこんだんでしょう。俺らには迷惑をかけないって言いながら、危くなると頼ってくる。そこのところ、俺は気に入りません」

「たまたま、俺の家のそばだった。病院に行けば、警察に通報される。それをやらないんで、大きなことになっていないんだ」

「確かに、やつが駈けこむとしたら、硲さんか俺のところでしょう。俺のところはいいんですが、硲さんのところは、まずいんじゃありませんか？」

「俺の家は、風俗街の真ん中だからな。たまに、間違って客が入ってくるぐらいだ」

「ああいうところの方が、落ち着くんですよね。でも信治が駈けこむようじゃ、そのうち硲さんだって眼をつけられますよ」

「おい、辻村。俺らは、そんなのをこわがって、生きてきちゃいないぞ。いままで、ずっとそうやってきたじゃないか」

地元のやくざに、かすりを払うことは、拒絶していた。飲食店の組合が、それをやらないように、指導していて、私はそれに従っている恰好だった。

住民運動など起こされると面倒なので、やくざの方も強くは言ってこない。風俗産業があり、そこへ来る客の一部は、酒場が集めているというところもある。

酒場をやっていて、やくざと関係を持たなければならないのは、昔のことだった。かすりなど、大した金にはならない。女の子を抱えるクラブも大抵はそうで、躰を売る女のいる店は、やくざが身内に経営させる。

時代は変っていたが、女ひとりの躰は、やはりそこそこ金になるようだ。女の奪い合いで、やくざ同士の抗争もあった。

信治が首を突っこんだのは、そういうところだった。去年の秋だったので、すでに半年以上経っている。半年経っても無事でいられるということは、危険はないとも言えるが、腕は斬られた。

「裕さん、信治の傷を、ボタン付け用の針と糸で縫ったそうですね」

「それしか、なかった。出血がひどかったら、縫って止めるもんだろう」

「そりゃ、簡単に言えばです。止血処置の医者の技術って、あると思いますよ」

「運がよかったんだな。血は止まって、あいつの腕はあるんだろう?」

「ありますし、動いてます」

「余計なことはするなよ、辻村。昔の俺らとは違う」

川崎にいた時は、やくざにかすりを払った。横浜ではじめる時、それはやめようと、辻村と決めた。そのため、ちょっとした悶着《もんちゃく》が起きたが、客がひとりも来なくても、辻村は店を開き続けた。

商店街のメンバーに名を連ねたのが、大きかったかもしれない。やがて、やくざは諦めた恰好になった。

女を置く店ではなかった。四軒とも、その方法で、商売も軌道に乗った。

問題は、本牧小港の『ウェストピア』だった。なにも言わず、私はたき子のやり方を見ていた。

たき子は、横浜のクラブ勤めで、客筋を開拓していた。地元の企業の経営者が数人いて、公安委員会のメンバーだったこともあり、県警の幹部が連れられてくることもあった。

饗応《きょうおう》というには当たらず、客が友人を連れてきた、という感じになっていた。そのあたりの慎重な扱いも、見事なものだった。

客の中に、入国管理局の係官もいた。給料で飲めるはずもないが、資産家の息子だった。マンションを二棟と、駐車場を四つ経営していて、財布は薄っぺらではなかった。

気づくと、やくざが敬遠するような店を、たき子は作りあげていた。

いい客は、いい客を呼ぶ、とたき子は言っていた。

結局、まともなやくざは、自分の損になるようなことはしない、というのが私にも辻村にもわかった。たき子は、はじめからわかっていた。

店を出ると、私は長屋酒場の方にむかった。五分ほど走ったところで、後方からバイクが来たのがわかった。背後で、シフトダウンし、スロットルを開くのがわかった。

風が、私の全身を打った。下手をすると転ぶ。その程度のことで、信治のように斬られることはなかった。ただ、私に対する害意は、間違いなくぶつかってきた。

なにかの警告だろう、と私は思った。信治の傷を縫った以外、私に思い当たることはなかった。

自転車のライトが、路面を照らし出す。街の夜に、闇はない。方々に、暗がりがあるだけだ。暗がりだけを、私は注意して自転車を漕いだ。

やがて、川面が見えてきた。長屋酒場の明りを、ぼんやりと映し出している。

私は自転車にチェーン錠をかけ、長屋の階段をあがっていった。

花江が、客と言い合いをしていた。別の客は、カウンターにつっ伏している。それぞれの前に焼酎のボトルが置いてあるので、個別に来た客だと知れた。

私は、手をのばして、自分のボトルとポットをとり、カウンターに伏せて置いてあるコップを眼の前に置いた。

言い合いのテーマがなにかは、よくわからなかった。ただ、うるさい。私は二杯ほど飲むと、壁を二度叩いてみた。二度、音が返ってきた。

2

見事な躰だ、といつも思う。

人によっては、肉付きがよすぎると感じるかもしれないが、ウエストがくびれているので、肥っている感じはまったくない。

スタンドの明りだけを当てているので、白い肌が浮きあがっていた。

「おい、たき子、四ツ這いだ」

黙って、たき子は四ツ這いになる。眼に、なにかを期待するような光がよぎった。

「おまえは、たき子って名前の犬だ。わかってるな」

たき子は、じっとしている。私からの、命令が出るのを待っているのだ。

「よし、縄をくわえてこい」

たき子が、ゆっくりと部屋の隅へ這っていく。白い躰が、淡い光の中で、妖《あや》しく動き続ける。

くわえてきたのは、赤い縄の束である。

「よし、ベッドにあがっていいぞ」

たき子が、四肢を遣ってベッドにあがってきた。私は、赤い縄の束を受け取った。

私が言う通りにたき子は躰を動かし、十分後には、あられもない姿態で、拘束されてベッドに転がっていた。

明りをつける。寝室全部の明りである。たき子が、低い呻きをあげる。下腹を、私は革の紐で打った。

「声を出すな。静かにしていろ」

たき子と私の夜が、これからはじまる。

羞恥心《しゅうちしん》を刺激され続けることで、たき子は異様な昂《たか》ぶりを見せる。さまざまな制約をつけてやることで、さらに昂ぶるのだ。声を出すな。躰を動かすな。眼を閉じるな。

しかし、それ以上の肉体的な苦痛は、欲しがらないし、与えもしない。

放っておく。時々、下卑《げび》た言葉を、耳もとで囁くだけだ。

ほとんどの時間を、私は椅子に身を沈め、ビールなどを飲みながら、本を読んで過したりしていた。

たき子が躰を動かすと、ベッドにあがって立ち、躰のどこかを蹴る。悲鳴は、一度だけ許してあった。低い、くぐもったような、悲鳴というより呻きだった。

言葉は、不意に浴びせる。どんな言葉でも、下品でさえあればいいのだ。

三時間ほどで、たき子の様子がおかしくなってくる。その時、私はバスローブを脱ぎ捨て、じっと動かないたき子に、挿入するのだ。瞬《またた》く間に、たき子は絶頂に達する。

全身が、紅潮する。刺激的な色だった。快感というものが、色の中で、声や仕草より際立ってたちのぼってくるのだ。

たき子の躰は、ほとんど動くことはない。しかし、局所が脈打っている。やがて、膨んだような感じがあり、長い痙攣《けいれん》が全身を走り回るのだ。それがどれほど深い快感なのか、私は知ることはできないが、たき子の全身を眺めながら、快感を盗み取っているところはあった。

様子がおかしくなる時、どういう心の状態か訊いたことがある。物になってしまった、と思う。犬になってしまった、と感じる。時には、屍体になってしまった、という気がする時もあるらしい。すると、呼吸が激しくなっている。呼吸が激しいことについて、本人は気づいてもいない。

たき子の快感は、汚濁の中から不意に浮かびあがってきた、真珠のようなものだった。どこかに神聖なものさえ漂い、私の射精は、さながら儀式のようでさえあった。

いつものように、私は寝室に置いてある、読みかけの小説を読んでいた。

ベッドに立ちあがって尻を蹴ったのは、すでに五回に達していた。

たき子の呼吸が、荒らくなりはじめる。私は本を持ったまま、しばらく眼だけをたき子にむけていた。気持は冷静でも、躰は昂ぶってくる。

バスローブを脱ぎ、私はたき子の快感の真珠にむき合った。

終ると、拘束を解いた。

縄をまとめ、明りを落とす。それでも、たき子の躰に、はっきりと縄の痕《あと》がついているのが見えた。その痕は、数時間眠ると、消えてしまう。

縄の痕さえ見ないようにしているたき子は、縄そのものを見たら、消え入るような恥しさで身《み》悶《もだ》えをする。それがすでに苦痛でしかなくなっているので、私はさっさと縄を取ってしまうのだ。

「こんな女じゃなかったのよ。別れた夫に、こんなふうにされてしまったの」

毛布を肩口まで引きあげて、言う科白《せりふ》はいつも同じだった。

離婚した男も、そのあと恋をしたという二人の男も、私にはまったく気にならなかった。ただたき子は、それを語る時、懺悔聴聞僧《ざんげちょうもんそう》の前で跪《ひざまず》いているような表情になる。

「ねえ、まりのことだけど」

「そこそこ、さまになってきた、という気がする」

「やっぱり、やめさせることにする」

「問題ありか」

「トラブルはまだ起きてないんだけど、複数のお客様と、関係しすぎね」

「あどけない顔を、しているんだが」

「口説《くど》くお客様は、そこがたまらないみたい。だけど、複数というのは問題ありよ」

「客同士のトラブルに、なりかねないってわけか」

終ったあとの会話は、淡々としたものだった。それでも快感は持続しているらしく、肌の紅潮が完全にひくまで、三十分以上はかかった。

「ねえ、断食道場ってなんなの？」

シャワーを使って戻ってきてから、たき子が言う。

「前も、そんなことを訊いたぜ。そして詳しく説明してやったろう」

「それにしちゃ、やつれ方がおかしいわ。そして、けだものみたいに、あたしを抱く」

「そりゃ、禁欲道場でもあるわけだし」

「違うわね。人間が変ってしまって、あたしの躰を貪りながら、少しずつ元に戻っていく感じよ」

たき子が、自分の嗜好《しこう》を望むのは、三月に一度ぐらいのものだった。私が倦《う》まないぎりぎりのところで、それを求めているとも思える。

「俺は、けだものになりたいんだよ。そのために、断食している」

私に、加虐《かぎゃく》の嗜好が強くあるわけではなかった。しかし、まったくない、というわけでもない。

「けだもの、歓迎じゃあるんだけど」

私も、シャワーを使った。

家に戻ったのは、数時間、同じベッドでたき子と眠ってからだ。

いつの間にか、梅雨は終り、夏になっていた。

道のアスファルトが、少しやわらかくなったような気がする。自転車に乗っていると、特にそれを感じる。街の景色も、強い陽光の中で、溶けかかっている砂糖菓子のように見えた。

私が建物をスケッチするのは、盛夏のはじめの数日と、真冬の数日だけだった。

この時期、私は陽焼けしてくる。顔と腕だけだ。それはいくらか、肉体労働者のような風貌を私に与えた。

私はまた、素描《デッサン》をはじめていた。

昂ぶらない。自分を失わない。冷静に、素描の変化を見つめ、それを分析する。そうやって、自分の心の中と対峙《たいじ》する。

日々の生活のありようは、まったく変えなかった。こういう描き方をすることも、しばしばあるのだ。

かたちから脱けるのに跳ぶのは、一瞬である。その瞬間だけ、私は、多分、異常な心の状態になっているのだろう。それから私は、キャンバスに筆を走らせる自分を、俯瞰《ふかん》している。その状態で、数時間で絵はできあがるのだ。

いまは、まだ素描が、割れた花瓶であることは、誰が見てもわかるだろう。

夕方になっていた。私はシャワーを使い、新しいシャツとズボンを着こんだ。夕食をとってから、店を回る。辻村とも、ごく普通の話をする。酒もいつものように飲み、『花え』へも寄ってきた。

私は、私なのだろうか。普通の私が、ほんとうの私なのだろうか。

あやふやな、私がいる。割れた花瓶から、まだどういう私も、顔を覗かせてはいない。私が、花瓶とは別のところにいることだけがわかって、あとは霧の中だった。

その私が、少しずつ花瓶に近づいていく。同化していく。私が花瓶になり得た時、すべてが鮮明になるだろう。

睡眠も、充分にとった。食事の味も、噛みしめた。

次第に、眠る時間が少なくなり、しばしば夜中に眼を醒すようにはなっている。それも、私は冷静に見つめていた。なにがなんだかわからない状態を、二週間も続けることで、絵ができあがるとはかぎらない。

花瓶が、かなり大きく変りはじめたのは、素描《デッサン》をはじめて二週間ほど経ったころだ。

私は、私の日常を維持し続けていた。誰も、私の変化には気づかなかった。ただ、酒に酔わなくなった。自転車を漕いでいると、息切れもした。

私は、平静を装うことに、かなりの力を遣っているようだった。だから素描に注ぐ力が削《そ》がれている、ということはない。

素描の木炭を遣う私は、日常の私ではなくなり、それを見つめているもうひとりの自分がいる、というかたちだった。

物のかたちから、心のかたちへ跳ぶ瞬間に、私は自覚できる自分ではなくなっている。それも私なのだ、といまは思っていられる。

跳ぶことを、恐れてはいない。いかに昇華しようと、物はいつまでも物なのだ。かたちは、間違いなくある。かたちのないもののかたち。そこへ跳ぶのは、非日常でもなく、創造の極限でもなく、多分、狂気に似たなにかなのだ。

朝、眼醒めると、息絶えていないことを、まず確かめる。眼醒めれば息絶えていない、というのはまやかしで、眼醒めたままの死も、あるはずだと思った。

息絶えていなかった自分は、静かに日常の中に入っていく。簡単な、いつもと同じ朝食を作り、ゆっくりとそれを腹に入れて、コーヒーを二杯飲む。後片づけは、昼食を終えてからだ。

それまでに私は、家の中の掃除をし、洗濯をし、時には毀れたところの修理をしたり、料理に遣う庖丁《ほうちょう》を研いだりする。

鉛筆を削るナイフだけは、庖丁とは別に研ぐ。いま、私は外のスケッチをやめているので、ほんの少し、長く出た芯を削るだけである。

午後になると、私は自転車を出す。いまは雨が少ないので、大抵は自転車《オープン》だ。古いマスタングは、時々動かしてやった方がいいので、五日に一度ぐらい、高速道路に入れて、三十キロほど走る。

まさに、私の日常だった。

その日、夕立が来そうな雲行だったので、私は傘と呼んでいるマスタングを出した。

家の前は四メートル道路で、切り返さないと、車は出ない。

首都高から第三京浜に入り、環八で車を回して、再び第三京浜である。ノンストップで、ただ車を走らせるために、走っている。私の運動は休みで、車の運動不足の解消というところだ。

新山下《しんやました》ランプまで戻ってきてから、私は車を海岸通にむけた。思った通り、第三京浜の帰路、いきなり空が暗くなり、夕立がやってきた。

「乗れよ」

海岸通の公園側を、濡れて歩いている人影を見て、私は車を停めた。

ふりむいた加奈は、ちょっと私を見つめ、スケッチブックを胸に抱えるようにして、走って通りを横断してきた。

「降られるんじゃないか、と思っていながら傘を持たずに出てきて、降られてしまうのは馬鹿ですよね」

「そうでもないさ。どうにでもなれ、と思ってしまうところがある。その気分は、なんとなくわかる」

加奈は、濡れた髪を、掌《てのひら》で搾《しぼ》るようにしていた。結構豊かな髪だから、ジーンズに水が滴《したた》り落ちた。

「どうしても、捨てられないんですよね」

呟くような口調だった。

「これまでも、機会がなかったわけじゃないのに、男の人の裸を見ると、吐きそうになっちゃうんです」

それでもなお、押しまくって事を遂げてしまおうとする男は、いなかったということだろう。

「普通、それぐらいなら、男は強引にやっちまう。おまえに、男をそそるものがなかった、ということだろうな」

「吐きかけてるあたしを、硲さんなら、強引に犯せるんですか？」

「おまえが、俺にプロレスをさせなけりゃな。さんざん力を遣って、押さえこんでやるほどの躰じゃない」

「つまり、あたしが無抵抗なら、できるってことですか？」

「抵抗なんて言葉は、やめておけ。強姦するわけじゃない。現実に打ち倒されて、ただ踠《もが》くだけさ。じたばたする、というのかな。まるで、おまえの絵みたいじゃないか」

私が笑い声をあげると、加奈は涙を流しはじめた。髪から垂れた雨滴ではなく、ほんとうに涙のようだ。

「行くぞ」

私は、左へウインカーを出した。

しばらく走るとラブ・ホテルがあり、私は車を入れてエンジンを切った。

「おまえ、やっぱりここで立ち止まるのか？」

「吐いてるあたしを見ても、馬鹿にしないでいただけますか？」

「五分ほど、時間を貰うかもしれん。俺はこのところ、吐瀉物のスケッチをやってる。半乾きのやつはよく見かけるが、出したてで湯気をあげているってやつは、なかなかお目にかかれなくてな」

車を降りると、加奈もついてきた。

「そんなもんだ」

「なにがですか？」

装飾過多の部屋に入ると、私はソファに腰を降ろして言った。どうしていいかわからないように、加奈は立ち尽している。

「夕立で濡れた、その服。下着まで、濡れちまってるだろう。おまえの処女ってのは、そんなもんだ」

「着心地が悪いってことですか。みっともないっていうことですか？」

「早く脱いじまった方がいい、ということさ。男に、細々と躰を見られたことは？」

「ありません、そんなこと」

「早く脱げ。乾燥室ぐらいあるかもしれん。フロントに電話して、二時間で、乾かして貰え」

加奈は、周囲を見回し、浴衣《ゆかた》を見つけて、手をのばした。しかし部屋に、隠れて着替える場所はなかった。浴室はガラス張りで、念の入ったことに、トイレもガラス張りだった。

「明りを」

「寝言を吐くな。早くしろ」

浴衣を摑んだ加奈の指に、力がこめられるのがわかった。私は、煙草に火をつけた。

私に背をむけ、加奈がTシャツを脱ぐと、浴衣を羽織り、ジーンズも脱いだ。私は、煙草の煙を、天井に吹きあげた。浴衣姿の加奈が、電話でフロントと話をしている。

しばらくすると人が来て、加奈の服を持っていった。

「徹底しないやつだな。おまえ、ブラジャーとパンティ、つけたままだろう」

「そんなに、濡れてません」

「どうせ、脱ぐんだ」

私は、煙草を消して立ちあがった。

「明りを」

「俺は、おまえが処女だというから、できるだけ荒っぽくならないように、やろうと思っている。なにも知らないおまえは、なにも言う権利はない。俺が言う通りにしていろ。恥しいなら、眼をつぶってろ」

「はい」

「裸になれ」

加奈は、思いきりがよかった。さっきまでの頑さが嘘のようだった。

全裸になると、挑むように私を睨みつけてくる。私は、ベッドを指さした。加奈は、黙ってそこに横たわった。

私はそばに腰を降ろし、加奈の両膝に手をかけて、脚を開いた。微妙な抵抗は感じたが、力をこめるというほどでなく、脚は開いた。局所に手をのばすと、加奈の全身がふるえた。局所を指さきで開き、覗きこんだ。ピンクの肉の関門がある。そういう感じで、局所の入口が、すぼまっていた。

私は、服を脱いだ。加奈の眼は私を見ていたが、下着をとっても吐こうとはしなかった。

腿は太く、陰毛は薄く申し訳程度で、腹がこんもりしているので、腰骨は見えない。その上の乳房は、張りはありそうだが、大きく左右に流れていた。

私は、しばらく、肉の関門の上に指を置いていた。私のものが膨み、怒張しはじめた。それは、加奈の視界にあった。

いきなり、加奈が身を起こそうとし、私が肩を押さえると、掌を口に持っていった。男根が怒張するところを見ると、吐くようだ。

私はベッドに膝立ちになり、加奈の髪を摑むと、頭を持ちあげ、もう一方の手を顎《あご》にやって力を入れた。開いた口に、私は怒張した男根をあてがい、のどの奥まで突き入れた。

呻き声をあげたが、暴れるようなことはなかった。ひとしきりのどを突き、引き抜いた。加奈が上体を起こし、咳《せ》きこんだ。

「別に、吐かないじゃないか」

「びっくりして、のどが苦しくて、息ができなくて」

加奈が、また咳きこんだ。

「もう、吐かないさ」

「あたしは、なにが起きたのかわからなくて、びっくりして」

「逆療法は、終ったからな。はじめに入れると、痛い。それは、耐えるしかない。痛くても暴れるな。特に、下半身の力は抜いてろ。いくら歯を食いしばったって構わんが、できることなら、普通にしてろ。その方が、楽だと思う」

それ以上、私はなにも言わなかった。

加奈の唾液で濡れた男根はすぐに乾きはじめたので、私は自分の唾をたっぷりとつけた。局所に、男根をあてがう。加奈は、じっと耐えているようだ。ちょっと押しこむと、すぐに抵抗があった。

私は、性欲に駆られているわけではなかった。頭は、冷めている。

「おまえの、あの絵」

「えっ、あたしの」

その瞬間、私は抵抗を突き破っていた。

ぴしぴしと、なにかが切れていく音がした。いや、音と思っただけで、私の男根が、音のように感じただけなのかもしれない。

一度突き抜けると、なんでもないものだった。私は二度大きく動かし、根もとまで収めた状態で、静止した。

加奈は、眉間《みけん》に深い皺《しわ》を寄せている。閉じた眼からは涙が流れ、耳の方へ落ちていた。

じっとし続けていると、加奈が薄く眼を開いた。

「ね、入ってるの?」

「自分の指で、確かめてみろ」

私は加奈の左手首を摑み、結合部へ持っていった。ふるえた指が、結合部を探った。私の男根の根もとを、確かめるように何度も触っている。

「わかったな。しっかり、おまえの中に入っている。この単純なのが、つまりはセックスってやつさ」

私が動くと、加奈はまた眼を閉じた。ひとしきり動き、私は躰を離した。怒張したままの男根には、血が絡みついている。

私はバスルームへ行き、水をかけて揉むようにして洗った。

戻ってくると、加奈は眼を開き、天井を見つめていた。

「まだ、終っていない。出血しているから、シャワーを外からかけて洗ってこい」

「えっ」

「早くしろよ」

加奈は躰を起こし、ちょっと前屈《まえかが》みの恰好で、バスルームへ歩いていった。下腹が三層になって見えた。後ろからみると、ほとんど腰のくびれはなかった。

加奈が戻ってくるまで、私はベッドに寝そべって煙草を喫っていた。考えていたのは、処女は念入りに抜いておいた方がいいのだろうということで、あるのは性欲ではなく、義務感に似たものだった。

戻ってきた加奈を、ベッドに寝かせた。

そばに座り、クリトリスと乳首を、軽く愛撫《あいぶ》した。しばらくすると、かすかな快感を、表情に出した。

「この妙な快感を、やがて結合が勝《まさ》ってくる。入れて欲しい、と思うようになる。それが、健康だ」

加奈が、かすかに喘ぎはじめる。足の指さきが、なにかもどかしいように、動き続けている。

「声を出すのを、恥しがるな。それも、当たり前のことだ。こういうことから、セックスははじめる。おまえが、自分の口に俺のものを入れる。それも、セックスだ」

「口で？」

「口の中で、大きくなる。そうすると、きちんと入る。そういう手順だ。男のものが大きくなると、吐いてしまう。それは病的だが、もう治っている」

ほんとうに、治っているかどうかは、わからなかった。

ようやく、加奈の表情が、顕著に変化した。快感を、快感として感じているのだ、と私は思った。縮まった私の男根に、指で触らせた。いくらか膨らんでくると、それを口に入れさせた。すぐに怒張した。二、三度、頭を持って動かすと、加奈は自分で動かすようになった。

局所から、血の混じった愛液が流れ出している。私は、怒張した男根をそこにあてがい、ゆっくりと押しこんだ。なにかが切れていくような感触は、もうなかった。

今度は、私は射精するまでやめなかった。射精した瞬間、加奈はちょっと眼を開き、私を見あげた。

「一応、これで終りだ」

私のものには、まだ血が絡みついていた。もう一度、私はそれを石鹸《せっけん》をつけて、丁寧に洗った。生理の女と、交わる趣味はない。つまり、血は私に不快感しか与えないのだ。破瓜《はか》の血も、それは変りなかった。

「歩くたびに、精液が流れ出してきたりする。それは、今日で終りだろう。出血が、まだあるかどうかは、わからん。二、三日は、あそこになにか挟まっているような、気がするらしい。それは多分、当たり前のことだろう」

私が言うことを、加奈は黙って聞いていた。

「柄にもないことを、やってしまった。まあいいだろう。めぐり合わせと、はずみのようなものだ。次に誰かとセックスしたとしても、まだ痛いかもしれんが、いずれおまえの方が求めるようになる」

「吐かなかった。吐気も、なかった。どうしたんだろう」

呟くように、加奈が言う。

「だから、治ったんだよ、おまえ。多少、手荒な治療ではあったが」

私はソファに移り、服を着て、煙草に火をつけた。

加奈が、バスルームへ行き、躰を洗いはじめた。

私はそれを、ガラス越しにぼんやり眺めていた。

3

描きあがった絵を、私はすぐに裏返しにした。

花瓶が、花瓶ではなくなった。

物象と呼ぶものではなくなった瞬間を、私はまったく憶えていない。気づいた時は、白い二十号のキャンバスに、木炭を走らせていた。

物象ではないものを描くのに、なぜ木炭を遣わなければならないのか。キャンバスに、そのまま絵筆で色を載せる、という方法では、私は一本の線さえ描けはしないだろう。といって、私は絵筆でキャンバスの木炭をなぞっているわけではなかった。木炭は、私の絵の濃淡すらも表わしていない。

なにを、描くのか。それは、変っていない。これからも、変ることはないだろう。どう描けばいいのか。それがわからない。描きたいという思いだけが、強くある。それで私は、最初に物象というものを、求めるのかもしれない。徹底した写実。その徹底さ加減には、大きな意味がある。最後に描こうとしているものを、まずかたちの中に押しこめる、そういう儀式だと、私は思っていた。

割れた花瓶を、スケッチブックに、何十枚素描しただろうか。今回の絵は、それをふり返ることができる。没入することを、自分に禁じたからだ。

ふり返ることができないのは、キャンバスにむき合った時からだ。それでも、時々は、木炭や筆を遣う自分を、もうひとりの私が見ていた。筆を、どう遣ったか。それはふり返ることができる。なぜそう遣ったのか。心の中がどんなふうにざわついたのか。澄んだのか。それは、ふり返ってもわからないのだ。

裏返した絵を、もう一度、見ることはしない。即座に、切り裂こうとはしなかった。その程度の絵だ。

私はシャワーを使い、白いシャツを着こんだ。

着るものは、年に二回、デパートに出かけて、まとめて買う。古くて、くたびれてきたものは、捨てていく。

アトリエも寝室もキッチンも、どこも汚れていなかった。いつもより、清潔なほどだった。制作という言葉が馴染んでこないので、私はキャンバスに筆を遣う行為を、ただ色づけと自分だけで呼んでいた。周囲を汚さない色づけを、これまでにやってこなかったわけではない。しかし、多少は、キッチンなどは汚れていたものだ。

徹底したやり方になっているのかもしれない、と私は思った。

白いシャツは、すぐ汗で濡れるだろう。しかし、もう陽は落ちかかっている。ゆっくりと自転車を漕ぐと、風が当たって意外に涼しかったりするのだ。

外へ出ていた。今日の食事は、和食のカウンターだった。私の夕食の中では、一番贅沢《ぜいたく》なもので、色づけの間も、食欲は落ちていなかった。

いま、贅沢をしたい気分がある、というわけではなかった。生のものを、ずっと食っていなかった。それだけだ。

食事の最中に、携帯がふるえた。

着信を見ると、吉村だった。妙に勘のいいところがある。私の絵が、あがったのを知るはずはないが、タイミングが悪かったためしはないのだ。

絵は、売ってもよかった。しかし、金を必要としているわけでもなかった。

私は、四軒の酒場から出る利益だけで、充分にいまの生活を、維持していくことはできるのだ。

私は、日本酒を飲みながら、一品ずつ出される料理を食った。店の主人は、私の嗜好をよく理解していて、おかしなものは出してこない。しかし、いつもと違った。しばらくして、料理がいつもと違うのではなく、自分が違うのだ、ということに私は気づいた。

絵を、描いていたのだ。いつもと同じに、と自分に言い聞かせていただけでも、いつもとは違う。

「なんだ。なんか気に入らんのか？」

カウンターの中から、店の主人が言った。私は、苦笑していたようだ。

「思い出し笑いだ」

「めずらしいね」

「そうかな？」

「あんたが俺の料理を食う時は、おかしな言い方だけど、いつも集中しているよ」

「うまいよ」

「そういうことを言わせたいんじゃなくて、なんか勝負してるみたいな雰囲気がある。それがいま、気持が料理に行ってないみたいな気がする」

「いろいろあってね。そうなのかもしれん」

「ま、俺も、庖丁が切れねえなって思うことが、たまにだがある。いろいろあって、当たり前かな」

主人は、それで私に対する関心は失ったようだった。

私は食事を終え、外に出て自転車に乗った。

夏の宵《よい》は、人出が多い、という気がする。外に出てみよう、という人間が少なくないのだろう。冬よりも、ずっと猥雑なものが溶け出している。

ネオンの色ひとつとっても、夜の中に淫らさにも似たものを、滲み出させていた。

ゆっくりと漕いでいった。

大岡川沿いの、並木の道に入った。長屋酒場のかなり上流に来ている。

「親父さん」

闇から、不意に声をかけられた。私をそう呼ぶのは、信治しかいない。

私は、自転車を停めた。

「助けて貰ったのに、お礼にも行かないで」

暗がりから出てきて、信治が頭を下げた。

「親父さんのとこへ駈けこんだこと、辻村の兄貴にこっぴどく叱られまして。当たり前ですよね。駈けこんだだけでも、親父さんに迷惑がかかるかもしれなかったのに、怪我の治療までして貰って」

「腕は、切り落とさなくて済んだようだな」

「あのまんま、治っちまったんですよ。化膿もしなかったです。糸を自分で抜いて、あとは放っといたんですが、ちゃんと腕も動きます」

浅い傷とは、思えなかった。斬られた場所がよかったのなら、それは信治の運ということだろう。

「おまえ、店に号鐘を持ってきたのか？」

「昔の、練習船に付いていたやつだそうです。もうひどい色になってたんで、俺が磨きました。買ったんじゃなく、貰ったもんです」

「船名が刻んであった。買ったら、結構な値だったろう」

「いいんですよ。俺と一緒に動いてる人の蔵にあったんです。教会に付けようとして持ってきたんですが、いらないと言われて」

信治が、暗がりでなにをやっていたのか、私は訊かなかった。信治も、喋る気はないだろう。

「じゃ、俺、これで。親父さんに近づくなって、辻村の兄貴に言われてますし」

「店にも、出入りするなと言われたな」

「仕方ないです。考えたら、当たり前なんですから。それに、辻村の兄貴は、外でなら会ってくれますし」

「おい、信治」

私は自転車のサドルに跨《また》がった。

「もっと、図太くなれ。おまえは、チンピラにしか見えないぞ」

「図太くって?」

「暗い場所から、明るいところに顔を出せ。悪いことをやってるわけじゃないんだ。死ぬのがこわくなけりゃ、それぐらいのことはできるだろうが」

「どうかしたんですか、親父さん?」

「なにがだ?」

「だって、俺のやること、怒ってたじゃないっすか」

「中途半端《はんぱ》な野郎だな、おまえ」

「親父さん」

「もういい。俺は行く」

私は、ペダルに足を載せ体重をかけた。

三軒の店を回り、最後に『いちぐう』へ行った。
五、六人の客がいるだけだった。終電間際で、客が途切れる時間帯だった。坂下が、シェイカーを振っている。
「さっき、信治を見かけた。若葉町《わかばちよう》の露地裏だ」

信治の方が声をかけてきた、というのは黙っていた。

「あの馬鹿、いつまで続けるつもりなんですかね」

辻村は、鮮やかに水割りを作って、私の前に置いた。

辻村が教えて、水割りが一番さまになっていたのは、信治だった。十八歳から、十年近くこの店にいて、一端《いっぱし》と言ってもいいほどの、バーテンになった。

私を親父さんと呼び、辻村を兄貴と呼ぶ。筋者ふうに聞えるので、辻村がそう呼ぶことを禁じていたが、店をやめてから、また呼ぶようになっていた。

信治は、不法入国とか、ビザの期限切れで、逃げるに逃げられず、躰を売ることを強要されている中国人や台湾人やフィリピン人の女で、脱出する意思のある者の手助けをしていた。つまり、昔ふうに言うと、足抜きである。

もっとも、ひとりでそれをやっているわけではなく、市街地浄化の市民運動に加わっている、というかたちをとっていた。

市民運動に対して、やくざは手を出そうとしない。信治が組んでいるのは、悲惨な状態にいる、外国人女性を助ける運動だった。教会がひとつの拠点になっていて、そこに逃げこめば、やくざは手を出さないという、暗黙のルールはあるようだ。

市民運動は、ただ教会でそういう女性を受け入れる、とうたっているだけだった。やくざが守りを堅くすれば、そこへ逃げこむ女はほとんどいない、ということになる。

信治はそこに、すでに二十名以上を送りこんでいるという。

市民運動の側としては、それで活発に動いているということになり、警察や入国管理局に対して意見が通りやすく、警備を受けることもできる。実際に動いているのは信治だけだとしても、教会と運動は注目を集め、何度か新聞でも取りあげられた。

ほんとうは、信治と、女で商売をしている連中との、際どい勝負であることを、新聞などは見ようとしない。まっとうな市民と、そして教会が、そういう女を保護しているということが、報道としては価値があるのだ。

「俺は、信治がやっていることが、間違いだとは思いません。だけど、得意満面で新聞やテレビに出る、市民運動の連中は、ちょっと我慢できませんね」

「そういうもんだ。世間の縮図だろう」

「そりゃそうですが」

「あのへたれの信治が、二十人とか三十人とかの、女を救った。ほんとうに救ったことになるのかどうかは、別としてな。やらなきゃならないことを、やってやってる。結果がどうであろうと、認めてやりたいな」

電話がふるえた。吉村からだった。気づかなかったが、四度目の着信である。

辻村が、私を見つめていた。

「なんだ？」

「裕さん、信治に馬鹿なことはやめさせろって、俺に言ったじゃないですか」

「いまも、それは変っていない。なんで信治が、とどうしても思ってしまう」

辻村が、何度か小さく頷いた。

「やってることそのものは正しくても、現実では馬鹿げている。つまり、ドン・キホーテってことですよね」

「俺らは、そうなりきれなかったよな。やくざにかすりを払う、払わないで、町内会のルールを楯《たて》にとった。つまり、利用した」

「町内会費、納めてますしね」

「利巧《りこう》に振舞ったってことだろう。その俺らが、信治を馬鹿だと言ってる」

「店のかすりと、女のこととじゃ、やくざにとって大違いですからね。しのぎとしちゃ、女は百倍以上です」

「そうだよな。大人の分別じゃ、信治は馬鹿野郎ってことになる。馬鹿野郎は、つまりはチンピラさ。昔の、俺たちじゃないか」

「ほんとに、どうしたんですか、裕さん？」

また、携帯がふるえた。吉村からだ。私は、なんとなくうんざりして、通話のボタンを押した。

「会ってくれないか、裕さん？」

「会いたい時は、勝手に来るじゃないか、あんた」

「あんたと、きちんと話をしたい」

「絵について、俺は話す気なんてないよ。それともなにか、終ってしまっている金の話を、蒸し返そうってのか？」

「個展をしたい。それで、あんたの価値を、世界じゅうに教えたいんだ」

「あんたの、画商としての地位があがる。それは、俺にとって、どうでもいいことなんだよ、吉村さん」

「あんたの絵が、売れる売れないは、画商として気になる。当然のことだと思う。俺は、あんたの絵を、年代を追って人に観せてやりたい。そのためには、二十点ばかり借りなければならん」

「なにか、わけのわからないことを、言ってるな。酔ってるのか？」

「俺は昼間から、どこで個展をやるかについて、ずっと考え続けているんだ」

「おたくの画廊じゃないのか？」

「それじゃ、展示できるのは、二十点というところなんだ。大きな絵も何点かあるしな。四十点、展示したい。この間、買い取った絵も含めて、俺には十六点の手持ちがある。あと二十点、いや十点でもいい。貸してくれ」

「この間の絵は、しばらく持っているんじゃなかったのか。評価額で買って、評価額で売れたとしても、赤字だろう」

「俺は、ここで賭けようと思った。絵を観ていたら、そんな気持になって、それが抑えきれないほど、大きなものになったんだ。自分でも、なぜかわからん。ただ、画商として、すべてを賭けた勝負をする、という時機がきている。確信はどんどん大きくなってきている」

「頭を冷やせよ、吉村さん」

「俺は、自分の持っているもののすべてを売ってでも、買えるだけあんたの絵を買いたいんだ、正直。しかし、ここで売りはしないだろうと思うから、貸してくれと言ってる。ここで絵の存在を見せ、しかも全部は売られないとなると、値は跳ねあがる」

「面倒な話だなあ」

「あんたの、画家としての評価も、ぐんとあがる」

そんなことは、どうでもよかった。私は、私が描きたいと思っている絵を、ただ描きたいだけだ。

「切るぜ、もう」

「待ってくれ。十点でいい。俺がやる展覧会の規模を、少しでも大きく見せたいんだ」

「意味があるのか、そんなことに?」

「この業界で、のしあがりたい。他人の褌で角力をとってるとあんたは言うが、俺は俺で、賭けられるものは、すべて賭ける」

「そんなに、金が欲しいのか?」

「欲しいね。俺は絵が好きだったが、才能がなくて画家になれなかった。だが、絵を見る眼は、持ってると思ってるよ。金さえあれば、才能に眼をつけた若い画家を、何人も育てられる」

「関心ないな、俺には」

私は、電話を切った。またかかってきたので、電源も切った。

「信治は、自分がほんとうにやられることはないと、高を括《くく》ってると思うんですよ。あの団体、警察から表彰を受けたりしてますからね」

そんなことは関係なしに、やる時はやるだろう。それも巧妙に、運動とは関係ないところで、殺人罪ではなく、傷害致死罪に問われるようなやり方で、信治は殺される可能性がある。

「馬鹿だよな、まったく。俺は、そういう馬鹿が、嫌いじゃなかったんだが」

「ちょっと助けてやろうなんて、考えないでくださいよ、硲さん。四軒の店のオーナーだってことを、連中は摑んでるでしょうし、トラブルは御免ですよ」

「矢面《やおもて》に立つのは、おまえってことになるしな」

「そんなことを、言ってるんじゃありません。硲さんに、なにかあったらどうするんです」

「なにがあろうと、高が人生ひとつだぜ、辻村。心配しなくても、俺がなにかやろうとは考えちゃいないが」

「危ないところに、なんでもない顔で、ずいと踏みこんじまう。何度か、俺は見てますよ。自棄《やけ》って言うんじゃないんだな。それこそ、なんでもないことなんですよ」

「なんなんだ、それは？」

「高が人生なんて、生きる価値もない、って感じなんですよ」

「それはそれで、恰好いいな」

辻村がちょっと肩を竦《すく》め、新しい水割りを私の前に置いた。

信治は、躰を売ることをやめたい女を、ひとりずつ教会に送りこむ。教会に入るまでは、組織の追跡を受けたりするが、入ってしまえばそれで終りである。

追跡を受けている間に捕まれば、信治も女も、ひどい目に遭う。まるで、昔の女郎の足抜けである。そんなことがいまも存在しているのは、女の躰そのものが、商品だからである。

教会に収容された女のほとんどは、国へ送り返されるのだという。警察や入管も絡んだ運動だから、女たちの意思が尊重されるより、法律が優先されるのだ。

信治のやっていることは、どこかむなしかった。それでもやり続けているのは、別のなにかが、信治を衝き動かしているからだ。

水割りを飲み干すと、私は腰をあげた。

あとは、長屋酒場に顔を出せば、私の一日の行動は終りである。

入っていくと、花江はまた私の酒を飲んでいた。客二人は、すでに酔い潰《つぶ》れている。

私は奥の席に座り、自分でコップに焼酎を注ぎ、湯を足した。

「おっかあに惚《ほ》れた男が、おっかあのために命を賭けたってこと、あるか？」

「そんな男が、いるわけないだろう」

「いたとしたらさ」

「気持悪いね。いまなら、そう思うだろうよ。若いころなら、しばらくは嬉しいかもしれない」

「おっかあ、結婚は？」

「あたしに人生を語らせようと思ってるなら、酒が足りないね」

「酔ったところ、見たことがないよ」

「いつも、酔ってるからさ」

「男ってのは、馬鹿だな。どうにもならねえ」

「なんだい、いきなり」

「蟬《せみ》が、鳴いてた」

「今夜は酔っ払いか、おまえ」

「今日、自転車に乗ってて、はじめて気づいた。もう、ずいぶん前から、鳴きはじめていただろうに」

「夏になってんのかい、もう。道理で、暑いはずだ」

私は、煙草に火をつけた。

「おっかあのリアクション、このところ冴えがないな」

「自分で冴えてるつもりじゃ、駄目か」

寝ていた二人が、躰を起こし、立ちあがろうとした。

「財布、出しな」

二人が、カウンターに財布を置く。二千円ずつ抜いて、帰っていい、と花江は言った。しっかりと、財布をズボンのポケットに入れ、二人が出ていった。

「蟬ねえ」

「蟬が鳴きはじめて、夏になったと思うもんだがな」

「あたしは、耳が遠くなってるな」

「俺も、そうかもしれんよ」

隣の店で、もの音がした。壁をノックしたのとは違う。

「このところ、客が入ってるんだよ。満席で入れなかったのが、うちに来たりする」

満席と言っても、六人だった。

「あんた、行ってるか？」

「俺は、『花え』の客だ」

「一度、行ってみな。加奈は、ちょっと変ったみたいだよ」

「小娘だ。なにかありゃ、すぐ変る」

私は、小窓のガラスに顔をつけて、外を見た。

店の中が映りこんでいるが、顔を近づけると、水面は見えるのだ。

ガラスには、明りに寄ってきた虫が、いくつもついていた。

4

ホテルのティーラウンジで、響子はやはり約束の五分前に現われた。

それはいつもと同じだが、逢い方は変則的だった。ひと月前、横浜で食事をしているのだ。ほんとうなら、来月の食事になるはずだった。

食事をしたい、と響子が電話をしてきた。ひと月早い理由を、私は訊かなかった。響子が食事をしたいと言い、いいよとも言わず、私は食事の場所を伝えた。それだけだ。

私が選んだのは、六本木《ろっぽんぎ》の鉄板焼きだった。

ホテルのむかい側のビルの二階で、それほど暑さを感じることもなく、私たちは店に入った。

すべてが、個室である。私たちが通されたのは、椅子が四脚ある、小さな部屋だった。コックが来て頭を下げ、数種類の肉を見せた。響子はフィレを選び、めずらしくグラム数を指定した。

「二人分、くれ」

言って、私は響子に眼をやった。

「つまり俺は、一人半分の肉を食おうっていうのさ」

「フィレだから、いいかな。それに、冬さん、年齢の割りには、ひきしまった躰をしているし」

「夏だからな。太陽が、スタミナを奪ってくれるよ」

「そうだよね。夏はまっ盛りだ」

響子は、子供を産んでいない。夏だから、海水浴に行く、などということもないのだろう。胸もとの肌は、日本人離れした白さだった。

「夏は、汗を搾《しぼ》り出せる。二時間、自転車を漕いで戻ってくると、かなり痩せた気分になれるな」

「水分だけはとってね。汗が、必ずしも躰にいいとはかぎらないの。汗を出しっ放しだと、血液が濃くなって、血栓《プラーク》ができやすくなる。出した汗の量の水分は、補給すべきなのよ」

「時々、出るだけの汗を搾り出して、木乃伊《ミイラ》みたいに、乾ききってしまいたい、と思うことがあるな」

「駄目よ」

「わかってる。水分は、たえず補給する。これ、大原則なんだろうな」

「冬さんは、どこも悪くない。栄養のバランスもとれてる。おかしいのは、心のバランスだけだね」

「おい、精神科の看板も出すのか？」

「冬さんがそっちの方を発症したら、開頭して脳を見てみたいね」

「心のバランスが崩れてるってのは、すでに発症しているとは言えないか？」

「言えない。ただ悲しいだけよ」

前菜の野菜が焼きはじめられ、皿に載せられた。冷やした白ワインが註文してある。それはもう栓が抜かれていて、テイスティングも済んでいた。

食事をひと月早めた理由を、私は訊かなかった。

鮑《あわび》が蒸し焼きにされ、胆《きも》がゴミのように横に分けられているのを、私はぼんやりと見ていた。

「絵を、観てた」

ワイングラスの中身をかすかに揺らしながら、響子が言った。

「画家として、あなたがはじめて売った絵。十万円だった。あたしが、はじめて買った絵でもある。何日も、それを見ていたよ」

なんと答えていいかわからず、私はただワインを口に運んだ。

「あの木、見に行けるの？」

絵では、すでに木ではないものになっている。かたちのない、木。かたちのない、なにか。それでも、響子は木と言った。

「もう、ないよ。あれは、二十五年も前にスケッチしたもので、つまりは四半世紀前だ」

「横浜も、変ったってこと？」

「横浜とは言えない、違う街ができたりした。変ってない横浜もある。あの木があった場所には、博物館が建ってるよ」

「そうなんだ。前に、見ておけばよかったなあ」

「おまえが見たら、木は木さ」

「そうだよね。木をなにかに見ることが、あたしにはできないよね。手術して、毀れた機械の修理だと、自分に思いこませようとしたけど、内臓は、いつまでも内臓のままだったわ」

しばらく、黙って鮑や海老《えび》を口に入れた。この店は、はじめてだった。それで、待ち合わせを、ホテルのラウンジにしたのだ。

食事をする場所を、私は努力して捜しているわけではなかった。両方ともいい案がない時は、私がなにかで捜すことになる。東京で、それこそ店は無数にあるが、ガイドブックの類《たぐ》いなどを買ったことはない。若い者なら大抵はやるパソコンを触ったこともない。

意外に、辻村が東京の食いもの屋を知っていた。『いちぐう』の定休は水曜日で、一緒に暮している若い女と、出かけていくらしい。

食いもの屋は、女が調べるのだという。その感想をしばしば聞かされて、頭に残っているところは、響子と行ってみることになる。大抵は、間違いがなかった。

肉になったので、白ワインはボトルの底に少し残し、赤ワインにした。

「ねえ、木が見られないんなら、絵を観てみたい。冬さんの、新しい絵。どこかで、観られないのかな？」

「個展を、やろうと思っている」

吉村から、毎日のように電話がかかってきていた。商売だけではない熱心さがあったが、私は相手にしていなかった。

絵を観たいという響子のひと言で、私の気持は変っていた。この二十二年の間に、何度かやった小さな個展を、響子はすべて観に来ていた。それについての感想を、響子は言葉少なに語った。

「どの程度の、個展？」

「三十点から四十点は並べる。すでに、画商が買いあげているものもあるが」

「いつ？」

「まだ、決めていないよ」

「愉《たの》しみだわ」

「また、旦那と来て、絵で俺の精神分析をやろうってんじゃあるまいな」

前回の個展は、夫と来たのだった。響子の方が、誘われたらしい。ニューヨークで、話題になっていて、あちらの雑誌で知ったようだ。

響子の夫には、会ったことがない。個展に誘ったくせに、二十二年前に響子が買ったのが、私の絵だとは気づいていない、と笑って言っていた。

「大騒ぎになりそうな気がする」

「俺は、一切、顔など出さないつもりだ」

「それが、騒ぎに輪をかけるわね。ミステリアスな要素は、美術ジャーナリズムも喜ぶだろうし」

「関心はないな」

「絵を展示するということについて、冬さんはどれぐらい熱心なの」

「どうでもいい、と思ってる。特に、買いたい人間が多くなってからは」

「冬さん、自分の絵を、観せたいの？」

「そこが、よくわからないんだ」

「デッサンを重ねるたびに、ディフォルメされていく。そのディフォルメの最後のところが、観せる絵なのだと思う。抽象に飛躍するのは、純粋に個人的な、深いなにかだね」

「なにかって？」

「感じているものはあるけど、あたしは彼のように言葉にできないな」

「なんだ、旦那の分析か」

「いいえ、彼は、キャンバスの上で、いきなり絵が具体相を持ちはじめる、と思いこんでいるわ。気の遠くなるような、デッサンの集積は、知らない」

「色や、筆の流れや、そんなものを分析するわけか？」

「彼なりに、見つめていると感じる、かたちはあるみたい」

キャンバスに漂う気配は、悲しみなのか。心のバランスが崩れて、ただ悲しいだけだ、と響子は言った。

「ずっと言わないできたけど、あたしを描いているんだよね、冬さん」

いままでに、響子以外を描いたことはなかった。しかし、響子を描き続けてきたのかと考えると、それも違うような気がしてくる。私は、私自身を描いてきたのではないのか。自画像というようなものでなく、私の生そのもの。

食事を終え、デザートに入った。赤く熟れたマンゴーに、響子はちょっと口をつけただけだった。普段は、こういう食べ方はしない。なにかあったのか、という言葉を、しかし私は出せないでいた。

店を出ると、前の通りで響子はタクシーを拾った。

「飲みすぎたみたい」

響子は、ちょっと笑った。

「おやすみなさい」

タクシーに乗った。響子が、飲みすぎていないこと、酔ってさえいないことが、私にはわかっていた。

響子のことについては、私はいつもなにも考えない。響子は、私にとっては、ただいるだけだ。

私も、タクシーを拾い、横浜へ行ってくれと言った。

携帯がふるえたのは、首都高に乗ったあたりだった。響子からの電話だ、となんとなく私は思った。しかし着信を見ると、吉村からだった。

「しつこいと思われるのは、重々、承知している。この言葉も、何度も言ったが」

私は、黙って吉村の声を聞いていた。

「あんたの絵を、世間に観せる。それをやるのが、画商としての俺の存在意義だとさえ、思いはじめているよ」

「女を」

吉村は、さらに言葉を並べたてた。はじめから感じていたことだが、商売から離れた、熱意のようなものがある。それが、ほとんど狂気に近い、とさえ感じられるような口調だった。

「なんだって？」

私は、口を開いた。

「女を口説いていて、落ちるまで熱心で、落としてしまうと興味をなくすってタイプかね、あんた？」

「なんだと。裕先生よ、ひどいことを言ってくれるじゃねえかよ」

「そうかな？」

「俺はな、先生。絵が好きなんだよ。画家になりたかったんだよ」

「何度も聞いた、その話は」

私は、言葉を切った。

「なにがなんでも、個展などやらん。俺は、そんなことは言っちゃいないぜ。あんたの情熱とか思いとか、どうでもいいんだ。俺の気持が動くような、具体的な話はできないのか、あんた」

「具体的な話だと。そんなのは、山ほどある。あんたが個展をやると言わないかぎり、なに話しても、無駄だろう」

「具体的な話を聞かないかぎり、俺は個展を開く気はない。少なくとも、俺の持っている絵まで見せる個展はな」

吉村が、沈黙した。

「いまから、行ってもいいかな、先生？」

しばらくして、吉村は低い声で言った。

「俺はまだ、車の中さ。それに、今夜は誰にも会いたくないんだ」

「明日の午前中、行く」

「早い時間は、やめておいてくれよ」

電話を切ると、私は眼を閉じた。タクシーは、とろとろと安全運転をしている。

横浜公園の出口に近づいたところで、運転手に声をかけられた。私は躰を起こし、道を指示し、都橋《みやこばし》のところで降りた。

長屋酒場まで、歩いた。

それほど遅い時間ではなく、店の巡回をしてもよかったのだが、ただ酒を飲みたいという欲求だけがあった。

川面を渡ってくる風が、涼しかった。蟬が鳴いているわけはないのに、私は蟬の声を聞こうとしていた。

店へ入ると、顔見知りの客が四人いて、私は入口そばに腰を降ろした。私の前に焼酎の瓶が置かれ、私は湯のポットを引き寄せた。

「先生、今日は洒落《しゃれ》た服を着てるじゃないの」

客のひとりが言った。

「これだよ、これ」

もうひとりが、小指を立てた。

「だけどこの時間に飲みに来るってのは、うまくいかなかったんだねえ」

「振られたって、ここがある」

私は、クーラーの風の方にちょっと躰を傾けた。室外機ひとつにつき、三つの室内機がある。それでも、結構涼しくはなるのだ。

ひとりが、曙町の風俗の話をはじめた。日ノ出町の小さな店が取り払われてから、曙町はいきなり盛えはじめた、という感じだ。

フィンガージョブと、マウスジョブというものが多かった。それなら、最悪の場合、部屋にあがらず、路地の奥でもできる。

私の家の周囲は、夏になってからは、どことなく精液の臭いがたちこめているような気がするのだ。

一日に何百人が、曙町の狭い一角で射精しているのか。蠢《うごめ》く精子の数は、無数と言っていいだろう。死んでは、また生まれ、ということがくり返されているからか、街に妙な生命力が漂っている、と感じることがある。
四、五杯目を飲んでいる時に、三人が帰った。
「あんたの絵、見たよ、先生」

残ったひとりが、私を見て言う。半年ほど前から、時折見かける新顔だった。

「描いているところも、見た。うまいね。あそこまで正確だと、ある意味、抽象だね」

抽象という言葉に、私はちょっと身構えるような気分になった。

「しかし、俺はあの正確さを、絵とは認めない。つまり、芸術ではない」

「それは、見る人間の勝手だよ」

「俺は、昔、教師だった。小学校でね、なんでも教えたが、図画の教え方だけ、抜群だったね」

「そりゃまた、すごい。俺は、人に教えたことなんてない」

「まあ、俺は絵で、人生をしくじったんだが。絵だよ。俺は芸術だって言ったんだが、認めて貰えなかった。それで、教師は馘《くび》さ」

「なにを描いて？」

「よしな」

花江が言った。

「その話させると長くて、最後は泣きはじめるよ、こいつ」

「じゃ、やめておこう」

「聞いてくれよ。俺は、教え子のひとりを描いた。絵だよ。写真じゃない。服を脱いだのも、合意の上だ」

「つまり、小学生を裸にして、絵を描いたってことか?」

「誓って言うが、指一本触れちゃいない。芸術なんだ。その女の子を、見た瞬間から描きたかった。あんたみたいに正確に描いたら、猥褻《わいせつ》になったかもしれないが、俺は芸術的に描いた。しかし、寄ってたかって糾弾《きゅうだん》され、教職の免許を取りあげられ、馘だよ」

どんなふうに女の子に話して、納得させたか。どんなふうに、女の子は服を脱いだか。どんなポーズの絵を描いたか。描きながら、どんな話をしたか。

くり返しが多いので、それをすべて語ってしまうまで、一時間近くかかった。

「つまりあんた、その女の子に恋をしたんじゃないのか?」

私が言うと、男の表情が見る見る崩れていった。泣いているのだ。それから、恋とはなにかということについて、また語りはじめた。

花江が、うんざりした表情で、煙草に火をつけた。何度も、これをやったのだろう。

「切ないのか、悲しいのか、とにかくつらかったことは、俺にはわかるよ」

「わかるわけないだろう、おまえなんかに」

なんとなく、理解できる。そう言い返しても、仕方のないことだろう。私は、男が恋について、くり返し語るのを聞いていた。

「それで、絵はまだ描いてるのかい?」

「才能はあったと思うが、やめた。あれだけ騒がして、女房、子供とも別れたんだ。絵なんて描いてられるかよ」

「そうか、おしかったね」

「なにが、おしかったってんだよ。おまえ、俺を嗤《わら》ってやがるな」

「おっ、絡《から》み酒か」

「絡むかよ。俺は、服を脱いだ時の、あの子の顔を、いまも思い出すんだよ。毎晩のように、思い出すんだよ」

男が、カウンターにつっ伏して泣きはじめた。私は、男のコップに、なみなみと焼酎を注いだ。それで正解だと言うように、花江が頷いた。男が、顔をあげ、焼酎を呷る。空になったコップに、私はまた注いだ。それも飲み干した男が、床に頽れた。足を縮め、背中を丸くして、軽い鼾《いびき》をかきはじめた。

「やめろ。一時間で眼を醒す」

腰をあげようとした私に、花江が言った。

「そして、泣いたことも忘れちまっているから」

私は、自分のコップに焼酎を注ぎ、お湯で割った。

「病的な鼾、というわけでもないか」

「脳がどうかした、みたいな鼾なら、あたしがよくわかる」

男の話が、どこまでほんとうか考えることに、大した意味はなかった。毎晩、泣きながら語る悲しみ。誰もがうんざりして、しかしちょっとだけ、自分の心の中を覗いてしまうような悲しみ。

「新しいの、一本入れるよ」

私の焼酎は、ほとんど底をつきかけていた。ただ、まだわずかだが、残ってはいる。

「男が、くだくだ言うんじゃないよ。あたしは、口開けを飲みたい」

私は返事をせず、小さなスケッチブックをポケットから出し、花江を描いた。

「おや」

「はじめてだ、おっかあを描くの」

「あんたも、なんか切ないのか」

花江は、新しい焼酎の封を切った。一升である。コップに注ぐ時は、抱えるようにしていた。

五分ほどで、私は花江のスケッチを終えた。それからコップの焼酎を飲み干し、前のボトルに残っていた分を、全部あけた。

ほぼ一時間で男は起きあがり、なにか呟きながら、花江に金を渡して出ていった。私のことは、見えてさえいない、という動きだった。

いつもより少しだけ酔って、私は揺れながら歩き、家へ帰った。

5

吉村の仕事は、驚くほど速かった。

画廊でも百貨店でもなく、企業の小ホールを借りて、私の個展は開かれる。新作展となっていて、相当の数の、案内状を出したようだ。

展示されるのは、四十五点で、そのうちの二十九点は私のところにあったものだ。アトリエの天井は、屋根からの採光のためにとりはずしてあり、光を遮《さえぎ》らない場所を、一部だけロフトふうにしてある。描いた絵で、切り裂かなかったものは、そこに置いてあった。

何枚のキャンバスを切り裂いたかは、憶えていない。

私が出した二十九点については、弁護士が書類を持ってきた。私は一応捺印《なついん》したが、吉村からも絵を借り出すという、きちんとした念書をとった。

そういう書類は、吉村にとってはただの手順にすぎなかったようだ。

今回の個展は、全点が非売ということになっていた。

滅多に個展をやらない画家が、ただ見せるための個展を開く。その後の、価格の高騰を狙っているとしても、画商としては冒険のはずだ。

私が要求したことではなく、吉村が決めたことだった。

個展を開くことを決め、私のところにあった絵を全点見た時から、吉村の眼が、変ってきていた。

なにかに憑《つ》かれたような眼、と言えばいいのだろうか。非売という、画商のありようとは相反する決定も、なんの迷いもなくやったようだ。

私のやるべきことは、なにもなかった。

個展の報告をすると、響子は食事をしたいと言った。前に食事をした時から、ほぼひと月だった。このところ、毎月響子と食事をしていることになる。

麻布十番《あざぶじゅうばん》にある、精進料理だった。それは、響子が望んだところだ。

「四十五点もの、絵があったのね」

「二十九点が俺のところで、十六点は画商のものだよ」

響子が観たいと言ったから、個展をやる。そんなことは言っていないが、響子はわかっている、という気もする。

「まだ、鳴いてるかな、蟬？」

「どうして？」

「今年は、いつ蟬が鳴きはじめたか、気がつかなかったんだ。去年も、かな」

「まだ、鳴いてるわ。ふっと気づくと、蟬の声がしなくて、秋になっていると思うのよね」

私は、響子の全身から、疲れが滲み出していることに気づいていた。ひと月前もそうで、外科医だったころ、長い手術の後に逢った時、そんな疲労を見たような気がする。

二十二年の間に、当然響子も私も老いに近づいた。私の中にある、消すことのできない三十年前の顔は、しかし見つめていればいまも見つけられるのだ。

三十年前の響子は、私にとって響子そのものだった。いまいる響子は、響子でありながら、別の人間という感じも滲み出させてくる。

人には、生きてきた時間がある、ということなのだろう。いまの響子も、三十年前の響子のように、私には大切だった。

五十二歳の自分が、三十年間、大切なものを抱き続けていられたというのは、人生の意味が他人と違う部分だ、と思っていた。どれだけ具体相が変っていようと、そこから摑み出す意味は、いく通りかだけに分かれるものだ。

私は、そのいく通りとは違っている。

「ありがとう」

「なにが？」

「絵を観る機会を作ってくれて」

「別に、おまえのためにそうしたわけではない。内覧といって、開会前に、画商が選んだ人間に見せる会があるが、そこに入れておこうか？」

「冬さんが選んだわけじゃない。だったらあたしは、普通に、ひとりきりで観てみたい」

「わかった」

精進料理は、さまざまなものが出てきて、時には肉と思えるものもあるが、当然、すべて野菜である。響子も私も、特に野菜を好んで食べてきたわけではないが、いまの響子には、やさしい料理のようだった。

「冬さん、荒《すさ》まないでね」

「なんだよ、いきなり」

「あなたは、時々、自分を放り出してしまう。気がつかないうちに、そうしてしまう。馴《な》れきれないなにかがあった時にね。個展というの、冬さんに馴染《なじ》んでないもの」

「そうか。馴染んでないか」

「人が観る。新聞や雑誌が記事にし、評論家がなにか言う。そんなことに、冬さんは長い時間、耐えられないのよ」

「最初の個展、あれは俺が、自分で開こうと思ってやったものだよ」

「あの時、冬さんは観られることで、なにかを求めていたわ」

確かに、そうだった。ただ描くだけでいいのか、という思いにつきまとわれていたのだ。それで開いた個展で、響子と再会した。

二度目の個展は、なんとなくそうするものだろう、という気があった。三度目は、吉村の強い要請に折れた、というところがある。

吉村に、個別に絵を売ったり、ニューヨークの美術館に貸し出したりしたことはあるが、私が個展をやるのは、今度で四度となる。

「いままでの個展の中で、一番、点数が多いんだね」

「うちにあるものも、全部出す。だけど、誰にも売らんよ」

「そうなの?」

「見せるだけだ。見せるために絵を描いていた、としばらく自分に言い聞かせることにした。取材などというものは、一切受けない。俺がどこの誰かということも、表には出さない」

誰に見せるためにを個展をやるのか、私は言わず、響子も訊かなかった。

二十二年前に、響子に再会することがなかったら、私の思いは続いていたのだろうか。時々だが、私はそれを考えることがあった。

三十年前から八年間、響子を描き続けていたというのは、納得できる。空手の試合場であろうと、街角であろうと、電車の中であろうと、響子を見ていれば、私は心を奪われたはずだ。そういう自分が理解できないという思いはあっても、私は響子を描き続けたはずだ。そして、いつかは描き終ったのではないのか。

自分を描いた絵だと言って、響子が再び眼の前に現われたのは、私の人生にとって、皮肉なことだったのではないのか。私は、自分がなにを描き続けてきたのか、いやでも再認識することになった。

あの再会がなければ、私は絵を描き続けてはいなかったかもしれない。

響子の兄を通してなら、響子に連絡を取ることもできたはずだ。そうしようと、思い悩んだことも、あったような気がする。

事件を起こした。人に怪我をさせたことが、それほど悪いとは、私は思わなかった。そうしなければ、私が怪我をさせられただろう。逮捕され、過剰防衛で起訴され、執行猶予はついたが有罪となったことが、私には大きくこたえた。

判決が、響子に近づく資格のすべてを奪った、と思いこんだのだ。

ひとりの女のことを諦めるのは、それほど難しいとは思わなかった。時が解決してくれるだろう、とあのころの私は思っていた。それまで、絵を描き続けていればいい。

再会した時は、その意味など考えはしなかった。運命的などという言葉も、遣う気は起きなかった。

自分を描いた絵だ、響子が言ったことの衝撃だけが、私の心に深く刻みこまれた。

「あたしは、二十二年前、街角であたしを描いた絵を見つけた時、乾さんと同じ名だ、と思った。そう思っただけで、乾冬樹自身が、硲《はざま》冬樹として現われるなんて、頭の隅にもなかった」

「三十年前、俺が絵を描いていたことを、おまえは知っていたのか？」

「知っていたわ。道場から出る選手の名前は、みんな兄から聞いていた。なにをやっているかもね。学生、警視庁機動隊員、体育教師。その中で、バーテンダーで画家というのは、際立って異色だったよ」

「それでも、硲冬樹と乾冬樹は、結びつかなかったんだな」

「自分を描いた絵がある。その衝撃の方が、大きかったんだね、多分」

「それまで、絵を見てきてはいない、と言っていたよな」

「普通の医学生で、研修医で、外科医で、実家の病院を継ぐことになっている夫と、結婚して一年も経っていなかった。夫が、硲冬樹の絵に関心を示しはじめたのは、おかしなめぐり合わせだ、と思ったけど」

夫を愛している気がする、とあのころ響子は言っていた。その夫が、ニューヨークで発行されている美術雑誌で、私の名前を見つけたのは、十年ほど前のことだったのか。

私が、海外で注目されはじめた画家であることを、響子はその時はじめて知ったのだ。

夫の関心が、抽象画による精神分析にしかないことに気づいて、響子はなにを思ったのか。

そういう話題を、私も響子も、無意識に避けていた、という気がする。

「あたしは、個展が愉しみだけど、ちょっとこわいような気もする。冬さんが、本格的に荒んでしまうんじゃないかと思って」

「本格的に荒むと、どうなるんだ？」

「そうだね。まず、酒浸《さけびた》りかな」

「それは、いまも似たようなものだが」

「あとは、具体的なことは、思い浮かばない。マダム・タキとのセックスが、異常な方に振れたままで戻らない、ということは、あたしが言うべきじゃないね」

「あの女は、正常な中に留まりたいという思いを、かなり強く持っている。だから、心配は無用だな」

「心配はしていないよ、冬さん。むしろ、精神医学的に、関心があるぐらい」

「おかしな分析はしないでくれよ。俺は、近代医学を、すべての面において、信用していないと思う」

「あたしの職業を、頭から否定してるな」

「おまえを否定しているわけでなく、その職業の方を、信用していないだけさ。市販の風邪薬程度の信用は、してもいいが」

「市販の風邪薬ねえ。抗生物質程度の、信用はして欲しいという気がするな」

「同じようなものだ、俺にとって」

「風邪ひいても、寝てればひと晩で治るんだよね、冬さんは」

「丈夫に、生まれてきちまった」

「それは、わかるよ。健康というのは、不公平なんだ」

「それはない。俺みたいなのが、癌《がん》にかかって、あっさり死んだりするのさ」

「やっぱり、不公平だ。あたしは、癌にかかってしまっているんだ」

響子は、一合の日本酒を、まだあけていなかった。酔っていない響子は、言葉遣いだけが男っぽい。

「おまえ、癌なのか?」

「正確には、悪性リンパ腫。よく見ると、首のところが腫《は》れているはずよ」

「なら、早いとこ治せよ。医者だろう」

「医者だから、わかる。余命が、一年あるかないかだね。患者に告げる時は、半年と言うけれど。余命を短めに言うのは、医者の鉄則だね」

「いま」

私は、言葉を切った。しばらくして、言葉は出てきた。

「いま、深刻な話をしているのか?」

「死が、深刻だ、と言うならね」

「ふうん」

「冬さんが、ふうん、と言う感性の持ち主でよかったよ」

「感性から出た言葉ではない、と思っているんだが」

「死生観から出た言葉？」

「もっと遠いな。ただ情緒的な反応。それで、あとどれぐらい生きるつもりだ？」

「半年かな」

「なんの処置もせずに、ということでだな」

「あまり、外見を変えずに生きるとしてね」

「医者だ。二年、三年と生き延びる方法は、知っているんだろう？」

「延命の方法は、いくらでもあるわ」

「ふむ」

私は、響子を見つめた。

「治癒は？」

「しない。血液性の癌で、どこか曖昧なところがあるの。生検の病理診断で、やっと判定できるというところかな。血液性だから、臓器の癌よりも、全身に回りやすい」

「放置するのか？」

「免疫細胞療法というのがあるわ。まだ確立されたものではないけれど。それだと、肉体にダメージは与えない」

「それで、半年」

「半年は、いまのままでいられる。それから先は、冬さんとは逢いたくないな」

半年経ったらいなくなる、と響子に言われているのだった。しばらくして、それがなんとなくわかってきた。

「あたしの絵、描いてくれないかな」

二十二年前に、言われたことだった。響子はそれから、一度も言っていない。

私は、響子の絵だけを、描き続けてきた。響子が見た三回の個展の絵も、彼女を描いたものだ。

ただ、私は抽象に飛躍する。

その飛躍で、かたちではないものに跳んでいるが、響子も彼女ではなくなっているのではないか、と何度か思ったことがある。

私の中にある、響子に対する思い。その思いそのものを、私は絵として表現しようとしているのではないのか。

私の持っている、唯一のきれいなもの。それが、響子に対する思いだから、私はそれを絵として表現しようとしているのではないのか。

「描くよ」

かたちではないものに、跳ぶ、その瞬間だけ、私は多分、自分で自覚できないほど、私自身なのだ。

「デッサンの、はじめから、観てもいいかな?」

「なぜ?」

「それも含めて、あたしは描かれるのだろう、と思うから」

「俺は、スケッチからはじめる。ありふれた、どこにでもあるものをスケッチする時、おまえはそばにいられない」

「そうね。自転車でついて回るわけにはいかないものね。でも、これを絵にしていく、というスケッチは見られるのでしょう?」

「それは、見せよう。途中も、見たいところは、見ていい。キャンバスに移る時は、無理だ。いつ移っていくのか、俺にはわからん」

「冬さんが、観せてもいいと思うものだけでいい。とんでもなく、無理な註文をしていることぐらい、わかってる」

「無理なものは、見せたくても見せられない。それだけのことだ」

素描《デッサン》のディフォルメは、自分が自分だと、自覚できる状態でやっている。無我夢中になったとしても、跳んではいない。かたちというものが、私を現実に繋ぎ留めているのだ。

「おまえ、半年経ったら、いなくなるのか」

「そうなる」

食事は終り、最後の抹茶が出されたところだった。

「いなくなるのか」

「冬さんの人生、やっと自由になるね」

「俺は、自由じゃなかったんだろうか？」

「わからないけど。外から見ていたら、そりゃ自由そのものだっただろうけど」

抹茶を飲み、さりげない仕草で、茶碗を置きながら、響子が言う。

店を出ると、近くのバーへ行き、響子はコニャックを一杯だけ飲んだ。

「生きるって、なんだろうな、響子」

「医者のあたしに、そんなこと言わないで。毎日のように、そればかり考えてたこともあるんだから」

「そうか。俺なんかより、ずっと多くの死が転がっているところで、生きてきたわけか」

「数じゃないな。これまで死者の数って、どれぐらいあったと思う。全世界の人口の、何万倍。いや、違うな。数えられない。それと較べると、いま生きている人間の数は、砂漠の砂のひと粒ね。たまたま、死に多く出会う場所にいたけど、それだって、無に等しい。だから、死はひとつだけよ。自分が、死ぬこと」

「自分の死だけが、死か」

「こんな話、冬さんとしたことなかった」

「哲学が苦手でな」

「画家だものね」

響子が、笑った。私は、自分のウイスキーの色を、見つめていた。

シェイカーを、振る音が聞えた。ここのバーテンは、落ち着いた振り方をする。いつ聞いても、耳障《みみざわ》りではなかった。

「あと、何回かな」

響子が、呟いた。

私は、ウイスキーを飲み干し、腰をあげた。

響子のタクシーを見送り、私はしばらく舗道《ほどう》に立っていた。

それから携帯を出し、吉村を呼び出した。

個展の前に、決めておかなければならないことが、いくつかあったのだ。

第三章　揺曳《ようえい》の街

1

ごく普通の家だった。

やや西洋風の二階建てだが、どういうわけか庭にフラッグポールがあり、旗が翻《ひるがえ》っていた。緑色の旗で、中央に文様《もんよう》があるが、なんだか見定めることはできなかった。

私は、その旗を二枚スケッチした。

ほんとうは、旗を描いたのではない。風を描いた。風を表現するために旗というのは、いかにも安直だが、私は風そのものをスケッチしているつもりだった。

山手の、住宅街の一角である。私はそこへ、自転車を押して登ってきていた。風を求めて、高台に行った、というところだろうか。旗のスケッチを二枚描くと、私の眼は、もうスケッチのためでなくなった。

座りこんで、煙草を一本喫い、蝉の声を耳に入れた。そうだ、蝉だ。夏は、まだ終っていない。

私は自転車に跳び乗り、数回ペダルを踏んだ。すぐに下りにさしかかり、時々ブレーキをかけながら、高台の下までの、曲がりくねった道を走った。

下りきってしばらく行くと、『サムディ』がある。

入ってきた私を、正本《まさもと》はちょっとびっくりした表情で迎えた。

酒を出すのは夕方の六時からで、それまではコーヒーや紅茶を出す。私の巡回は夜なので、滅多に正本に会うことはない。

「ダージリンの、フラワリー・オレンジ・ペコをくれ」

客がひと組しかいなかったので、私は四人掛けの席にひとりで座った。

「かしこまりました」

正本が、頭を下げる。

私は、煙草に火をつけた。私がやっている四軒の店は、すべて煙草が喫える。役所がつべこべと指導をしてきたりするが、私はそういう役人を、煙草をくわえて迎えた。法令で、と役人が言うと、法律で、煙草を売らないようにしろ、と私は言う。売るし、それにほかの嗜好品とは較べものにならない、高率の税がかけられている。

店を禁煙にせよと指導するなら、売っても喫わせないという、法律と法令に対して、裁判を起こす、と私は指導に来た役人に言った。

そういう態度が、面倒な相手と思わせたのか、それ以後、指導はこない。実際に、公的な指導なのかどうかも、はっきりしていなかった。

紅茶は、ひとりいるウェイトレスが運んできた。

「ほんとに、フラワリー・オレンジ・ペコか？」

「まさか」

微笑みながら、ウェイトレスが言った。

「お客様が、そう註文なさったら、そうだと言って出すようにしております。もともと、日本の庶民的な店に、あるはずのないものですから」

「英国王室に、あるだけか」

「ほかにもあるかもしれませんが、誰も、味を知りませんから」

従業員の教育は、ちゃんとしてあるようだった。私は、そのウェイトレスに、ブルーマウンテンのコーヒーを頼んだ。

しばらくして、香の高いコーヒーが運ばれてきた。

「ひと袋に、ひと粒でもブルーマウンテンの豆が入っていれば、日本ではそう呼ばれてしまいます」

コーヒーには、極小の皿に塩が添えられていた。

「この塩は？」

「申しわけございません。ジャマイカの塩ではなく、イタリアはシチリア島、トラパニィの塩でございます」

教育は充分すぎる、と私は思った。ただ、したり顔で答えるところが気になった。そんなものはウェイトレスに言う必要はなく、あとで、電話で正本と話せばいいだけのことだ。

私は、紅茶とコーヒーを続けざまに飲んで、勘定を払い、店を出た。ジャマイカのブルーマウンテンのコーヒー農園では、実際にひとつまみの塩を入れて、コーヒーを飲む。正本は、それを知っていたようだ。

家へ戻り、シャワーを使った。

バスローブの恰好で、旗のスケッチを見ていると、吉村が現われた。

「まったくここは、昼間でも客引きが現われるんだな」

近くまでタクシーで来たらしく、吉村はスーツにネクタイという姿で、分厚い書類鞄《かばん》を持っていた。

鞄の中には、ミネラルウォーターのペットボトルもあり、テーブルに書類を拡げながら、吉村はそれを飲んだ。

書類についての、説明をはじめる。

非売だから、額縁などについてまで、吉村の持ち出しになる。

「内覧に、顔を出して貰えませんかね、先生。五時からのレセプション」

「三十分ぐらいならな」

「えっ」

駄目でもともとというつもりで、吉村は言ったようだ。

「そうか。じゃ、車を用意しておく。個人的な接触は、誰ともさせない」

「非売は、俺の強い意思だということは、徹底した方がいい。あんたが売れるもの、十六点はあるだろうが」

「だから、はじめから非売だと言ってるじゃないか」

「それを、俺の意思にしておくんだよ。絶対的な意思で、個展を開く条件だったと。方法に行き詰まって、過去の総括をしてみたがっているようだと」

「いいね。たえず、方法の模索を続けている画家か」

個展を開くと決めた以上、多少は吉村に協力しようという気持に、私はなっていた。

「できるのは、そこまでだ。俺の居所を見つけて、連絡してくる画商もいるだろうが、いま売るつもりはない、ということで、押し通す」

「諦め半分で、くるのだろうなあ。それより、ジャーナリズムの方が、うるさいという気がする。海外にも、案内状は出してある」

「それはすべて、あんたを通す、ということにしてくれ」

「ひとつも、受けないのか?」

「絵があるだけでいい。人に語らなけりゃならないことは、なにもないんだ」

「それを、裕冬樹のコメントにしていいか?」

「必要なら、そうしろよ」

吉村は、テーブルの書類について、説明をはじめた。説明しておかなければならない、と感じているのだろう。絵にはタイトルがついているが、考えてつけたわけではない。最初にスケッチしたものを、ただタイトルにしてある。『猫』とか『割れた花瓶』とかいう具合だ。

そのタイトルについても、吉村は全点の確認をした。展示の順番についても、必ずしも年代順ではない、というかたちにしたい、と言った。大小のバランスをとりたいらしい。

「タイトルの横に、日付けを書きこんでおいてくれればいい」

それがやってあれば、響子は年代順に見ることができるはずだ。

「夕めし、どこかで食わないか、先生?」

「いいよ。悪くないめし屋が、横浜にもあるんだ」

私は着替えをし、外に出てタクシーを捕まえると、新品の街へむかった。

「横浜は、ここに造船所のようなものがあって、繁華街が二つに分かれている、という恰好だった。それを、この新品の街が繋いだ。歴史と言ったって、せいぜい江戸末期からなんだが」

「あんたは、生まれた場所にこだわって、東京へ出ようとしないのかい、先生?」

「特に居心地が悪いというところは、ない街だよ。俺が生まれ育ったのは、もっとずっとはずれなんだが」

高校まで、金沢区から、上大岡《かみおおおか》まで通った。それからは、もっと関内寄りの方で暮していた。響子は、山手にある女子高から、東京の医科大学に進んだ。

私はバーテンの仕事を川崎で覚え、最初のバーも川崎に出した。横浜で店を出すより、いくらか安かった。

新品の街にも、きちんとしたレストランがいくつかあった。

一軒のフレンチ・レストランに、私は吉村を連れていった。ここは、食後にバーコーナーで、葉巻が喫える。

「こんなところが、あるんだね」

「商用に使われることが多いんだろう。若い者のデートにしては、値が張る。今夜は、俺が奢るよ」

「尻が、こそばゆい。だけど、お言葉に甘えて、少々高いワインでも飲んでやるかな」

派手な、うわついたものではなく、しっかりした個展を、吉村は企画した。しかも、いまのところ、かなりの持ち出しだ。

「パリから、二人来る。この二人は、俺が招待した」

「ふうん」

「だからといって、会いたくなければ会う必要はない。彼らは、絵だけ見て判断できるよ」

食事は、普通のコースだった。特殊なものを頼むほど、私は顧客ではない。

ニューヨークからも、何人かが見たいと言ってきて、そちらは招待ではなく、エアだけ出してやることにした、と吉村は言った。

「あと、一週間だ」

そして会期が十日。

しかし個展の日時とは別に、私の躰の中では別の時が刻まれはじめている。

食事を終えると、私の葉巻に十五分ほど付き合い、吉村は帰っていった。

私はひとりで残り、カルバドスを舐めながら、旗のスケッチについて考えていた。いや、旗ではなく、風と言うべきなのか。

短い葉巻を選んでいたが、きれいに喫い終えるのに、四十分近くかかった。

着替えるために、家に帰った。

玄関のドアを開けた時、ガレージの方でもの音がした。

「また、おまえか」

信治だった。

「すみません、親父さん。このあたり、実は隠れる場所があまりなくて」

「斬られたか、刺されたか、とにかく俺はもう知らんぞ」

「親父さん、一度だけ、頼みたいんですが」

信治は、ひとりではなかった。ガレージの奥に、女がいる。

「駄目だ、帰れ。俺に、なにができると思ってるんだ、おまえ」

「俺は、あの子だけは、助け出してやりたいんですよ」

「それは、勝手にやれ。俺には関係ない、と前から言っているだろう」

マスタングの後ろ。かがみこんでいる女が、ちょっと顔をあげて、私の方を見た。思わず、私は女を見直し、それから近づいていった。

「子供じゃないか、まだ」

「そうなんですよ。母親と一緒に渡航してきて、なにがあったかわかりませんが、母親はすぐに客をとらされ、一年ぐらいして、この子も客をとらされはじめたんです」

「いくつだ」

「十二歳ですよ」

見た目より、年長ではあった。幼く見えることで、値はあがるのだろう、と私は思った。

「どうしても、この子を助けたいって、ヒロミが言っていたんです。この子が、客をとらされたとわかった時から」

「いつからだ?」

「ひと月ぐらい前です。俺は、ずっと捜してたんですよ。母親の友だちが、ヒロミがよく知ってる女で、その女からヒロミが聞いたんです。やっと見つけて、隙《すき》を見て連れ出して。ヒロミは、その子を知ってるんですよ」

女を地獄から救い出す、というふうに信治は言っていたが、それはあくまでも、騙《だま》されて、抗《あらが》うすべもなく躰を売らされている女たちが対象で、自ら進んで商売をしている女も少なくない。荒稼ぎをする女も、かなりいるのだ。

「母親は?」

「母親が承知したか、自分の方から差し出したのかもしれません」

「もういい」

「俺は」

「おまえは、帰れ。裏の方から、路地を通ってな」

「助けたいんです。うまく行きかけているんです」

「だから、帰れ。なに食わぬ顔をしてろ」

「親父さん」

「俺が、この子を教会へ連れていこう。ヒッチハイクで、乗せてやったと思えばいい」

「恩に着ます。教会の門、開けさせておきますんで」

おかしなことをしても無駄だろうと思ったが、私は家の中からバスタオルを一枚持ってきた。

それから車にエンジンをかけ、頭からバスタオルをかけた女の子を、助手席に乗せた。

走りはじめると、客引きや通行人が、道の両側に寄った。

教会は、磯子《いそご》だった。

私は海岸沿いに行かず、山手を大きく迂回《うかい》するようにして、磯子にむかった。

周囲の様子はすっかり変ってしまっているが、かつて私が通った高校も近くだった。

「こわがらなくていい」

私は、助手席に眼をくれ、被せていたバスタオルをとった。女の子は、強張った表情でうつむいている。

ミラーに、バイクが二台映っていた。近づいてきて、仕掛けてきたら、ぶっつけるしかない、と私は肚《はら》を決めた。車がそう動けば、バイクは弱い。

私は酔っていたので、警察にも捕まりたくなかった。山手を迂回したのには、その意味もある。海岸沿いの道では、しばしば取締りをやっているのだ。

一台が、追いついてきて並走しはじめた。私は、幅寄せをした。バイクは退《さ》がったが、その間にもう一台が、対向車線に出て抜いていった。

クイックターンをしたバイクが、こちらにむかって走ってくる。私は、一段シフトを落とし、踏みこんだ。バイクのライトが、車内を突き刺している。きわどいところで、バイクはかわした。半端な腕ではないのだろう。ぶつかった、と私は思ったのだ。

もう一台のバイクは、教会までついてきたが、仕掛けてはこなかった。

教会の門扉は開いていて、私はそこに滑りこんだ。

礼拝堂の方から、ヒロミが飛び出してくる。なにか叫んでいた。女の子が、はじめて反応を示した。私はドアロックを解除し、助手席のドアを開けてやった。

飛び出した女の子が、ヒロミと抱き合うのを確かめ、私は車をバックさせた。

帰り道は、なにも起きなかった。

家のガレージに車を入れ、私は軽く息を吐いた。いきなり、憂鬱《ゆううつ》な気分が襲いかかってくる。私がやったことを知ったら、辻村は怒るだろう。

家へ入り、ペットボトルの水を飲んだ。

ジャケットを着たままであることに気づき、私はラフなシャツとパンツに着替えた。

それから、スケッチブックを開いた。旗の、いや風のスケッチ。見つめていると、不思議に気持が落ち着いた。

煙草を一本喫い、私は外に出て、自転車に乗った。

いつものように四軒の店を回り、長屋酒場にむかった。

自転車の前に、男がひとり立った。

私は、自転車を降り、スタンドを立てた。男は、その間、動かなかった。黙って、私は男とむかい合った。

躰は、大きくない。眠っているような細い眼は、私を見ているかどうかも、わからなかった。男が左足で踏みこんできた。飛んでくる右足は、見えていた。私の顎を、掠《かす》めて過ぎた。次の瞬間、左のパンチがきた。かわしながら、私は踏みこんでいた。掌底が、無意識に出ていた。当たる前に、男は横へ跳んだ。二歩退がり、構えるでもなく、じっと立っている。

たったこれだけのことで、私の呼吸は乱れていた。

川とは反対側の路肩に停っていた黒い車の、ドアが開いた。ルームランプが、かすかに照らした路面に、靴が出てきた。

降りてきた男は、高級品のスーツを、小意気に着崩している。長身で、私にむかって歩いてきた時は、闇そのものがのしかかってくるような、異様な気配が圧倒してきた。

むき合って立った男は、確かに長身ではあったが、私よりも四、五センチ高いだけだった。

「昼の暑さが、嘘のように涼しくなりますね、先生」

声は低く、闇に似合っていた。私は、ようやく肩で呼吸するのをやめた。

「なかなかのものです。あいつの左パンチをかわした。もともと、まともに当てるなとは言ってありましたが」

　私は、大きく息を吐いた。

「あそこで、躰を寄せるとはね。あんな踏みこみ、並みじゃできませんよ」

　男は、四十絡みだろうか。片手は、ポケットに突っこんでいる。剣呑《けんのん》な気配は、男の周囲が放っていた。車から二人降りてきている。さっきの男もいた。

「いけませんよ。そういうやつと、まともにむかい合っちゃ」

　男は、じっと私を見つめていて、ポケットから煙草を出し、ライターを遣った。デュポン特有の、澄んだ音だ。ライターの炎が、男の顔を浮かびあがらせる。その間も、男は私を見つめていた。

「三田村《みたむら》といいます。お見知りおきを」

「知り合いには、なりたくない」

　ようやく、私は言った。

「なら、あんな真似はしないことです」

　私も、煙草をくわえた。デュポンの火が、差し出されてくる。それに、顔を近づけた。

「岩井《いわい》信治は、どういうつもりで、先生を巻きこんだのかな」

「俺が、やると言った」

「たとえそうでも、岩井は断るべきでした。岩井との間には、ルールと呼んでもいいようなものがありましてね」

「なんとなく、わかる」

警察には、訴えない。人の助けは、借りない。そうするかぎり、教会の中にまでは手を出さない。

そんなルールがあったとしても、それはただの女の場合だ。

「あれは、ない。子供だ。俺は、我慢できなかった」

「母親が、娘を売ったんですよ。人間がやることじゃない、と先生は思われたんでしょうが、俺らはやくざです。人間らしいところからは、遠いと思います」

「自分が、情緒的な人間だと、はじめてわかった気がする。世界を見渡せば、あの子よりずっと惨《みじ》めな目に遭っている子供は、いくらでもいるだろう」

「情緒的というか、感傷的というか。あの子は、金になったんですよ。そこらの女より、ずっと金になった。先生が許せないと思われれば思われるほど、金になります。それを吸うのが、やくざなんです」

「今夜の一度だけで、やめておくよ」

「そうしてください。岩井は、先生を利用した。それは、ルール違反です。だから、ペナルティはあります」

「やくざが、ルールなんて言葉を口にするのかね?」

私は、自分が開き直っていることに気づいた。生きていることに、大した意味はない。心の底のどこかに、そういう思いはたえずあった。誰にでもある、思いかもしれない。

「俺らなりのルール、と申しあげておきます。賽《さい》の河原《かわら》ですよ、岩井がやっていることは。岩井が助けた女が、強制送還されるとわかって、また舞い戻ってきたりするんですから。だけど、ルールの中でやっているかぎり、岩井の石積みを、俺は認めていました」

「信治は、岩井信治は、殺されるのか?」

「どの程度のルール違反だったかは、これから俺が考えることです。前に、腕をぶった切られた。その程度のペナルティを受ける、ルール違反だったんです。やつが先生のところへ駈けこんだと聞いた時は、正直、見損ったと思いましたが。誰よりも、岩井がルール違反をわかっていたはずです。傷は、自分で舐めるべきでしたよ」

眼の前にいるやくざの、それも多分、組織のトップにいる男の言うことが、理路整然としている、と私はどこかで感じていた。この男が生きる世界と、普通の人間の世界とでは、価値観が違うだけなのだ、という気もする。

「まあ、今夜きりだと、先生は言われた。俺は、それを信じようと思います」

「あんた、やくざの偉い人だよな」

「人間のクズを束ねている、大クズです」

「前に、どこかで会ったんだろうか?」

「いえ、はじめてです。先生のような方の前には、出るべきじゃない、と思っていましたから。俺が持っている、先生の絵も」

「俺の、絵?」

「これは、失礼しました。どうしても欲しくなって、先生の絵を一枚買いました。俺自身じゃなく、うちの顧問弁護士が、わけもわからず買ったんですがね。十年前の、個展ですよ。そしてもうすぐ、大きな個展でしょう、先生」

「俺の絵の、どこが？」

「わかりません。ただ、観ていると涙が出てきます、いまでも」

「そうなのか」

「言うべきじゃありませんでした、先生」

「つまり、俺を知っている？」

「個展は、三度観ています。どうにもならずに買ったのは、一枚だけですが」

「もしかすると、『夢』というタイトルの絵かな。血の色が、キャンバス全体に流れこんできたような」

「血の色ですか、やっぱり」

　響子が、外科医をやめようとしていたころ、描いた絵だった。夢にまで、血の色が出てくると響子は言い、夢に色はないと私は言った。だからその絵は、赤い色調ではない。

　埠頭に立っていて、死んだ魚が浮いているのを見た。それを、スケッチした。響子の夢の話と、それが重なった。死んだ魚の中に、私は響子を描いてしまったのだ。

「三田村さん、あんたは俺をどこまで知っているんだね」

「経営されている、五軒の酒場。これはどれも立派なもんです。曙町に、住んでおられる。あそこの風俗は、悪くないと俺は思いますがね。なにしろ、事故が起きていないんですから」

五軒の酒場、と三田村は言った。『ウェストピア』も、三田村は把握していることになる。酒場からあがる利で、売るための絵は描かずに済んでいる、と私を見ていれば思えるだろう。

「なぜ、抽象を好むんだ、三田村さん。キャンバスに転がって、暴れ回り、それもいい絵と認められる。そんな中で、なぜ俺の抽象なんだ」

「言っても、いいですか？」

「聞きたいな」

「心の具象なのですよ、先生の絵は。いくつかの絵にかぎって言えば、それが俺の心にも重なるんですよ」

「心の具象か。はじめて聞いたね」

「俺はそう思い続けてきました。先生が、あらゆる制約を解除して、心の具象を描かれる。心にかたちがあるのか、と言われれば、俺はあると思っているんです。血のついた指で、なぞったようなかたちが」

「あんたが絵を買ったと言った時に、それは『夢』だろう、と思った」

「やくざですもんね。血が、似合ってます」

「血を流す悲しみ。そんなものが、心の中にあったような気がしてる」

「俺は、すごい話を聞いたんでしょうか、硲先生？」

「なんでもない、話だよ」

「俺は、あの一枚の絵で、多分、一生大丈夫です。なにが大丈夫かって、自分じゃ説明できませんが。でも、個展は拝見させていただきます。ひとりで、目立たないように行きますんで、御心配なく」

時々、車が行き過ぎる。そのたびに、三田村のグレーのスーツが、ライトに浮かびあがった。

「ふだん、あんたはそんな話し方をしないんだろう?」

「喋りませんよ、ほとんど。必要なことは、若い者《もん》が言いますし、こんな場所に来ることもありません」

喋らないこの男が、眼の前に立っていたら、威圧感は相当なものだろう。しかし、やくざが出てきて、私の絵を持っている、と言うとは思わなかった。

「そんなに、絵が好きなのか」

「買おうと思ったの、先生がはじめてです」

「俺は、かなり君らの商売を邪魔したのかな?」

「いろんな、仕事をやっております。まともな会社も、ないわけじゃないんですよ。そこで起きた事故としちゃ、些細《ささい》なことです」

「仕事は、しのぎと言うんだろう?」

「俺ら同士では」

「もう、行ってもいいのかな」

「俺が、行きますよ」

三田村が、じっと私を見つめてきた。

「先生、俺は、やくざですから」

「威《おど》かされてるのかな。それとも、警告かなにかか?」

「どちらでもありません。お忘れになるといけないので、教えているだけです」

そう言い、三田村は踵を返した。

私は、三田村と三人の男が車に乗り、走り去っていくまで、立って見ていた。三田村は、一度もふり返りはしなかった。

私は、自転車のところに戻った。サドルに跨がると、長屋酒場の明りが、水に照り返されて、別のもののように見えた。

2

古いホテルだった。

そこがいい、と響子が言ったのだ。

部屋の窓の下には公園があり、そのむこうは港である。しかし響子は、港の景色には、ほとんど関心はないようだった。

私は、素描《デッサン》をベッドに並べた。

旗が、鉛筆で克明にスケッチしてあり、三枚目は木炭になり、四枚目と五枚目はかたちがなくなり、濃淡だけになっている。

「風ね」

事もなげに、響子はそれを言い当てた。

「冬さんの人生に吹いた、風か」

自分が、というところを、響子は省いていた。

まだ、私の中では、風はかたちである。

もう、跳べる。かたちのないものに、跳べる。私は、かたちに執着していなかった。風はほんの手がかりで、すぐにキャンバスに色づけができる、と感じていた。

絵を描きはじめて、こんなことははじめてだった。素描を、百枚も描かないことには、跳躍する力が出てこなかった。

それが冷静なまま、素描はもういいと感じているのだ。

「なぜかは、わからない。昔、木のデッサンを見せたろう。あの時から、デッサンの数はもっと増えていた。時には、何百枚もの、デッサンだけで終ることもあった。いや、そっちの方が多かったかな」

「冬さん、なにも言わなくてもいい」

「そうか」

「これ、ひと晩、観ていてもいいかな？」

「いい。色づけをはじめても、俺は冷静なままでいられる、という気がする」

響子は、ベッドの方へ椅子をむけ、腰を降ろした。食い入るように、素描《デッサン》を見つめている。煙草を喫ってくると言って、私は外へ出た。エレベーターでロビーに降り、片隅で煙草を喫い、ホテルを出て公園を歩き、ベンチに腰を降ろし、大桟橋に足をのばし、陽が落ちかかったので、ホテルへ帰った。

響子は、同じ姿勢で、ベッドに並べた素描を見ていた。

私の方を見つめ、かすかに笑った。

「食事、大桟橋のそばの、レストランをとってある」

なぜか、うろたえたような気分になり、私は言った。

「そう、歩いていけるね」

「まあ、五、六分というところかな」

響子が、ようやく椅子から腰をあげた。

外へ出ると、私たちはレストランにむかって歩きはじめた。かすかに、風が出ている。街路樹が揺れ、街灯の光も一緒に揺れているように見えた。

響子が、私の腕に手を絡ませてきた。なにも、言葉は交わさない。私は前をむき、響子は足もとに眼を落としているようだった。

この時間、人は少なくない。昼間は、暑い日がまだあった。しかし、蝉の声を聞くことはなくなっている。

歩きながら、私は海の音を聴きとろうとしていた。風が強いと、公園の護岸に波が打ちつける。その音が、こちらの道まで届いてくることがあった。聴えたら、海の音だと、響子に教えてやれる。しかし、風は弱く、大きな波を立てるほどではなさそうだった。

レストランに着いた。

二階で、天井の高い、古いレストランだった。

「盛況ね」

料理を決め、食前酒を頼むと、膝にナプキンを拡げながら、響子が言った。

個展は、いま開催中である。私は、内覧のレセプションに三十分だけ顔を出し、それきり行っていなかった。

吉村が、フランス人を二人連れてきた。仕方なく、私は十五分だけ会った。私が言ったのは、絵があればそれでいいだろう、ということだけだった。確かに、絵は言葉で語るものではない、とフランス人のひとりは言ったようだ。私は、せめてものサービスで、小さなスケッチブックに、二人の似顔を描いてプレゼントした。

吉村は、毎日、ジャーナリズムへの対応をしているという。

「あたしは、二度行った」

「なぜ？」

「疲れてしまって、一度で観きれなかった。絵の前に立つと、すべてが吸い取られるような気がした」

「おまえが見たいと言ったから、俺は見せた。あの個展に、それ以上の意味はないよ」

「夫も、観にいったみたい。別の日にね。関心を持ったのかどうか、なにも言わないんでわからない」

食前酒を、飲んだ。前菜をとりながら、白ワインを飲み、肉が出た時に赤ワインにし、食後のチーズまで、それを続けた。

響子は、ごく普通の食欲を見せた。

「はじめてね」

「このワインか。悪くはない」

「冬さんと、若い恋人同士みたいに、腕を組んで歩いたこと。帰りも、そうやって歩きたい」

「食後酒は?」

「ホテルに、バーがあるわ」

二十二年間、食事をすると、食後酒を飲むバーまでタクシーで行き、飲み終えるとそのバーの前で、おやすみを言い交わす、ということを続けてきた。

「なぜ、食後酒を、近くのバーで飲まなかったのかな。わざわざ、タクシーで行った。バーがないわけじゃなかったのにな」

「冬さんが、そうしたのよ。おかげで、若い恋人みたいに歩くチャンスが、一度もなかったわ」

「なんとなくだが、食事と食後酒の間は大事だ、と思ったんだよな」

「特に歩きたいと思ってたわけじゃないけど、歩いてみたら、悪くないと思ったわ。ちょっと照れ臭かったけど、帰りは大丈夫だって気がするの」

「手をつないで、帰ろう」

「その方が、若い恋人同士って感じよね。でも、照れ臭いと思う」

会計を済ませると、レストランを出るところから、私たちは手をつないだ。一度も言葉を交わさず、ホテルまで歩いた。

バーへ行き、コニャックとウイスキーを飲んだ。部屋へ戻り、響子はまた素描《デッサン》に見入りはじめた。

十時を回ったころ、私は素描を見続けている響子に、呟くようにおやすみを言い、部屋を出た。

自転車がなかったので、タクシーを拾った。

野毛まで、大した距離ではない。私は『いちぐう』に入ると、カウンターの端に座った。

野毛が横浜の観光地のひとつになっているというのは、グループで来ている客を見ればわかることだった。『いちぐう』は、そういう客が集まりやすい。五十年も昔からあった、と言っても信じられてしまうような、たたずまいなのだ。

「信治が」

辻村が、前に立って言った。

「信治に、会いました?」

「いや」

先日の、子供を教会に運んだことは、黙っていた方がよさそうだった。

「ちょっと、ひどいんですよ。部屋から、出てこようとしません」

「ヒロミと一緒か？」

「いえ」

「おまえ、時々、信治と会ってるのか？」

「外で。といっても、説教するだけなんですが」

私は、辻村が作った水割りを、口に入れた。坂下は、ちょっと目礼しただけだ。

「どうしたんだ、信治？」

「まあ、ちょっと」

「生きちゃいるんだよな」

「そりゃ、生きてますよ」

「わかった」

辻村の方から、こういう言い方をするのは、めずらしかった。信治を近づけないでくれ、とだけ言い続けてきたのだ。

「そのうち、行ってみるよ」

「そうしてください」

私は、話題を変えた。秋には、野毛の商店会で、大きなイベントをやる。それに『いちぐう』がどういう参加をするか、辻村とは話し合ってきた。協賛金以外での参加、端的に言えば、人を出せと言われているのだ。

「坂下が、自分でよけりゃ行く、と言ってるんですが」

「ふうん」

「やつ、昼間の時間は、なにをやってる？」

「それ、わからないんですよ、まだ。硲さんが訊かないんで、俺もやつが言うまで訊かないようにしています」

「イベントの準備期間だけ、八時出勤を認めてやれ」

「わかりました。商店会には、大きな貸しになります」

午後三時から六時まで、という恰好で人が集まっているようだが、五時ごろからしか来られない人間もいるらしい。

「うちが混み合うの、九時過ぎですからね」

午前二時までの営業ということになっているが、終電が過ぎるとまた混みはじめ、三時、四時まで客がいることは、少なくない。

「相当な人出になるんで、交通整理の要員でもいい、ということなんですが、坂下はもっと働くと言ってます」

「好きなのかな」

「かもしれません」

私は、水割り一杯で切りあげ、金を払った。

辻村の口調が気になり、私はタクシーを停めると、信治のアパートがある町の方へむかった。

南太田《みなみおおた》という、京急線の駅の近くである。

引きこもりだ、というような意味のことを、辻村は言った。柄にもないことを信治が、という気がしたが、ほかにも理由があるかもしれない。

大きなマンションなど、あまりない地域だが、二階建ての信治のアパートは、その中でも見すぼらしく見える。

一階の端が、信治の部屋だった。小さな明りはある。

私は、ドアをノックした。洗濯機がドアの外にあるが、中身がなにかわからない段ボール箱が、三つ載っていた。

返事がない。人の気配は感じられるので、私は執拗《しつよう》にノックを続けた。

近づいてくる気配があり、ドアが開けられた。

「親父さん」

信治は、無精髭に覆われた顔を、ちょっと歪《ゆが》めた。入ったところにあるキッチンの散らかりようは、ひどいものだった。奥の部屋は、見えない。

「臭いぞ、おまえ」

信治を押すようにして、私はドアの内側に入った。荒んだ暮し、などと言うものではない。心が病んでいるのではないか、と私は束の間、考えた。

「おまえ」

信治の外見が、ちょっとおかしかった。

何度見ても、汚れたシャツの右袖が、頼りなく揺れている。右腕だけ袖に通していないのかと思ったが、それも違った。

「腕が、ないのか、おまえ」

信治の顔が、また歪んだ。肩から先、右腕がないことは、間違いなかった。

「上がるぞ」

奥の部屋の散らかりようは、ひどいものだった。

「なにが、あった?」

キッチンも部屋もフローリングで、私は胡座《あぐら》をかき、信治は正座をした。

「腕がなくなるなんて、ただ事じゃない。はっきり言え」

信治の左手が、膝に載せられている。座ろうが立とうが、右腕のない姿は異様だった。

「もしかすると、三田村か?」

うつむいていた信治の顔が、弾かれたようにあげられた。

「親父さん、なにか?」

「一度きりにしてくれ。三田村に、そう言われた」

「言われただけですよね。なにも、なかったんですよね」

「なかった」

信治が、大きく息をついた。

「親父さんには手を出さないと、三田村自身が言ったので、大丈夫だとは思っていたんですが」

「三田村に、襲われたわけじゃないのか?」

「逃げきれなくて、捕まって、けじめをつけさせられたんです」

「腕を、一本」

「殺されるよりは、いいだろうと言われました」

「逃げた女を、教会に入れてしまえば、そこで終りということだったんじゃないのか?」

「俺ひとりで、誰の力も借りずにやったら、NPOの運動と認める、と言いました。つまり、教会に逃げこんだ女に関しては、終りにすると」

「あの子供については、つまり俺の力を借りたとされたのか。俺が、勝手にやったことだったが」

「違います。俺が、頼みました。親父さんの家へ逃げこんで、あの子を車に乗せて貰ったんですから。三田村が、俺にとらせたけじめとしては、納得できているところもあります。あそこで捕まっていたら、俺はフクロにされて、あの子は連れ戻されていました」

前に腕を斬られた時も、訳は話さず、知り合いの部屋に二時間ほど、女を預けたのだという。

それを調べあげられて、けじめとしてあの傷を負わされた。

私の場合は、命ぎりぎりのけじめになったということだろう。

市民運動だかNPOだか、とにかくその組織が、ほんの少し実績をあげることを、三田村は容認していたようだ。組織で、実際に動くのは信治ひとりだったし、教会に入った女になにかすれば、警察が本格的に動きかねない、という判断があったのだろう。

ただ、あまりに自由に動かれても困るから、条件をつけた。すべてを、信治がひとりでやる、ということだ。それが、三田村が言っていた、ルールなのだろう。

やくざとして甘い、という見方もできるかもしれないが、市民の運動がそこそこ成果をあげている、という情況を作るのが、実はしたたかな計算なのかもしれない。

報道の眼がそこをむけば、警察も眼をむけざるを得ない。やくざ組織にとっては、絶対に守り抜きたいものではないだろう。どう潰されても、女はいくらでもいる。だから、どこかで甦《よみが》える。殺しても死なないのが、売春という商売で、鎖を一本付けておけば、どうにでもなると考えているとも思えた。

ただ、あまりに派手にやられると、同業が手を突っこんでくる余地を与えることになる。信治ひとりが駈け回っている、という程度がいいのかもしれない。

三田村はルールと言ったが、その裏に、なにかがある、と私は考えていた。

憑かれたように、信治は喋り続けた。

あの時、私が信治を追い返していたら、どうなったのか。女の子は、連れ戻される。信治は袋叩きにされて、二、三日寝込む。信治が警察に駈けこまないというのも、またルールなのだ。

信治の右腕は、私にも多少の責任があるのかもしれない。あれほど幼くない、普通の女だったら、私は信治を追い返していた。

二人とも煙草を喫い続けていたので、部屋に霧がかかったようになっていた。私は立ちあがって、窓を開けた。窓のそばのベッドには、血の痕らしいものがあったが、ひどいものではなかった。

「おまえ、ひとりなのか。ヒロミは、どうしたんだ？」

「熱が出て、その間、ヒロミはここにいました。熱が下がったら、食料を山ほど買いこんで、教会へ戻りましたよ」

「おまえ、所属していた組織があるだろう。なんとか運動の」

「三人ばかり、見舞いに来たんですが、俺の傷を見て、ビビりやがって、ほとぼりが冷めるまで、運動に顔を出さないでくれ、と言うんですよ。ほかの会員に、恐怖感を与えるってね。人を、使うだけ使っておいて」

信治も、その運動を利用していた。お互いに安全な場所にいると確信できた間は、いい関係だった、ということだろう。

「警察へ、行く気はないよな？」

「はじめの、取り決めです。俺が成果をあげても、殺されたりしなかったのは、三田村がその取り決めを守ってくれたってことですから」

「わかった」

馬鹿な男だった。その馬鹿さ加減が、私も辻村も嫌いではなかった。

「なんでやつらが気づいたのかが、どう考えてもわからねえんです。母親が客をとって、あの子がひとりになったところを、ヒロミの友だちが、俺が待ってるところまで連れてきて、俺はあの子と手をつないでから、連れていくと、ヒロミに連絡しただけですから」

「そうなのか？」

「あんなに早く、やつらに気づかれるはずはないんです。やつらが気づいたころは、あの子は教会にいたはずなんです。あっという間ですよ。ものの十分か十五分。やばいと思った時は、もうかなり追いこまれていて、親父さんの家のガレージに隠れるしかなくなっていました」

信治が、ぽろりと膝に涙を落とした。

自分にも責任があるだろう、と私は考え続けていた。袋叩きにされて二、三日寝込むのと、これから先の人生で右腕がないこととは、あまりに大きな違いだった。

「絶対に、うまくいくはずだったんです。狙いに狙った機会だったんですから。ヒロミの友だちも、いまどういう目に遭っているか、わかりません。携帯は繋がらなくなったし」

「おまえ、右腕はどうしたんだ？」

「えっ？」

意外な質問だったらしく、信治の表情が、『いちぐう』でバーテンをしていたころのものに、一瞬だけ戻った。

「俺の躰から離れたんですから。俺のもんじゃありませんよ」

「そう、思ったのか？」

「そう思いこませられます。ありゃ、すごい切り方でした。刃物で骨まで切ると、骨は鋸《のこぎり》で落とすんですよ。それから、また刃物。気絶する暇もなく、右腕は俺から離れてました」

「出血は、ひどかったと思うが」

「そのあたり、三田村はプロですよ。血管を縛って、止血するやつがいました。多分、医者か、免許を取り消された、元医者だと思います。三田村にとっちゃ、俺が苦しむかどうかが問題じゃなくて、俺の躰から腕が離れるのが、やらなきゃならねえことだったんだと思います」

「なるほどな」

「なぜか、抗生物質は、十日分くれました。だけど、痛み止めはないんですよ。市販の鎮痛剤を、定量の五倍飲んで、なんとか凌《しの》ぎました。眠ってても、右腕はあるんですよ。いまでもです。なにか取ろうとして、思わず右腕をのばしているんです。もうない右腕を。痒《かゆ》くなったり、痙攣《けいれん》しているような感覚があったりするんです。幻の右腕がです」

「もういい、信治」

信治が、深く頭を下げた。

「いま、俺にできることは？」

「なにも。あるはずないじゃないですか。こんなに、迷惑かけちまったのに。三田村が自分で出てくることとなんて、そうあるもんじゃありません。親父さんをそんな目に遭わせたと知ったら、辻村の兄貴は、半端じゃなく、俺を締めますよ」

私は軽く頷き、財布にあった金をひとつにまとめて、信治に渡そうとした。

「いただけません。実は、辻村の兄貴から、ずいぶんの額を、していただきました。親父さんに迷惑をかけたって、どうしても兄貴には言えませんでした」

「外へ出ろ、信治。もう、傷口は塞がっているんだろう。外に出て、陽に当たって、うまいもんを食え」

私は、一万円札を十枚、テーブルに置いた。もう、信治は要《い》らないとは言わなかった。

「ここ三日ばかり、ヒロミと連絡がとれなくて」

信治の眼が、落ち着きなく動いた。

「組織の連中と、一緒じゃないのか？」

「かもしれません。誰かを、帰国させようとしてるのかもしれないし」

無理に、自分に言い聞かせているような口調だった。

傷口を見せろ、とは私は言えなかった。

「三田村っての、どんなやつなんだ？」

「この三、四年で、のしあがってきてます。荒っぽいこともやりますが、頭遣うやくざでしょうね。人間の質は悪くないのに、平気で絶望的なところにも踏み出す。そんな男です。やくざが、絶望なんて、およそ似合わないんですが、平気でやっちまう。それで逆に、道が開けたりするんですよ」

横浜の、古い組織だったはずだ。それが、五年ほど前に代替りをした。そこから急速にのびたというような話を、私も耳にしたことがある。もっとも、どこの組織の話なのか、はっきりわかってはいない。

「親父さんに、なにもなくて、ほんとによかったです」

信治が言った。

私は軽く頷き、立ちあがって外へ出た。

しばらく歩き、私は辻村の携帯に電話を入れた。店は賑わっているようだ。

「信治のことだ」

言うと、辻村は裏口から外へ出たようだ。

「ヒロミと、その周辺を、調べてみてくれ」

「わかりました。期限、ありますか？」

「別に、急ぎはしない。それから、別のものにぶつかったら、それ以上は踏みこむな」

「やってみます」

電話を切り、私はタクシーを拾える通りまで出た。

3

たき子の方から呼び出してくるのは、めずらしいことだった。はじめてかもしれない、と私は思った。

磯子のホテルまで、私はマスタングを転がしていった。雨は降っていないが、自転車だと、いささか遠い。

教えられた部屋へ行くと、たき子はいきなり私に抱きつき、部屋へ引き入れた。

「なんの真似だ、たき子」

たき子は、私の首にしばらくしがみついていた。

「わからないな、これじゃ」

両手を離した、たき子が言う。

「呼び出しておいて、なんだよ、おい」

「確かめたいことが、あったの」

「俺が、生きてるかどうかか。こうしてちゃんと、呼ばれれば飛んでくるぜ」

「展覧会の期間中よね」

たき子は、『ウェストピア』をはじめる前から、画家の硲冬樹について知っていた。離婚したあとの、二番目の恋人が、高校の美術教師だったのだという。さまざまな絵を見せられ、美術論を語られ、そしてしばしばヌードを描かれた。

たき子はいま三十八歳だが、ヌードモデルとして、充分に通用する。女を強調するような、躰のめりはりをしているのだ。

「個展だから、忙しいってわけじゃない。展示されているのは絵で、俺じゃないからな」

「なんとなく、画家として緊張感を持っている期間よね」

「それはない。俺はそんなことで、緊張したりはしないよ」

「新聞に、美術評が出ていたわ」

たき子は、美術教師とは、再婚していいと感じたようだ。きちんとした家庭を、持てるかもしれないと思ったという。

そうならなかったのは簡単な理由で、美術教師はすでに、きちんとした家庭を持っていたのだった。

男を見る眼がないのよね、あたし。お客様を見る眼はあるのに。

それは、関係ができてしばらく経ってから、たき子が言ったことだった。

私がたき子を見かけたのは、関内の弁天通だった。高級クラブが集まっている場所で、私は自転車に跨がったまま、たき子がどこの店にいるか訊いた。つまり私は、たき子が歩く姿に、そそられたのだ。

私は、客としてたき子がいる店に行った。たき子が、多少なりとも私に心を開いたのは、前に付き合った美術教師のおかげ、ということになるだろう。

自分の男を見る眼に自信を持てなかったたき子は、逆に気紛れに、エキセントリックな抽象画家と付き合ってもいい、と考えたという。

そんなふうにしてたき子とはじまったのは、四年とちょっと前だった。

そそられてはいたが、夢中にはなりきれないという部分を、私は隠しきれていなかった。たき子が、鋭かったと言うべきなのか。

しばしば出てきてしまう私のよそよそしさが、たき子の嗜好を刺激することになった。

女が絶えたことはないが、たき子ほど長く続いている相手はこれまでいない。

「展覧会の期間中に逢う女性って、あなたにとって、どういう存在？」

なにを訊かれているのか、私にはわからなかった。いまこうして逢っているのは、たき子自身だ。自分のことを訊いているのだろうか、と私は思った。

「横浜でホテルに泊ったっていいし、腕を組んで歩いたっていい。普通のおばさんだったって、うちの子が言ったことが、なんかひどく気になるの」

響子のことを言っているのだ、というのがなんとなくわかった。

私は、たき子を見つめた。たき子も、挑むような視線を返してくる。

顎を、摑んだ。力をこめる。たき子の表情が強張った。

「二度と、この話題を出すな。いいか、二度とだ」

「出したら、どうだっていうのよ？」

「さよならは、一秒で言える」

「あたしは、捨てられるの。馘になって、あっさり放り出されるの？」

「だから、二度とこの話題は出すな」

たき子が、うつむいた。

私は、ソファに腰を降ろし、煙草に火をつけた。

「触っちゃいけないものに、あたし触ったのね」

「それも、話題のうちだ」

「わかりました。二度と、この口から出しません」

「できたら、忘れろ」

「努力します」

たき子が、私の前に立ってうなだれた。教師に叱られている女子高生といったところだ。私の言った内容と強い口調が、たき子を刺激してしまったようだ。

「座れ」

私は、ソファを掌で軽く叩いた。たき子は、従順に腰を降ろした。

「あたしは、鹹になって、身ひとつで放り出されるのね」

「そう言われたがっているのは、わかる。言って欲しけりゃ、いくらでも言ってやる。それと、現実は別だろう」

「どういう意味？」

「そうなった時は、身ひとつでなく、店の権利をおまえにやるよ」

「そうなの」

たき子の興奮が、急速に冷めていくのがわかった。冷ますために、私はそう言ったところがある。いま、性欲はなかった。

「冷静に考えると、感謝すべきよね」

「別れる時には、店はやる。心配なら、いますぐにでも、あそこをおまえの店にしろ」

「やると口で言いながら、ああしなければやらない、こうしなければ駄目だ、と言われるのがいい」

「いまは、現実の話をしているんだ、たき子」

たき子が、大きく息を吐いた。

「わかったわ、ありがとう。でも、あたしはあなたの女でいたい。それは、すぐには変らないと思う」

「まあ、いいさ。おまえが苦労せずに生きていける状態にするのが、多分、男として俺がやるべきことだろう」

「客観的に言えば、いい男よね。あたしも、少しは男を見る眼があったのか、という気がしてくる」

「いまは、客観的になってろ」

「わかった」

「じゃ、俺は行くぞ」

私が立ちあがると、たき子も立った。

「店の名前、おまえに任せたが、意味さえ訊いていなかったな」

「西埠頭。横浜には、ない埠頭よ。つまり、船を繋ぐ場所もない。そういう船が、舫いをとれる埠頭。そんな店になりたいと思って、つけた名前よ」

響子が言ったことと、あまり意味は変らないだろう、と私は思った。

「行くぞ、もう」

「ね、次はいつ逢える？」

「わかるか、そんなこと」

その言葉が、微妙にたき子を刺激した。それを感じながら、私は廊下に出て、後ろ手でドアを閉めた。たき子の方を、見ることもしなかった。それが、彼女にとっては、抱擁よりずっと望んでいることだ。

私は、横浜横須賀道路から、そのまま首都高に出て、東京にむかった。車の中では、シャンソンをかけていた。CDプレイヤーはついていないので、ミュージックテープである。古いテープはのびて、音が間のびするようになっている。そういうものから捨てていくので、テープはずいぶんと少なくなった。

私が行ったのは、個展の会場である。路上パーキングに車を駐《と》め、私は会場に入っていった。レセプションの時は、人が多く、ほとんど絵は見なかった。並べてある絵のほとんどは、描きあげた時に一瞥しかしていない。切り裂かれることを、免がれた絵でもあった。

こうして展示されると、絵は私から離れていた。絵と私の間に、なにか薄い膜のようなものがある、という感じだった。

居心地が悪くなり、帰ろうとしたところで、吉村につかまった。

「来るんなら、連絡くださいよ、先生」

「通りがかりだ」

「ニューヨークのジャーナリストが、二人来ることになってるんだ。先生、いやだろうけど、顔ぐらい見せてやってくださいよ。もっとも、これで四度目になるんで、そんなに長く絵は見ないだろうけど」

「俺は、質問攻めか？」

「連中、絵の謎を解き明かすためにも、先生と喋りたい、と望んでいるだろうけど」

私は、肩を竦《すく》めた。相変らず、絵と私の間には、薄い膜があった。

数人のグループの客が、私の方を見つめている。

「奥の部屋へ、先生」

吉村に促され、私は部屋へ行った。

吉村は、毎日、開館時間はここに詰めているのだという。その意味を考えるのを、私はやめた。

「売ってくれという話が、殺到している。パリの美術館にさえ、まだ売っていない、と俺は断り続けだよ」

「非売と言ったのは、あんただぞ」

「売るのは俺の商売だが、売り方はじっくり考える。腰を据えて、売るつもりだよ」

係員に呼ばれて、吉村が会場に出ていった。

私は立ちあがって、灰皿を捜した。どこにもなかった。ここは企業のホールで、多分、全館禁煙なのだろう。

「なんなんだ」

私は、煙草を箱に戻し、ソファに座った。

吉村が、外国人を二人連れて入ってきた。私は立ちあがり、吉村がなにか言う前に握手をした。これでも、接客は商売なのだ。その情況に応じた、愛想を見せることもできる。

「かたちがない。絵にとって基本的な、かたちがない。しかし、アクション・ペインティングとも、根本的に違う。その絵の秘密を解き明かしたい。それが、二人の希望だよ」

「仕方がないな。ひとつだけ、質問は受ける」

「頼むよ。ひとつと言わず、訊いたことには答えてやってくれ」

「俺は、画家だ。絵があるだけだ。そんなやつに、なにが訊きたい？」

吉村が通訳をした。

「訊きたいのは、ひとつだけだ」

ひとりが言った。

「ミスター・ハザマの、デッサン力が知りたい」

もうひとりが言う。どこまでサービスすべきか、私はちょっと考え、吉村の訴えるような眼と視線がぶつかった。

「オーケー。喋るより、見る方がいいだろう」

私はジャケットのポケットから、小型のスケッチブックを出した。

部屋の隅に、生花が飾ってある。五分ほど、それを写真のようにスケッチした。二人は、じっと鉛筆の先を見つめていた。次に、いくらかディフォルメした生花を描いた。

二枚をスケッチブックから切り離し、二人に渡した。

「正確にスケッチしたものを、ディフォルメしていく。場合によっては、百枚も描く。かたちは俺の中で最終的なものになり、それが別のものに跳ぶ力を与えてくれる。別のものの説明は難しいが、情念そのものと言っていいだろう」

「情念とは、感情か?」

「長く持続する感情。五年も十年も、二十年も、あるいは」

「一生続くものを、ミスター・ハザマは抱えている。しかも、それは思想や絵画観ではなく、自らの人間としての感情だ、と解釈してもいいだろうか」

「どんな解釈も、自由だよ。その二枚は、差しあげよう。あとは、そちらで考えてくれ」

私の中にある、ただひとつのきれいなもの。それが、絵と対した人間が心の中に持つなにかと共振すれば、その人間にだけ絵は無限に近い価値を持つことになる。

そしてそれは、稀有《けう》なことだ、と私は思っていた。いまのように評判になる理由が、私にはわからない。

二人は、二枚にじっと眼を注ぎ続けていた。なにも、言葉は交わしていない。ひとりが、呻くような声を時々あげるだけだ。

「約束があって、行かなければならない。残念だが、画家の言葉に大した意味はない、と俺は思ってる」

腰をあげ、握手をし、私は会場を通って外に出た。

車を転がしていく。適当に走って、首都高速の標示を見つけ、私はそちらにステアリングを切った。

いい車の運動になった、と私は思った。頭の中には、たき子のことも、個展のこともなくなった。高速道路の、路面がある。先行車のテイルが見える。マスタングの、哮《ほ》え声が聞える。音楽も、かけなかった。

ポンコツのマスタングは、低回転での走行は不安だが、高回転になると安定してくる。

気づくと、横浜に入っていた。

横浜公園で降り、曙町の自宅へ戻った。

絵が、心の中で動きはじめている。何日も集中するとか、眼を凝らすとかもせずに、なぜか私の頭には、色が浮かんできていた。

気軽に、私はキャンバスの前に立った。

木炭が、あっという間に三本なくなっていた。薄墨を流したようなキャンバスが、眼の前にあった。

私は眼を閉じ、それから階下に降りて、煙草に火をつけた。

充実感がありすぎる。こんなことは、色づけをしていて、はじめてのことだ。

私の頭の中にあるのは、風だけだった。

かたちにもならず、色もなく、ただ吹いているだけの風。しかし、どんなにかすかであろうと、感じることができる風。

アトリエへむかおうとする足を、私は抑えた。

ひと晩、待った方がいい、と思った。巡回をはじめた。自転車に乗り、本物の風に当たった。

それは、ただ風でしかなかった。

私が描こうとしているのは、なんなのだろうか。風である。心に吹いている風ではなく、人生に吹く風である。

そう、思いすぎていないか。響子はほんとうに、私の人生に吹いた風なのか。

途中で、何度か、ポケットで携帯がふるえた。自転車を漕いでいたので、私は出なかった。移動しながら、人と話す習慣はない。何度目か、『いちぐう』のカウンターに腰を降ろした時に、私はようやく通話ボタンを押した。

「やっと、つかまった」

吉村だった。

「緊急の用事かい。さっきから、何度もかけただろう?」

「エドワード・ジェイスンと、いままで喋っていた。トマス・ウェルソンは、二枚のデッサンを前に、ホテルの部屋で唸り続けているそうだ」

二人の名前は、昼間、聞いた。

「なんの用事だね、吉村さん?」

「二人は、この個展ごと、ニューヨークへ持って行きたがっている。パリの連中は、三十号以上のものを借りたい、と言っている。どうするね、先生。俺が予想もしなかった反応なんだが」

吉村の声は、落ち着いていた。

「先生は、世界的な名声を得ることになると思う。話題の画家というのではなくね。貸し出すものを選んで、俺は両方に貸そうと思っているんだが」

「勝手にしろよ」

私も、冷静な声で答えた。誰がどう騒ごうと、私の絵が一般的に受け入れられるとは思えない。なにかが感応するとしたら、ごく一部の人間にだけだろう。だから、私の絵は芸術ではない。

「いまは、昂ぶらないようにしているんだよ、先生。俺が掘り当てたと思った鉱脈は、想像もしていなかった大きさを持っている。先生の名声は、世界的なものになる」

よしてくれ、という言葉を、私は呑みこんだ。名声がなんだ、と出かかったが、それも出さずにとめた。

さまざまな人間が、私の絵に騙されている、という思いがこみあげてきたのだ。それはむなしさとともに、ちょっとした小気味よさも私に感じさせた。

私の手にあり、いまも残っている、たったひとつのきれいなもの。それを聞いたら、人は呆れるだけだろう。いや、私にはそれについて語る言葉さえないのだ。

吉村はさらに、冷静な声で私に喋り続けた。私も冷静にそれを受け、曖昧な言葉を返した。吉村の声が続いている。

「もういいだろう、吉村さん。聞くべきことは聞き、頭に入れたよ」

「会期は、あと二日ある」

「わかってるよ」

「そうか、他の記者連中に会えというのも、無理な註文なんだろうね、先生?」

「今日、会った二人は、偶然さ」

「一見、偶然だったが、必然だという気もしている」

「もういい、吉村さん。俺は酔ってる。切るぞ」

私は電話を切り、カウンターに眼をやった。次の瞬間に、水割りが出された。口をつけ、半分ほどを飲んだ。いつもの、辻村の水割りだった。

「そろそろ、坂下の水割りも試してくれませんか?」

「おまえがそう言うんなら、舌が荒れていない時に、飲んでみるよ」

私が煙草をくわえると、辻村が素速く火を出してきた。

「ヒロミのことで、いろいろわかってきました。明後日ぐらいまでには、はっきりすると思います」

なにがわかり、なにがはっきりするというのだ、と私は思った。

「信治と、話をしたのか?」

「今日も、やつと会ってきました。実は、毎日、ちょっとだけは行ってます」

「じゃ、俺よりは詳しいな。俺は、この間の晩の一度きりだ」

「裕さんがなにをしたかまで、詳しく聞いています」

「それでも、俺になにも言わなかったのか?」

「いろいろ、はっきりさせることをさせようと思いましてね。それから、裕さんと話をしようと思っていました」

「厳しく言われるんだろうな、俺はおまえに」

「言いたいことは、言いますよ」

「覚悟しておこう」

客から呼ばれ、辻村は表情も変えず私から離れていった。

水割りを二杯飲んだだけで、私は『花え』へ行った。

満席で、入れなかった。六人で一杯になる店だ。こういうことも、時にはあるのだ。

「しばらく、『風の道』で待ってな」

花江に言われ、私は『風の道』のドアを押した。店の名前が、不意に私を刺激した。

客は二人いたが、知らない顔だった。

カウンターの中で腰を降ろしていた加奈が、いきなり立ちあがり、私の前に立った。私は腰を降ろし、焼酎と言ったが、ボトルが置かれるのではなく、加奈が自分で作りはじめた。私の前にお湯割りを置き、なにか言いたそうな表情をしたが、二度、頭を下げただけだった。

店の中の絵は、片付けてあった。

二人が窓のそばに陣どっていたので、私は自然に入口に近いところに座ることになった。その私の前から、加奈は動こうとしない。

私は、お湯割りを口に運び、食いものを頼んだ。『花え』でも、多分、同じように頼んだだろう。

家に帰り、バケットを千切って少し口に入れただけで、夕方からなにも食っていない。長屋酒場で焼酎のお湯割りを口にして、はじめて私はそのことに気づいた。

焼酎に、私の躰は馴れきっている。水割りやカクテルや、ほかのいろいろな酒より、はるかに私を日常に呼び戻す。

加奈が、三種類の惣菜を皿に盛って出し、ガスに火を入れて、厚揚げ豆腐を焼きはじめた。二人の客の方は、見ようともしない。

私が、厚揚げ豆腐を食いはじめた時、二人は鼻白《はなじ》ろんだ表情で出ていった。

「俺がつべこべ言う筋合いではないが、客をなくしたんじゃないのかな」

加奈は、なにも言わず、うつむいていた。焼酎を注ごうとすると、素速くボトルを抱くようにし、コップに注いだ。

「個展、観ました。四度、観に行きました」

湯で割ってから、加奈がいきなり言った。

「打ちのめされました。会場を出てから、あたししゃがみこんで、動けなくなりました。救急車を呼ぼうかって、知らない人に言われました」

「大袈裟《おおげさ》な話だ」

私は、厚揚げを平らげ、皿に残った惣菜をつまんだ。加奈は、なにも言わない。答えなければならないことがあるとも、私は思わなかった。

「デッサン力です。あの絵がすごいのは、基礎になるデッサン力があるからだ、とあたしは思いました」

絵に、デッサン力が必要なのは、当たり前だった。それは、絵だからだ。

「なぜ、俺の絵がいいという人間がいるのか、自分ではどうしてもわからないんだ」

「普遍的なものを、摑んでおられるからです。それは、デッサンの力で、摑まれたのだろうと思います」

「そういう話は、やめよう。俺は、俺だけがわかる絵を、描いてるつもりだ」

もうひとり、必ずわかる人間がいる。ほかにも、たまたま感応してわかる人間がいたとしても、ごく少数だ。

「前に、ベラスケスの話をされましたよね。裕先生の絵こそ、なにか大いなる制約の中にある、という気がします。自分では、どうにもならない制約の中に。それが、悲しみになったり、喜びになったり、淋しさになったりして、観る人間に感じられるのだと思います」

「よしてくれ」

「なんなんですか、裕先生の制約は？」

「やめろと言ってるだろう」

私は、コップの底で、カウンターを叩いた。

「やめます。あたしの話をします。酒場に掛ける絵を、売り歩いています。一枚も売れませんが、続けるつもりです。それから、男と寝ても、平気になりました」

「そうか」

私は、苦笑して言った。

「絵を、観ていただけませんか？」

「そのうち、おまえの絵が売れたら、その店に行ってみる」

私は、コップの焼酎を飲み干し、勘定をしてくれと言った。

4

個展の最終日に顔を出してくれないか、と吉村が頼んできたが、私は行かなかった。絵ができあがっていた。

自分では、高揚したり、夢中になったりした、という自覚はなかった。ただ、冷たく緊張していた。

私は、一瞥で裏返すことはしなかった。切り裂くこともしなかった。ちらりちらりとだが、何度も見つめた。

赤い色調である。ほとんど無意識に、色を選んでいた。赤い風。私は、三十年前の響子を描いたのだろうか。あるいは、もうすぐ死のうとする響子を、描いたのか。

キャンバスの中に、紛れもなく響子がいた。響子に対する私の思いも、漂い出している。いままで、一番冷静に、私はこの絵を描いた。緊張はあったが、自分を失うことはなかった。しばしば、キャンバスに没入してしまいそうな自分を、押し止めはしたが、なにが働いてそれができたのか、自分でもよくわかっていなかった。

「描けたな」

呟いた。最後の絵だ、と私は思った。その思いと重なるようにして、なにかが足りない、という恐怖にも似た感情が襲ってきた。

私は、階下へ降りた。

冷蔵庫にあったジャガイモの皮を剝き、稀釈した出し汁に昆布を敷き、火にかけた。ボウルにかなりの酒とみりんと砂糖と醬油を入れて攪拌《かくはん》し、指先を浸して舐め、味をととのえた。それに、三百グラムほどの牛のばら肉の薄切りをつけこんだ。肉は、手でよく揉んだ。それから、玉ネギと人参としらたきも準備した。

ソファに腰を降ろし、たまっていた新聞を拡げた。

私は二日、絵にかかりきりだったのだ。時間の経過だけが、意識から欠落していた。その間は、水を飲んでいただけだ。

新聞に眼を通し、外の世界との接続がほぼ元に戻るまでに、一時間を要した。

弱火にかけた鍋が、煮立っていた。私は、やわらかくなった、昆布だけを出した。ほんとうは煮立つ前に出すべきだが、昆布が溶けはじめる前に出すことでよしとした。

玉ネギと人参を入れ、さらに二十分ほど煮こみ、火を止めた。

外に出て、自転車に乗った。

近くのコンビニで、サンドイッチと豆乳を買った。すぐに自宅に戻り、それをテーブルで食った。

鍋が、多少冷えはじめてきた。

私は、ボウルから肉を取り出し、フライパンで軽く炒め、鍋に入れ、火をつけた。電気だから、熱の調節はスイッチひとつでできる。一番の弱火である。

しらたきは、ボウルに残った汁の中につけた。

料理の方法として、正しいのかどうか、わからない。肉を炒めるのは、その方が塊にならないからだし、しらたきをつけこむのは、肉が煮えきるまで、ただ待つためだった。

やがて、鍋が煮立ってきた。肉には、充分に熱が通った。まだ、味は薄い。しらたきと、ボウルに残った汁を入れた。それで十五分煮こみ、火を落とした。

これで完成ではない。明日の夕方まで置いておいて、それまでに二度か三度、三十分の熱を入れる。冷えたら、熱を入れるという感じだ。

それが、私のやり方だった。

二階に上って、絵の前に立った。

私の絵が、そこにあった。私が描こうとした、そのままで、そこにあった。描けた、と思った。私の抽象画では、多分、これが限界だろう。

これまで、苦しみ抜いて描き続けてきた気がするが、これは呆気《あっけ》ないほどたやすく、完成に到った。そういうものかもしれない、とも思った。

それでも私は、満たされてはいなかった。絵の前に立って、描けたと思うこともできるが、もっと別に描く方法があったのではないか、という気が、滲み出してくるのだ。

方法はない。それは、わかっていた。私は、抽象の究極の方法を選んで、絵を描いてきたのだ。その自覚は、抽象をはじめた時から、持ち続けていた。かたちではないもの。それは、絵と相反するとさえ言ってもいいのだ。

響子を、風として描いた。赤い風が、響子が、眼の前にいる。それでも私は、欠落した思いを抱き続けていた。

本物ではない。キャンバスに描く絵は、本物ではない。

私は、絵を裏返しにし、その場で響子の携帯に電話を入れた。

「めずらしいね、冬さんが電話してくるというの」

「絵、描き終えた」

「そうか」

「おまえしか、貰ってくれる人間はいないんだ」

「どういう意味？」

「おまえ以外の人間は、みんな金を払うと言うだろう」

かすかに、響子が笑う気配が伝わってきた。

「わかった。貰うことにしよう」

「明日な」

私は、この間のホテルを指定した。

「部屋は、おまえの名で取っておく」

なぜホテルで絵を渡すのか、響子は訊いてこなかった。理由についての質問を、響子はあまりしたことがない。

電話を切ると、私は絵のことを頭の隅にやった。

いつの間にか、外は暗くなっていた。

私は、外へ出て自転車に乗り、店の巡回をはじめた。

「今夜、こっちへこられますか？」

途中で、辻村から電話が入った。

「十二時過ぎになると思う」

「そうしてください、と言おうと思っていました」

終電が近くなった時、店の客は帰りはじめ、時には誰ひとりいなくなる。特に、いくらか観光名所気味の『いちぐう』はそうだ。

各店で、私は水割りを二杯までに留めておいた。時々、睡魔が私を襲いはじめている。二日、私は眠っていないようだ。

客が、『いちぐう』の扉から、五、六人出てくるのが見えた。中に入ると、四人の客がテーブルにいた。

私は、カウンターの隅に、腰を降ろした。

「いろいろ、わかったことがあるんです」

辻村が、私の前に立って、小声で言った。

「外で話してもいいですか?」

「ああ」

　私は、裏口から外へ出た。ビールケースが積まれている。エアコンの室外機もある。狭い場所に、辻村はビールケースを二つ置いた。そのひとつに、私は腰を降ろし、煙草をくわえた。辻村が、火を出してくる。

「ヒロミ、なにか変か?」

「いや、そばにくっついてる川野《かわの》という男が、おかしいですね」

「男?」

「そうなんですよ。男です。信治がいる、なんとか会とかいうNPOのメンバーで、商店の若旦那なんですが」

「そいつが、なにかやったのか?」

「調べたかぎりじゃ、はっきりした証拠は出てないんですが、怪しい野郎です。おまけに、ヒロミと関係してましてね」

「おいおい」

「そっちの方は、証拠もあります」

　私は、煙草を捨てた。それを拾い、辻村は携帯用の灰皿に入れた。

「はじめから、整理しようか。俺が喋る。足りないところは、そのつど補足してくれ」

　眠りこみそうになる。自分を取り巻いている、世間というやつの中に、私は完全に戻ってきている。

「まず、ヒロミだ。これは、組織とは話がついてる。信治は、そう言ってたな？」

「二百万で。国籍の問題も、入籍して何年か、一緒に暮している生活実態があれば、認められるということになってました。入管の、抜き打ち調査が、よくあるみたいですけど」

「なぜ、信治は一緒に暮さなかった？」

「ＮＰＯの活動があって、それは入管に認められている、と考えていました。一緒に活動すれば、暮しているのと同じように、認められるだろうと」

「そういうことか。甘すぎないか？」

「それだけじゃなく、ヒロミが、ひとりだけ救われる恰好になるのを、はじめは気にしたみたいなんですよ。十人ぐらいの仲間と日本に来たみたいで」

「ヒロミひとりを解放するので、信治は精一杯だっただろうな。だからＮＰＯの活動か。ヒロミの思いを、大袈裟《おおげさ》に受けとめやがった、ということだな」

「そうなります。救い出すことに、信治が夢中になったんですよ。ヒロミに惚れた信治は、できるだけのことはやってやろう、と思ったんです。そう言ってました。俺の愛情をヒロミに見せてやるんだってね」

「馬鹿だな」

「馬鹿です。馬鹿の報《むく》いを、いま受けていますよ」

私は、新しい煙草をくわえた。辻村が、火を出す。店の裏は暗がりで、ライターの火が辻村の憂鬱そうな顔を、束の間、照らし出した。

「あの子供は、どうなった？」

「教会にいますよ。三田村のところの者《もん》も、約束があるからか、教会には手を出しません。腕を一本奪《と》られても、信治は警察へ行きませんし。それにしても、硲さん、過激なことをしたもんですね。三田村は、経済やくざって感じが強いですが、いざとなりゃ、平気でなんでもやりますよ」

「俺が、腕を奪られていたって、不思議はなかったか」

「さて、腕だったかな。目玉二つ奪るってことだって、やりかねません。硲さんは、画家ですからね」

盲目の画家は、なにを描くのだろうか、と私は思った。かつて見たものを、描いていくのだろうか。そうだとしても、素描《デッサン》さえ自分で見ることはできない。つまるところ、抽象画のカテゴリーのひとつと認められればじめている、アクション・ペインティングでもやるしかないということか。

「車をぶっつけさせる。そんなこともやると思いますよ。自爆事故ってことになりますしね。際どいところを擦り抜けたからって、次も成功するとは思わないでください」

「一度きりだ、と三田村に言われた」

「そこが、おかしいんだよな。三田村は、これぐらいのことに、直接出てくるような玉じゃありません。あの男のとこの仕事《しのぎ》は、もっと大規模ですし」

「出てきて、直接、俺にそう言った」

　私の絵を買った男だ、とは言わなかった。画家としては売れていない、と辻村は思っている。ひとりと、やり合ったということも、言わなかった。そちらについては、辻村は本気で怒るだろうからだ。

「信治は、絶対の自信を持っていたようだが」

「話の肝心なところは、そこです。あの子を受け取ってすぐに、信治はヒロミに電話してます。ヒロミだけです。ヒロミは、川野に、それをすぐに伝えています」

「三田村のところの追跡が、異常に早かったのは、つまり情報がすぐに入ったということで、それは川野か？」

「まず、川野のことを調べました。野郎、三田村のところに、大きな借金を作ってるみたいなんです。博奕《ばくち》なのかなんなのか、詳しくはわかりません。川野は嵌《は》められて、獲物にされかかってるんでしょう。だけど、川野の親父が生きていて、手を出すのが、難しい。下手すると、警察が介入してきます」

「それでもやるのが、やくざだろう」

「どうですかね。俺は、三田村が借金を取り立てないのは、もっと大きなものを狙っているからだ、と思いますね。川野商店そのものを。数億にはなるでしょうし」

「なるほど」

「三田村と川野の間に、貸し借りがあるというのは、調べてもほんとの証拠は出てきません。俺がいろいろ調べて、推測した結論というやつで」

ほぼ、間違いないことだろう、と私は思った。信治がＮＰＯに出入りさせて貰えないというのも、川野あたりから出た可能性がある。

「あの子を逃がした女が、いるだろう」

「それは、ありません。いまの、あの女の状態を見れば」

辻村が、かすかに首を横に振った。つまり、その女の悲惨な状態は、確認しているということだろう。

「じゃ、そっちはいいんだな？」

「なにがいいんです？」

「俺は、おまえに調べろと言った」

「信治を納得させて、ヒロミから切り離すために調べろ、と俺は言われたと思っています。それ以上のことを、裕さんはまさか考えていないでしょうね？」

「辻村」

私は煙草を、辻村の携帯用の灰皿に入れた。火は、とうに消えていた。

「信治は、おまえを兄貴と呼び、俺を親父と呼んでいる」

「信治ができる仕事を、俺は捜しますよ。バーテンは、もう無理でしょうから。それは俺だけでなく、裕さんも一緒に」

「川野は、どうする？」

「どうしますかね。まあ、どこかで隙を見つけて、大岡川にでも突き落としてやります」

「ヒロミと川野は、関係していると言ったな。その証拠は集めたんだろうから、信治とヒロミを切り離せる、と思ってるのか、おまえ？」

「そこですよね」

辻村が、煙草をくわえ、火をつけた。辻村の表情は、さっきよりもさらに憂鬱そうに見えた。辻村は、一緒に暮している二十三歳の女の子に言われて、禁煙しては、それを破ることをくり返している。いまがどちらなのか、とっさに私は思い出せなかった。この一本で、また破ったのかもしれない。

ヒロミは、男と関係することについては、野放図と言ってもよかったという。男の友だちだと、握手するように関係をしてしまう。ただ、躰を売ることに、ひどい罪悪感を持っていた。信治も、最初は客だったが、次からは金を受け取って貰えなかったらしい。

野放図な馬鹿さ加減と、やさしさのようなものを、背中合わせに持っている女でもあった。いや、やさしさの過剰な部分で、男たちと交わってきた、ということなのかもしれない。

やさしさも野放図さも含めて、信治はヒロミに惚れているのだ。そして野放図さを少しずつ抑えるように、決して怒りは見せず、根気よく言い聞かせていたという。

売春を強要されている女たちを、なんとか救い出そうとしていたのは、ヒロミのやさしさが決して無駄ではない、ということを教えるためでもあった。

「厄介《やっかい》な惚れ方をしたもんです、まったく」

馬鹿だった。その馬鹿さ加減が、悲しいものに私には感じられた。

「信治とヒロミを引き離すことに、なにか意味があるんでしょうか。信治の、なくなっちまった片腕に、ヒロミがなる。信治はいまの活動をやめて、きちんと職に就く。それが一番いい、と考えざるを得ないんですかね？」

「俺に訊くな、辻村」

私は煙草をくわえ、辻村が火をつけた。

赤い点が二つ、しばらく揺曳《ようえい》していて、やがてひとつの方が消えた。

「今度の件に関しては、俺にも責任がある。俺が、なにがあろうと信治を相手にしなければ、女の子はかわいそうだが、こんなことにはならなかった。そして、俺が片腕を奪られても、おかしくないことだった、と思う」

「そこまでは、考えすぎです。硲さん」

「しかしな」

「どんな危急が迫っていても、たとえ自分の命を落とそうと、信治は硲さんを頼っちゃいけなかったんです。はじめからの、約束じゃねえですか」

私を頼る恰好になったのは、私の家の方向に追いこまれたということもあっただろう。そして、たまたま私が帰ってきた。大抵は、私はいない時間帯なのだ。

「頼る頼らないとは違うところで、信治はあの子を助けたがっていた。ただ、助けたがっていた、と思う」

「それでも、頼っちゃいけないんです。自分の力でできるところまでしか、あいつはやっちゃいけないんです」

辻村が言うことも、私にはわかる。

「ひとつだけ、言っておく、辻村。この件に関して、動くのは俺たち二人だ。おまえがひとりで動くことは、禁ずる」

「二人とも潰れたら、会社も潰れちまいますよ」

四軒の酒場は会社組織になっていて、七割三割で、辻村と株を分け合っている。

「そうだよな、専務」

「そうですよ、社長」

私は吸いさしを、辻村の携帯用灰皿に入れ、腰をあげた。辻村は、ビールケースを、元に戻している。

私は店へは入らず、壁と壁の隙間を通って表に出ると、自転車に乗り、曙町の家にむかった。

また、睡魔が襲ってきている。

5

約束の時間ぴったりに行ったので、響子はもう部屋にいた。

私は黙って、絵を袋から出した。

二十号である。私の絵としては、大きな方でも、小さな方でもなかった。

響子は、『風』と題した赤い絵を、壁際のキャビネットの上に置いた。

じっと見つめている。

その間、私は窓を開けて、葉巻を喫った。煙は消えても匂いは残るので、響子はホテルに文句を言われるかもしれない。

一本喫い終えるのに、ほぼ四十分かかる葉巻を、私は窓際で喫い終えた。

響子は、まだ絵を見続けている。

「これ以上、俺はもう描けない」

響子は、なにも言わない。ただ、涙を流し続けているだけだ。

「俺はもともと、無理な絵を描こうとしていた、という気がする。かたちのないところへ跳ぶという制約は、俺の絵に、ある純粋性を与えてくれた、とは思うが」

「冬さん、この絵はすごい。あたしは、ふるえてるよ。ここが到達点と言われたら、あたしはそう思うよ」

「俺は、これを越えたい」

「越えたいの?」

「ああ」

「苦しむと思う、いまよりもっと」

「そんなことはない。これを、最後の絵にしたくない、というだけのことだ。俺が自分にかけた制約を、取り払って描いてみたい」

かたちの制約があった。それは、響子を直接描く制約でもあった。

三十年前、響子を描きはじめた時は、心の中にある、響子に対する思いを認めたくない、という部分がどこかにあった。だからなのか、過酷な制約の中で、響子を描くことにしたのかもしれない。

試合場で、眼を魅きつけた女。いや、少女。その影だけに、自分の人生を縛られる気はなかった。しかし、心の中から、響子の存在は消えない。だから響子を描いたが、制約を自分に課すこともした。

擦れ違った女を、忘れられない。それと似た、馬鹿げたことだと思った。心の中にただひとつある、きれいなものだ、という気もしていた。それらをまとめて、私はかたちのない世界に自分が跳ぶことを課したのだ。

二十二年前の、個展。響子が会場にいる姿を見た時、私は自分に課したものが、どこかで終るのではなく、生涯続くことなのかもしれない、と思った。

私の生涯は終らず、響子の命が尽きようとしている。私はこれから、幻を描き続けるのか。それとも、絵筆を捨ててしまうのか。

「ここは到達点だよ、冬さん」

響子が、私の方をむいた。流れる涙を、拭おうともしていない。しかし声は涙声ではなく、ふるえてもいなかった。

「ここが、到達点だとあたしは思う。この次に到達点があるとしても、あたしは観ることができないし」

「いや、おまえに見せてやる」

それから、響子も私もなにも喋らず、しばらく黙っていた。窓を開け放ってあるので、下の道路の車の音が聞える。時々、人の声も聞えた。

「めしを、食いに行こう。それから、俺は、おまえをスケッチしたい」

「あたしを、スケッチ?」

「そうだ。おまえを感じられるものからではなく、おまえ自身から、俺の絵をはじめたい。絵の技法というやつは変えられないが、出発する場所は変えられる」

それ以上、私はなにも言わなかった。

かなりの時が経ってから、響子が言った。

「食事に行こうか」

私は、腰をあげた。二人で部屋を出、車で来ていたが、玄関でタクシーを拾った。

なんでもない、カウンターだけの和食屋へ行った。そして、いつもの食事だった。

ホテルの部屋へ戻ると、私は絵と一緒に持ってきた、スケッチブックと木炭を出した。響子は、黙って椅子に座った。

移動中のスケッチはいつも鉛筆だが、木炭からはじめた。木炭だと、白黒の写真のようにはならない。響子が、やわらかく紙の上に浮かびあがってくる。

二時間で、五枚の素描《デッサン》を、私は描きあげた。それだけで、ひどく疲労したような気分になっていた。

「あたしは、毎日来た方がいいの？」

病院は、午前中だけに絞り、患者もほかのところを紹介して、いまはいくらでも時間が作れる情況であることは、聞いていた。

「いや、いいんだ。また連絡する」

私は、エレベーターを使わず、階段を駈け降り、駐車場まで走った。

自分の車に乗ってから、ひとりの男に電話をした。『風』を描きあげてすぐに、一度、電話している。

彫師《ほりし》である。見事な刺青《いれずみ》を、私は何度か写真で見ていたのだ。

横浜で彫師をやっている三代目だが、電話では用件は言えないと言った私を、客かどうか決めかねている様子だった。それでも、私の口調のせいなのか、会うことは承知してくれていた。しかし、今日、いまからのアポイントはない。

電話に出た彫師は、あまりに強引な私の口調に、かすかに笑い声をあげ、一時間後なら、と答えた。

車を出した。

十分で、彫師の仕事場があるビルの前に、到着していた。私は、車の中で待った。日本一とも、世界的なアーチストとも評価されている彫師である。電話して会って貰えるのは、幸運と思うべきだった。

　五十五分経った時、着物を着た若い女がビルから出てきた。

　私は、一時間ちょうどで、彫師中本《なかもと》のドアを叩いた。弟子らしい男が、中本の前に私を案内した。かすかに、香水の匂いが残っていた。

「素人が、刺青の針を遣えるまでに、どれはどの時間がかかりますか？」

　名前だけ印刷した名刺を差し出し、私は言った。中本は、ゆったり構えて私を見ている、と感じた。無表情で、私を見つめてくる眼は茫洋《ぼうよう》としている。

「針そのものは、それほど難しくはないよ。ただ、絵を描く力がなけりゃ、何年やったって無駄だね」

「絵は、描けると思います」

　彫師中本の眼は、まだ茫洋として私を見つめている。冷えた麦茶が出された。

「教えていただけませんか？」

　ふっと、彫師中本の口もとが緩《ゆる》んだ。

「悪戯《いたずら》彫りなら、素人でもやってる。難しいことじゃないね」

「本格的に彫りたければ、習練を積むしかない。なんでも、同じではありませんか？」

「あんた、本格的に彫ろうってのかい？」

「本格的に、少なくともしっかりと彫りたい、と考えています」

「刺青ってのは、見せて歩くもんじゃねえんだ。彫る時は、痛みもある。半端にやって貰いたくはねえんだがね」

「誰も、見ません。痛みには、耐えて貰います」

「あんたね」

「お願いします。ほんとうに、お願いします」

中本の眼が、一瞬、挑むような光を放った。私は、正面からそれを見つめた。

「刺青ったってね、大事なのは絵なんだ。絵を描けねえような人間に、俺は教えようとは思わねえ」

「私は、描けます。画家ですから」

「そうか。じゃ、絵筆も遣ってるってことだね。わかった。なんか描いて貰おうか。そこの、火焔不動《かえんふどう》でも、描いて貰うか」

私は頷いた。墨と毛筆と和紙が出された。

毛筆に墨を含ませ、私は三つ置かれた像の、真中のひとつを描きはじめた。五分ほどのものか。線による素描《デッサン》だが、水で薄めた墨で、ぼかしを入れた。垂らしこみという、水彩の技法である。

描きあげた素描を、私は中本の方にむけた。

中本は、腕を組んでしばらく見つめていた。

「絵描きさんなんだねえ」

中本が言う。弟子に素描を持たせ、離れたところから、眺めはじめる。

「こいつは、すげえや。半端な腕じゃない」

中本は、眼を閉じた。

しばらく、呟くように、口の中でなにか言っていた。

「教えるのに、そんな時間はかからない。俺が彫ってるのを、三日も見てりゃいい。それからは、自分で手に覚えさせるんだ。絵筆を遣ってる人だからね。言葉で教えられないことだって、見てりゃわかると思うね」

「そうですか。ありがとうございます」

「明日から、来なよ。来られればだが」

「明日から来ます。邪魔はしません。そばで見させてください」

私は正座して、頭を下げた。

絵や書籍や像、刀剣などとともに、消毒用の機器が並んだ仕事場の情景が、私の眼に見えてきたのは、その時だった。

それから三日、私は彫師中本の仕事場に通った。

眼の前に、肉体がある。下絵が描かれた肉体だと思ったが、筋彫《すじぼ》りというものが施されているという。その中に、色をつけていく。

のみと中本が呼ぶ針が、生きもののように動く。

三日の間に、私の手はのみの動きをほぼ正確に見きわめるようになっていた。

ひとりが四時間で、一日二人。合間に、中本は色つけの道具などを、すべて教えてくれた。のみも、自作するもののようだ。

私は中本の前で、のみを何本か作った。竹のへら、棒である。言われた通りにやると、何本ものものみができあがった。

彫るのは、すべてが感覚だと思った。彫る深さが微妙に違い、それによって濃淡がつくようだ。絵筆の遣い方とはまた違うが、その先から色が出てくるという点においては、同じである。

中本が彫っている間、私は同じ姿勢で割り箸を動かし続けていたので、ほぼ絵筆の感覚と重ね合わせることができるようになり、イメージも湧くようになった。

「それにしても、いいね」

岩絵具などを揃えてくれながら、中本が言った。

「いや、あんたのデッサンさ。火焰不動が、生きてるよ。あれをそのまま下絵にして彫ったって、あたしらじゃ再現できないだろうな。あんたの絵は、魂そのものだって、言うしかないんだよ。あたしは、自分の部屋にあれを張って眺めているんだが、見るたびに違って見える」

中本は、絵具などとともに、自転車のタイヤのチューブをくれた。

「練習用だよ。新聞紙を丸めてこいつを被せりゃ、人の肌と同じような感触で彫れる」

ほかに、消毒用の薬品などもあり、貰ったものは、大きな紙袋ひとつになった。

家へ帰ると、私はその日からゴムチューブで練習をはじめた。のみを刺すと、微妙に撥《は》ねあげる。その呼吸は、中本のそばで摑んだつもりだった。

数時間がすぐに過ぎ、私は店の巡回に自転車で出た。

夢中になろうと、平常心は失いたくなかった。いや、失うべきではない。そのためには、最も大きな日常を、崩さないことだ。中本の仕事場に通っていた間も、巡回だけは続けていた。最後に行ったのは、『いちぐう』である。

辻村がなにかするのではないか、という心配はつきまとっている。単独では絶対にやるな、としつこいほどに言っているが、やりそうな気がするのだ。

辻村が、私の前に立ち、水割りを出した。

「普通の顔だよな、おまえ」

ひと口飲み、私は言った。

「硲さんの方が、いつもと違う顔ですよ。なんか、食いついてきそうな顔です。入ってきた時、ちょっとこわかったですもん」

「俺は、経営のことを、考えていたさ」

「利益は相当なものですから、税金のことでも考えた方がよくはありませんか?」

「もう一、二軒、増やすかどうか、ということについてだよ」

「そんな気があるようには、思えませんが」

「だから、考えていただけだ。税金とのかね合いがあるからな」

「まったくねえ。赤字が出ちまうというのも、困りもんですが。人を増やすというのは、どうでしょう?」

「現場を仕切るおまえが、気に入る人材がなかなかいない」

「俺は、贅沢なんですかね？」

「贅沢だよ。というより、気難しい。ところで、あれはなんだ？」

カウンターのもう一方の端に、大きな喇叭《ラッパ》のようなものがついた、蓄音機が置いてあった。

「骨董屋に頼んでいたものが、届いたんですよ」

「かけるレコードがなきゃ、どうしようもないぜ」

「俺に、コレクションがあるの、知らなかったですか？」

「信じられんな」

「実は、コレクターから、買い上げたんですよ。四百枚近くあります。ジャンルはさまざまで、ジャズから映画音楽まで。クラッシックはないですが」

店の備品の購入など、辻村に任せてある。四百枚のレコードと蓄音機は、いいインテリアになると考えたのだろう。野毛は、そんなものがもてはやされる街になった。

「なにか、かけてみますか。『大砂塵』っていう西部劇の主題歌で、『ジャニー・ギター』って曲を、ペギー・リーが唄ってるんです。それなんか、ちょっとセンチメンタルで、硲さんや俺には合います」

「勝手に決めるな。映画も唄も歌手も知らん。おまえが思ってるほど、俺はセンチメンタルでもない」

二杯目を、辻村が出してきた。

どこか、遠い。喋っている自分も、話も、遠くにあるような気がしてくる。薄い膜を一枚被っている、とでも言えばいいのだろうか。あるいは、浮わついたものの底に、別の重いものが沈みこんでいるという感じなのか。

「なんですか？」

「いや」

私の手が、自然にのみを遣うように動いていた。

「おまえ、例の件、なにもしていないだろうな？」

「してるわけないじゃないですか。やつとは会ってますよ。あの暮しですからね」

「俺は、放っているが」

「彼女を、諦めることができりゃね。その場その場で、やさしい気持を抱いて生きていこうって女ですから。当然、男に騙される。気づかないまま、騙されるんです。自分がいなきゃ、駄目になる、とやつは考えてます。ああなっちまってもね」

信治やヒロミの名を、店では出さないように気をつけていた。カウンターの中にいる坂下には、部分的であろうと、聞えているだろう。

とにかく、信治の状態が、落ち着くことだった。そのために、ヒロミと完全に切れた方がいい、と辻村は考えているのだろう。

二杯目を飲み終えると、私は自転車で自宅へ戻った。

巡回にかけた時間は、いつもよりずっと短かく、『花え』に寄ろうという気も起きなかった。手が、ただのみを求めている。

十一時を回ったところだったので、私はまた外へ出、タクシーを拾って、本牧小港の『ウェストピア』にむかった。

多少、ざわついている店内には、ピアノが流れていた。

私はカウンターに腰を降ろし、カルバドスを頼んだ。ここのバーテンの酒を飲むなら、手を加えたものにすべきではない。腕を見るために、私はしばしば水割りを頼んだりするが、まともに飲めるのはストレートだけなのだ。ただ、よく気の回るバーテンではあった。

ピアニストの老人の曲が、『ひまわり』に替った。つまり、私に挨拶している。好きな曲を、一度訊かれ、答えたものがそれだった。私もグラスをちょっと持ちあげて、挨拶した。

女の子が、ひとりそばへ来る。場合によっては来ないこともあるが、そういう時は、たき子がそばへ来て、一応の断りを入れる。

この店に、カウンターの客などほとんどいないが、ボックスが空くのを待とうという客はいるようだ。

相変らず、店は混んでいた。

「いま、ひとり寄越すわ」

私の背後を通りかかった時、挨拶しながらたき子が言った。

「一杯で、部屋へ行く」

私は、そう返事した。いつもより、いくらか早い時刻に、店を出る。なんとなく、店のざわつきが遠いものに感じられるのだ。

ピアニストは、ほかの曲を弾きはじめていた。若い女の子が、そばへ来る。

「あゆみです」

名乗ることは、忘れていなかった。私は、あゆみに一杯奢った。それから、服装の話をちょっとして、カルバドスを飲み干し、腰をあげた。

たき子が、見送りに立ってくる。ここでは客である私を、見送らない方が不自然で、そういうことをたき子はきちんとこなす。

流しのタクシーを拾い、山手のマンションへ行った。

シャワーを使ってバスローブに着替えたが、私の手は、相変らずのみを遣うように動くのだった。

いつもと同じ時間に、たき子は戻ってきた。

シャワーを使い、髪を乾かす間、私は葉巻を喫っていた。葉巻でさえ、のみを持つように持とうとしてしまう。

ゴムのチューブに、のみを入れた感触。深く、浅く、浅く、深く。感触で、それを知る。のみの先からは、色が生まれ出てくる。左手で持つ、柄を半分に切った、筆。中指と薬指と小指の、三本で固定する。人差し指と親指で、ゴムを押さえる。絵具は、筆にしみこませてあり、それをのみの先で掬うようにとるのだ。さまざまな色があるので、筆も十本以上必要になってくる。当然、色を混ぜたりもするので、絵具を解く小皿は、さらに多く必要になる。

のみの音が、私には聞えてくるようだった。

私は、キッチンへ行き、漆塗《うるしぬ》りの箸をひと組持ってきた。右手でのみ、左手で筆。

ソファのクッションでやり、ベッドへ行くと枕でやった。

バスローブをまとったたき子が、寝室に入ってきて、思いきりよく素裸になると、横たわった。

私は箸をベッドボードに置くと、裸になり、たき子の躰に触れた。

たき子の口の中で、私はごく普通に欲情した。行為をはじめても、私もたき子も、いつもと同じだった。次第に、たき子が昂ぶりを見せはじめる。

私は、たき子の躰を裏返し、四ツ這いにした。後背位で挿入する。たき子の、声の音調が変る。それも、いつものことだった。

ふと、のみを遣ってみたくなった。

ベッドボードの箸をとり、私はのみと筆のように持った。

眼の前に、たき子の背中が拡がっている。

私は、行為を続けたまま、中本のところで描いた、火焔不動を彫りはじめた。白い背中に、見る間に、赤い筋ができていく。素描《デッサン》よりも、さらにディフォルメされているが、まだかたちはある。

どれほどの時間、私はたき子の背中に箸を当て続けたのだろうか。行為は続けていたが、私は果てることがなかった。

たき子が、全身をふるわせはじめた。普段の交合では、あまり見せない昂ぶりだった。声が、嗚咽《おえつ》に近いものになる。私はやめずに、箸を、いや、のみと筆を遣い続けた。白い背中には、赤い色が拡がっている。

たき子がのたうち回りはじめたので、私は箸を置き、ひとしきり激しく動いて、射精した。

私の精液を局所から垂れ流したまま、たき子はしばらく身動きできないでいた。

シャワーを使って戻ってきた時、ようやくたき子は、ティッシュペーパーで局所を拭おうとしていた。

「ねえ、箸だったの？」

「そうだ」

「すごく、よかったよ。もしかすると、タトゥーを入れるみたいにしたわけ」

タトゥーではなく、刺青だと言おうとして、私はやめた。

「物に、されたみたいだった。ただの物にね。すごかった。ただ突かれながら、背中が燃えるみたいになってきた」

「そうか」

私は、たき子をただの物として扱ったのだ。興奮して当然だった。

「ねえ、タトゥーを、あたしの肌に入れたいの？」

「悪いか？」

「悪くない。想像しただけでも、眩暈《めまい》を起こしそうなほど、興奮しちゃう。でも、タトゥーって一生ものよね」

「一度彫ったら、消せない」

「興奮する。それって、すごく興奮する。でも、一生消えないんだよね」

「そうだ」

「あなたが、本気で彫りたいって思うなら、彫られてもいいな。一生、あなたの女でいさせてくれるなら」

「一生ったってな。俺は、いつ死ぬかわからん。店の権利証を、おまえに渡しておけばいいわけか。届けるよ」

「なにを、彫るの？」

それでいい、ということだった。彫ってみたいという誘惑を私は感じたが、時間がたっぷりあるわけではなかった。

「ねえ、なにを彫りたいのよ？」

「女郎蜘蛛《じょろうぐも》。おどろおどろしく背中に張りついて、糸に男がかかるのを待っている、という感じでな」

「それ、いいよ。すごくいい」

たき子が、顔を紅潮させた。

私の手は、射精することで、ようやく動きを止めた。おかしな感じだが、私の手は、感覚の中では、たえず動き続けていた。

「しばらく、眠るか」

「いま、ナイトキャップ、持ってくるね。コニャックでよくて？」

たき子のいいところは、深い興奮のあとでも、それを引き摺らず、すぐに現実に戻るということだ。

コニャックと一緒にたき子が持ってきた、喫いかけの葉巻に、私は火をつけた。

第四章　キャンバス

1

信治は、部屋にいた。

タクシーに乗り、南太田と告げた時、私はなぜ信治に会いに行くのか考えた。そして答はなにも出ないまま、信治の部屋の前に立った。

「外に出ているのか、おまえ？」

「めしを、食うぐらいです。知らない店に、行くようにしています」

知り合いなら、片腕の姿を見て驚くだろう。説明などしたくない、というのが信治の気持であることは、理解できる。

「部屋は、片づけてるな。ヒロミが来たのか？」

「いえ。兄貴が来てくれて、掃除しました。俺、役に立たなかったです。片手じゃ、なにもできないんですよ」

「そのうち、馴れるさ」

「ヒロミとは、どれぐらい喋った？」

「携帯で、二度。出ないことが多いです。あいつ、ひとりで被ろうとしてることがあるんで」

「なんだ、それは？」

「親父さんにも助けて貰った、あの子の母親を教会に呼ぼうとしてるんです。母娘《おやこ》は一緒にいた方がいいって。二百万あれば、あの子の母親は脱けられます。あるいは、ヒロミと入れ替れば」

「おい」

「本気なんですよ、ヒロミは。そういうやつなんです」

辻村は、その話を私にしていない。動く気なのだろう。そう思っていなければ、私に喋ったはずだ。

金が、あるはずはない。つまり、ヒロミは母親と入れ替ろうとしているのだろう。

「俺が、ちゃんと動けるんなら、母親をなんとしても救い出すんですが」

「娘を売ったっていう母親だろう、あれは。そんなやつを、助けるのか？」

「地獄の底にいると、人間ってやつは、なにもかも、どうでもよくなっちまうんです。そこから引きあげて、母娘にしてやれば」

「甘いやつだ、おまえは」

「兄貴にも、そう言われてます」

「人の運命に関われると考えているおまえは、ただ傲慢《ごうまん》だぞ」

「それも、わかってます。でも、ヒロミは自分が犠牲になれば、母親を救えると考えてるんですよ」

「そういうヒロミに、惚れてるのか。川野ってやつと、寝ていることも知らないのか？」

「知ってます。兄貴に言われました。くやしいけど、でもヒロミはそんな女なんです。これまでも、何百人もの男と、寝てきたんですから」

「しかし、なあ信治」

「いいんです。俺は、ヒロミと生きたい、と思っているだけです。一緒に生きるって思った時、俺はほんとうに、生まれてきてよかったと思いました。ほんとうに、一緒に生きられる相手が見つかった、と思ったんです」

「どこまで馬鹿だ、おまえは」

「兄貴と、同じことを言うんですね、親父さんも。いいんです。誰にも、俺はわかられなくていいんです。ヒロミと俺が、一緒に生きてると思えれば、いいんです」

「ヒロミが、どこかに行っちまってもか？」

「だから」

「掃除ひとつできないおまえの腕で、なにができる？」

信治と喋っていると、不思議に、現実感が消えていくことはなかった。むしろ、なにかが身に迫ってくる、という感じさえある。

このところ、私は刺青の稽古に没頭していて、外に出ると現実感を失ってしまっていたのだ。

人と喋っても、食事をしても、『花え』で飲んでいる時でさえ、ふっと現実が遠ざかっていく。そういう思いを、何度も味わった。

「信治」

「なんですか?」

「俺に任せろ。しばらく、すべて俺に任せてみないか?」

「親父さん、やめてください。兄貴と違って、親父さんは意味もなく突っ走っちまう、というところがあります。俺、心配です」

「意味も、ないのか?」

「それは」

「おまえが思っているより、俺は金がある。あの子の母親の問題だって、金がありゃ解決することじゃないのか」

「それは」

「二百万払えば、母親を教会に連れて来られるんだろう。子供でも、できることじゃないか。二百万、三田村に払ってやる」

「女の仕事《しのぎ》をやってるの、小林《こばやし》ってやつです。三田村に二百万払ったって、なんのことかわからないと思います」

「三田村は、俺の前に出てきたぞ」

「それが、俺はいまだに意味がわからないんです」

三田村が、私の絵を好きらしいということを、信治に言っても仕方がなかった。

三田村は、私に対する好奇心で、前に出てきたのだろう、といまは思える。つまり、なにか幸いなことが作用したのだ。小林という男にも、それが通じるとしたら、話は意外にたやすくつくかもしれない。

「二百万なんて金、俺にはすぐには返せないですよ」

「俺がやることだ、信治。返済期限は、考えなくていい。いや、おまえに貸すんじゃなく、母親の方に貸す。返ってくれば儲けものの金だと、思うことにする。教会にあの子を連れていったのは、おまえじゃなく、俺なんだ。母親と一緒にしてやらなきゃ、画竜点睛《がりようてんせい》を欠くってことになる」

「なんですか、そのガなんとか？」

「仕上げができてない、ということさ」

私は、煙草に火をつけた。

なにか面白いことの中に、頭を突っこんだような気分だった。

「だから、動くなよ。いいな。何日かでいいから、俺に任せると、約束しろ」

信治が、私を見つめてくる。

「男の、約束だ」

「わかりました。だけど、どうしたんですか、親父さん？」

「おまえの、ヒロミに対する気持、本物だと認めてもいいような気がしてきた」

「だからって」

「二百万ぐらい、俺にとってどうってことない金だ」

私は、煙草を消し、立ちあがった。信治も立って、見送りに出てくる。

私はタクシーを拾って家へ帰り、通帳と印鑑を持って銀行へ行った。

「三田村のところの、小林という男に連絡をとりたい」

携帯で、辻村に電話をした。

「やめてください、裕さん。なにか言うことがあるなら、俺が言ってきます」

「言うことは、なにもない。ただ、金を渡すだけだ。それでヒロミが入れ替ろうって女を、解放して貰う」

「金で」

「無難な、解決策だと思わないか?」

「しかし、裕さんがそれを?」

「俺には、余っている金が、かなりある。こういうことに遣っても、俺が困るということはない」

「すみません」

「なにが?」

「実は、俺がなんとか出そうと思っていたんですが、美奈《みな》のやつが定期にしちまってて。話はしたんです。女に遣うってことに、相当の抵抗があるみたいで」

「当たり前だ。おまえが気にする前に、俺が気にするべきだった。俺はそこそこ、金を持ってる」

「で、いくら出そうと思ってるんです？」

「二百万。必要なら、もっと出せる」

「充分だと思います。俺がいま都合つけてるのが、五十万ほどあります。超過するようなら、それを遣ってください。ほんのわずかで、恥しいんですが」

美奈というのは、辻村が一緒に暮している女で、私は一度会ったことがある。しっかりした、ごく普通の女で、辻村と結婚したがっていた。年齢を考えて躊躇《ちゅうちょ》しているのは、辻村の方だ。

私は、現金を持って家へ帰り、辻村からの連絡を待った。

腿のあたりが、痒い。ズボンを脱いだ。

五日前から、私は自分の腿で、のみを遣う稽古をしていた。遣い方だけでなく、色がどう出るか、濃淡はどうすればつくか、ということも試している。一日に、葉書一枚ほどの大きさを彫る。

中本にやり方は聞いていたが、実際にやってみてわかることも、少なくなかった。

出血し、瘡蓋《かさぶた》になる。血のあとは、黄色っぽい漿液《しょうえき》のようなものが出て、乾いた瘡蓋になる。五日前のものが、剝《は》がれそうになっていた。無理に剝がすな、と中本には言われていた。自然に、剝がれてきた。そして剝がれたあとに、色がついていた。

ほぼ、私が考えた通りの色が出ている。

両腿は瘡蓋だらけだったが、そこも剝がれてくるだろう。濃淡は、もう少し工夫が必要だった。私は、腿の空いたところに、青の濃淡をつける稽古をはじめた。

のみは、自然に動くようになっている。その先から色が出てくるのは、絵筆の感覚と同じだった。

痛みはあるが、耐えられないほどのものではない。次にやるのは、臑《すね》である。骨がある場所は、ほかよりも痛く、のみ遣いも違うのだという。

消毒液は遣っていたし、化膿止めに抗生物質も飲んでいた。のみの先の針は、アルコールで消毒しているだけだ。

辻村から電話があったのは、午後四時を回ったころだった。

「小林が、会うそうです。海岸通の、ホテルA。一階のティールームで、五時です」

「わかった」

私は、彫りかけの部分をきれいに拭い、消毒液をしみこませたガーゼを貼りつけた。

それからズボンを穿き、尻のポケットに二百万を新聞紙に包んで突っこんだ。

私は車を出し、海岸通まで走り、ホテルAの駐車場に入れた。

「おまえ、来たのか」

車を降りたところに、辻村が立っていた。

「じっとしてろってのが、無理でしょう」

私は、辻村と二人で、ホテルAのティールームに入っていった。

奥の席で、立ちあがって頭を下げる男の姿が見えた。初老で、どこかの商店主とでもいうような感じだ。

「そちらの方が、辻村さんですか？」

席に腰を降ろしてむかい合うと、小林と名乗ってから言った。

「二人じゃ、まずかったかな？」

「いえ、電話で話したのは、辻村さんの方ですので。それにしても、あんまりない話なんで、俺の一存じゃなく、親父に話を通してから、ここへ来ました」

「で、二百万で、自由にしてくれるんだね？」

「そうすることになりました。親父の決定なんで、俺がつべこべ言うことじゃありません」

「ヒロミの方は」

「それなんですが、うちから足を抜いた女は、一切、手出しはしません。自分で舞い戻ってきても、受け入れません。ですから、その女とうちは、なんの関係もありません。これは、はっきり申しあげておきます」

「ヒロミと母親を入れ替えるって話は、これでなくなったって考えていいんですね？」

辻村が、ちょっと身を乗り出して言った。

「ヒロミって女が、あの子の母親のレミと入れ替るなんて話が、そもそもうちにゃきてません。だから、なんのことだって感じですよ」

「ほんとですね？」

「ここで、嘘言ってなにになるんですか、辻村さん。俺らは、金で女を自由にすることはありますが、そりゃこれまでかかった金と、これから稼ぐ金を計算して言ってることでさ。女に惚れちまった男が、金を出すってことはないわけじゃありませんので」

「それで、その女とは完全に切れるってことですね」

「切れます。その女が、ほかのところで同じ商売をするとなっても、俺らにゃ関係ありませんよ」

「ほかの組織が、横浜にあるんですか？」

「ありますよ、小さなのが。うちじゃ、女の仕事《しのぎ》は、全体のわずかなもんです。それで、俺みたいなロートルが使われてるんでさ」

「ほかの組織に、ヒロミが声をかけてるってことは？」

「言えません。あろうとなかろうと、ほかのとこの話は、できません」

聞いていて、私はちょっとひっかかりを覚えた。それでも、ここは金を払ってしまうしかなかった。新聞紙に包んだ二百万を、私はテーブルに置いた。中身も確かめず、小林はそれをセカンドバッグに突っこんだ。

「じゃ、これで。レミは、ひとりで教会へ行きます。心配なら、誰か寄越してくれたっていいですよ」

「いや、自分で行くでしょう。実の娘がいるんですから」

私がそう言うと、小林が視線をむけてきた。

「あまり無茶はされない方がいいです。うちは一応話はしましたが、問答無用のことは、しばしばあるんですから。できることは、高が知れてる。それなら、やらない方がいい。これ、全部、親父からの伝言です」

それだけ言い、ひとり分のコーヒー代を置いて、小林は出ていった。

「辻村、すぐにヒロミに連絡しろ。母親は自由になったってな。ここから教会へ行って、ヒロミのそばにいろ」

辻村が頷き、ティールームを出ていった。

私は、地下の駐車場に降りた。エンジンをかけ、表の通りに出かかった時、走ってくる辻村が見えた。

「教会です、裕さん。ヒロミは、川野に連れていかれようとしています。母親が行くと言ったんですが、川野が強引で、ヒロミは混乱しています」

聞きながら、私はアクセルを踏みこんでいた。信号無視に近い走り方をし、クラクションが何度か追ってきた。

「あの子のことを、三田村のところに知らせたの、やっぱり野郎だと思います」

「訊いてみるさ、本人に直接」

教会。そこから出てくる、白いベンツが見えた。私は、さらにアクセルを踏みこんだ。教会の前の道を、ベンツは右に行った。追った。追われていることに、ベンツは気づいたようだ。

「おい」

私は言った。

「ヒロミに、電話してみろ。出るかもしれんぞ」

辻村が、慌てて電話を出した。

「駄目です。出ません」

追いついた。すぐ後方。ベンツが、スピードをあげる。対向車が来ていて、どうしても抜けなかった。

「気をつけてくださいよ、裕さん」

「ぶっつけてでも、停めてやる」

ベンツは、杉田《すぎた》の方へむかっている。信号を無視したベンツを、私は後ろにぴたりとつけて追った。左へ曲がった。車間を開けず、私も曲がった。ガードを潜《くぐ》る。工場が多いところで、対向車がいなくなった。シフトダウンし、私は床まで踏みこんだ。並んだ、と思った時は、抜いていた。

幅寄せをし、減速した。ベンツの鼻を遮るかたちで、停止した。

「なんだ、てめえら」

川野が、車から飛び出してきた。

「俺を誰だと思ってやがる。N会の人間だと、わかってやってんだろうな」

川野は、辻村を見て、怯《ひる》んだ表情になった。私は川野に近づき、脇腹に回し蹴りを叩きこんだ。川野が、前に屈みこんだ。それを、辻村が蹴りあげる。

仰むけに倒れた川野が、ゆっくりと躰を起こした。なにが起きたかわからない、という表情をしている。私は川野の髪を摑み、膝で蹴りあげた。

「あの子のことを、小林に知らせたのは、おまえだな、川野。そしていま、ヒロミをN会に売ろうとしてやがる」

　もう一度、膝で蹴りあげた。それはまともに股間を突きあげ、川野は倒れてのたうち回った。倒れている川野を、辻村が何度も蹴りあげた。

「父さん、兄さん、やめて。乱暴すると、川野さん、死んじゃう」

「おまえ、信治からの知らせを、すぐにこいつに喋ったろう。こいつは、Y連合の小林に連絡したんだ。それで信治は追われて、片腕を失った」

「嘘です。この人は、あたしたちを助ける、NPOの人です。いまも、レミさん、連れていかれると言った」

「馬鹿が。レミは、いまごろ教会にいる。二百万円、払ったんだ。この野郎は、おまえをN会に売ろうとしていただけだ。人のいいのも、いい加減にしろ。おまえが、信治のあの腕を、捥《も》ぎ取ったようなもんだぞ」

　信治の腕と言った時、ヒロミの躰は、ぴくりと動いた。それから、立ち尽した。

　車が停る気配があった。十人ほどが出てきて、私たちを取り巻いた。

「その若旦那を、渡してくれませんか」

　小林だった。車は、四台いる。

「いやだ」

私は言った。

「こいつの片腕を、貰う」

「無茶言っちゃいけませんぜ、素人さんが」

「俺は、こいつを渡さん」

言っている私の前に、辻村が立った。

「金は、払ったはずだ。え、俺らは、あんたに金は払った。貰ってないと言うのが、やくざかい？」

「時には、そういうことを言うよ」

最後尾の黒塗りの車から、三田村が出てきた。三田村は、真っ直ぐ辻村にむかって歩いてきた。辻村が、後退《あとずさ》りする。周囲を圧するような気配が、三田村にはあった。

「貰ったものも、貰ってない、と言うことなんか、やくざはしょっちゅうだよ」

「そんな」

辻村の声は、消え入るようだ。明らかに、気配に圧倒されていた。

「ただ、小林は、金を受け取った。だから、言われた通りにしたはずだ」

「レミは、教会に行きました。間違いありません。娘と、会っているはずです」

「そういうことだ。俺らが欲しいのは、その若旦那だけでね」

「渡せないよ、三田村さん」

「先生、無茶言っちゃいけません。俺らは、その男が要るんです。つまり、用事があるってことです」

「用事なら、ここで済ませてくれ」

「躰が、いるんです。躰に、用事があるんです」

「連れていく、と言っているのか？」

「つまり、そういうことです」

川野が、立ちあがったようだった。

「てめえ」

私につかみかかってこようとしたのを、二人が押さえた。三田村がちょっと顎を動かすと、川野は車の方へ連れていかれた。私は前に出ようとしたが、ライダースーツを着た男が、立ち塞がった。

「これは、こっちのことなんだ、三田村さん。川野は、あの子のことを、そこにいる小林さんに通報したはずだ。つまり、言ってみればスパイみたいなもので、俺たちは、制裁を加える権利がある、と思っている。そして、それはあんたたちには関係ない」

「スパイであろうとなんであろうと、そんなのを置いておいた、NPOの責任でしょう。俺らは、あの若旦那を守るのが、仕事みたいなものでしてね」

「だがな」

「若旦那は、若旦那でなくなります。いずれね。持っているものは、すべてなくします。今度のことで、それは近日中ということになりました。先生が感情に任せて殴るより、もっと酷い目に遭うんです」

　川野は、すでに車の後部座席に乗せられ、両側を二人に挟まれていた。

「やめてくださいね、こういうことは」

「二度目、だと言うのかい？」

「いや、女をどうこうするってのは、うちに関係あることじゃない。だから二度目とは言えないでしょう。その女は、別のところとの関係でしょうね。うちみたいに、甘くない。必死ですから」

「わかった。しかし、川野を連れていかれるのは、納得できない」

「納得できないことをやるのが、やくざってやつです」

「俺は、納得しない。岩井信治は、片腕を奪られたことを、本人なりに納得している。俺は、半分は自分の責任だった、と思ってる。川野の裏切りから出たことだが、やつはただいい顔をしていて、今度は、ヒロミを売り払おうとまでした」

「それでも、俺が連れていきます。力ずくでも連れていきますから、先生が止めるのは不可能ですよ」

　私も、不可能なことだと、認めざるを得なかった。ヒロミが売り飛ばされることは、防げたのだ。それでよしとすべきなのかもしれない。

「余計なことかもしれませんが、ひとつだけ教えておきましょうか。あの若旦那は、あるところから、すでに金を貰ってますよ。つまり、そこにいる女は、売られた恰好になってます。若旦那、その女を必死で連れていこうとしたでしょう。その女をめぐって、あるところとNPOが、悶着になるかもしれませんね。NPOが、どこまで踏ん張れるかですが。先生も、当然、巻きこまれますよ。その時、躰でぶつかろうなんて考えないでください。金です。やくざとの揉め事は、大抵は金で解決できます」

「頭に入れておくよ」

ヒロミが売られたかたちになっているとしたら、どういう対処が適切なのか、とっさには判断できなかった。

「若旦那が負っている金は、二百万です。ただ、その額では解決しませんよ。相手はやくざなんですから」

私は、黙って三田村を見ていた。

三田村が手で合図すると、男たちは車へ戻った。ライダースーツを着た男だけが、影のように三田村のそばに立っていた。

三田村が、煙草をくわえ、火をつけた。三田村の顔が赤く照らし出されたことで、私は陽が落ちかかっていることに、はじめて気づいた。

「わかるんですよ。いやになるぐらい、なにかを感じちまう。勘弁してくださいよ」

「感じる時は、どんなものにでも、感じてしまうものさ」

「そうですね。俺はやくざらしくなくなっちまう。困ったもんです」

煙を吐き、ちょっと笑って、三田村は頭を下げた。黒い車にむかっていく、三田村の背中を、私は見ていた。

「なんか、すごい迫力でしたね。俺はまともに口を利けませんでしたよ」

車が走り去ってから、辻村が言った。

「だけど、なんで三田村が、自分で出てきたんだろう。それに、裕さんとなんとなく親しげに喋ってませんでしたか？」

「行こう。教会に、レミは来ていると思うが、ヒロミは売られた状態かもしれん。厄介事が、終ったわけじゃない」

私は、マスタングの運転席に座った。辻村とヒロミは、後部座席にもぐりこみ、並んで座った。

「この娘には、俺からいろいろ言い聞かせます。しっかりと、理解させます。そして、信治のところに連れていきます」

信治のところに、落ち着くのは無理だろう、と私は思った。はっきり言える理由はないが、そういう女ではない、という気がする。性格が、過剰にやさしい。それは言い方を変えれば、なにかが欠けているということだ。

「父さん、兄さん、乱暴は駄目。あたし、こわかったね。川野さん、いい人よ」

ヒロミが言っている。

「信治は、腕を奪られた。いいか、ここから切り落とされたんだ。川野のせいだぞ」

「信治は、事故だって。事故で怪我をして、切り落としたんだ。病院では、仕方ないって言われたね」

「それも含めて、俺は今夜、おまえに徹底的に教えてやる。忘れたくても、忘れられないように、脳味噌に刻みこんでやる」

「店を、放り出す気か、辻村」

「なに言ってるんですか、経営者が。今日は定休日ですよ」

水曜日が、『いちぐう』の定休日だった。

「お肉を食べたい」

不意にヒロミが言い、私と辻村は顔を見合わせた。肉が食べたい、とヒロミがまた言った。

「なんなんだ、おまえ?」

「なんにもわからなくなって、つらい時は、肉を食べろと信治が言った。泣いたりしてないで、肉を食べるのね。信治は、何度も、あたしに肉を食べさせてくれた」

「いい加減にしろ」

「よせ、辻村」

それだけ言って、私は車を出した。

2

土曜日の診療をやめ、ほかにも一日、休診日を設けた、と響子は言った。医師として、少しずつ世間から姿を消そうとしている。

「ホテルのこの部屋は、借りっ放しにした。三日に一度ぐらい、おまえと逢いたい」

「いまなら、なんの問題もないよ」

「旦那は?」

「夫は、夫の人生を生きてる。あたしが、あたしの人生を生きたみたいに」

「じゃ、三日に一度、四時間ぐらい欲しい」

「四時間で、いいの?」

「四時間は、完全に俺の時間だ。画家としての、俺の時間だ。食事の時間も、酒を飲む時間も、それには入っていない」

「安心したよ。横浜でおいしい店を、リストアップしておいてね。生きる愉しみが、いまのところ食にあるから」

「してある」

私は、葉巻の煙を吐いた。海岸通の、この古いホテルに、喫煙可の部屋があるのかどうか、知らない。響子が気に入っているこの部屋は禁煙で、借りている間、空気清浄機を入れることと、扉の外に煙を出さないようにするという条件で、葉巻を喫うことを承知して貰った。

前金で、設定室料を払う客の言い分を、ホテルは通した。家具も、邪魔なものは運び出してある。

「裸になってくれ、響子」

「全部？」

「そうだ」

「わかった」

微塵の逡巡《しゅんじゅん》も見せず、響子は着ているものを脱ぎ捨てた。

見るのははじめてだが、それは裸体であって裸体ではなかった。

家具を運び出して広くなった床に、私はシーツを拡げた。仰むけに寝ろと言うと、響子はなにも訊かずにそうした。私は、しばらく眺めていた。

「うつ伏せ」

私が言うと、響子はうつ伏せになった。

肌理《きめ》が細かい。色は白い。しかし、餅肌《もちはだ》というやつではなかった。

餅肌は、きわめて彫りにくい、と中本は言っていた。つまりは、弾力がありすぎるということだろう。

私は、私のキャンバスの広さを測った。陰毛が邪魔にならず、乳房までは行かず、背中は、表側との関係で、どのようにも設定できる。キャンバスの広さしか、私の頭にはなかった。

私は、指さきで触れて、自分のキャンバスを頭に入れた。堅いところと、やわらかいところの差は、かなりある。臍《へそ》の下の部分が、特にやわらかかった。尻の肉もやわらかいが、臍の下と較べると、張りがある。

さらに私は、細かく見つめ続けていった。黒子《ほくろ》、しみの類いを、捜したのだ。幸いにして、私があって欲しくないと考えているところには、それはなかった。もともとある黒子によって、絵を変えるということは、したくない。

「いいぞ、俺の理想に近い」

私は、葉巻をくわえて、さらに離れたところから、私のキャンバスを眺めた。色調の変化は、微妙にある。質の変化もある。それらを、細かく頭に入れた。

肌の色調が違うと、同じ色を入れても、微妙に変化するのだ。それは、自分の肌で実証済みだった。

キャンバスの検証には、二時間近くかかった。なにかに記録する必要はなく、私の頭にすべて入った。

「服を、着てくれ」

響子は躰を起こし、バスルームに行くでもなく、普段そうしているだろうと思えるように、私の眼の前で下着からつけていった。

私は、ズボンを脱いだ。

両腿や臑に、葉書大の試し彫りが、十一あった。

「最初に彫ったものは、こうして色が出てきている。こうなるまで、彫ってから五日というところだ。出血が止まっても、漿液のようなものは出て、着ているものを黄色く汚す。瘡蓋になったら、そっとしておいて貰いたい。自然に剝がれるまで、五日見ていればいい。そうすれば、彫った通りの色になる」

響子は私のそばへ来て、試し彫りを、指さきで触れはじめた。

「不思議だな。筆で描いたのとも、木炭とも違う、冬さんの絵になってる」

「ここへ、行き着いた」

俺の思いが、という言葉を、私は省いた。私の思いは、私だけのもので、響子にさえ関係はない。

「すごいね。弁慶の泣きどころにも、彫ったんだ」

「骨の上は、質感が微妙に違う。いや、俺の感じでは、肌はすべて違うな。ひとりの人間の肌が、ひとのみごとに違う、という気がする」

「どんなので、彫るの？」

私はズボンを穿き、のみを響子に見せた。

響子は、バッグから眼鏡を出して、のみの先を見つめた。

「五本ずつ三層になった絹針は、一列ずつ高低差をつけてある。針の先も、微妙な曲線になっている」

「売ってるんだ、こんなもの」

「自分で、作った。勿論、本職の指導を受けて、最初は試作したが、自分で彫りながらいくつも作り、針の数も変えた。それを、三十本は用意してある」

「なるほど」

響子の口調は、他人事のように暢気《のんき》だった。

「だけど冬さん、あたしには時間がないぞ」

「明日から彫りはじめるとして、三日に一度やれば、ひと月半で終る」

「ひと月半か。それぐらいなら、大丈夫だと思う。肌の状態は、きちんと維持できると思うよ」

「消毒し、抗生物質は塗るので、化膿はしないはずだ」

「そういうところは、キャンバスに任せてくれない。のみというの、それを見ただけで、どういう傷かは見当がつく。感覚も、キャンバスの方にある。そして、キャンバスは、もともと外科医なんだから」

「そうか」

「鎮痛薬は、一切遣わないから、安心して。あれは、キャンバスに、薄いフィルムを貼るようなものだろうし」

「任せていいのか?」

「瘡蓋を剝がしてはいけないって、実によくわかるよ。再生途上の皮膚まで剝がす。つまり、表面が落ちるのではなく、深いところまで抉《えぐ》りとられることになる。色が落ちるということでしょう?」

「そうらしい」

「任せなさい」

響子が、ちょっと笑った。

私は、スケッチブックを出し、響子に渡した。

響子の肖像は、ほぼスケッチブック一冊分の素描《デッサン》になっている。

「必然が生む、抽象。ニューヨークの雑誌に大きく書かれるみたい。その前に、抽象画のネットに、投稿があったのよ」

多分、素描の的確さを見て、言われたことだろう。ならば私は、抽象に跳ぶ必要などないのだ。必然は、私の気持そのものだった。自分が、失わずに持ち続けている、ただひとつのきれいなもの。それは気持であり、かたちを持ってはいないのだ。

「個展をしちまった。難しいことを言うやつは、いやになるぐらい出てくるだろう」

「あたしが観たいと言ったんで、冬さん個展をしたんだね。冬さんが、いきなり乗り気になったって、画廊の吉村という社長が言ってたわ。あれは、あたしが絵を観たいと言った時だもの」

「あれだけの絵を、並べて見せる場所がなかったからな」

響子は、笑いながら、スケッチブックをめくりはじめた。途中で何度か手を止めたが、最後まで見て、閉じた。

「これは、あたしが貰っておくね」

「ああ」

「なんだか、お腹が減ったな」

「横浜にあるものなら、なんでもいいぜ」

「でも、軽いものでいいな。それから、冬さんの店で、お酒を飲みたい。『アイズ』って、あたしがはじめて個展の会場に行った時、もうやっていたんだよね」

「その前は、川崎でバーをやってた」

「空手の試合の時、バーテンだって、兄が言ってた。喧嘩のための空手じゃないとも。もう、三十年も前か。喧嘩のためじゃない空手で、冬さん逮捕されたんでしょ。兄はまだ道場にいて、馬鹿が、って言ってたわ」

「だろうな」

「相手が数人じゃ、正当防衛だって、言っている人もいた。あのころ、あたしはまだ時々、兄に試合に呼ばれてたから、乾さんの名前はよく聞いたわ」

「まあ、相手に怪我はさせたんだから」

「この話するの、はじめてだよね。というか、冬さんとの話は、いつも現在進行形だった」

「いまもだ。めし食いに行くぞ」

私たちはホテルを出、タクシーを拾って伊勢佐木町の路地裏にある、小さな定食屋に行った。見かけより味のいい料理を出すし、焼魚や煮魚、野菜の炊き合わせなどという、凝ったこともやる。

響子は、気に入ったようだった。

そこから『アイズ』まで、歩いてすぐだった。

「ここか」

扉を見て、響子が言う。

「はじめから、辻村というやつに任せた。親父が残したもので、買った店だ」

私に連れがいることは、めずらしいというより、はじめてのはずだ。『アイズ』のバーテン二人は、表情も変えなかった。このあたりが、辻村の教育というやつだ。

客はほかにもいたが、みんな静かに飲んでいた。

響子は、半分閉めかけている、病院の話をした。こんなふうに、私と響子の話は現在進行形で、昔の話など滅多にしなかった、という気がする。

「みんな、あたしが夫の病院に行くと言っているわ。看護師も、医療事務員も、夫の病院のスタッフだから、そう思われるのは仕方がないけど」

「いま、どういう治療をしている?」

「心配しなくても、躰に出るようなことは、なにもやってないわ」

「キャンバスが、大丈夫だろうか、と思ったわけじゃない」

私はウイスキーを、響子はコニャックを飲んでいた。二杯目を飲みたい、と響子は言わなかった。

「冬さんが、いつも飲んでいるところが、いいわ」

二軒目というのは、ほとんどなかった。いまは、近くのホテルにいるからか、と私は思った。しかし、長屋酒場ではなく、もう少し洒落たところへ行きたい、という気分がどこかにあった。

「ハーモニカって呼ばれてるところよ。冬さん、普通でいてね。キャンバスが、そう頼んでるんだから」

「わかった」

私は苦笑し、通りに出て空車を捜した。

普通でいよう、と思っていた。特に、響子の躰をキャンバスにするのだから、狂ったような描き方はできない、と自分に言い聞かせ続けていた。どこかで、普通になりきれていないところがある。

「俺はその店では、一枚五百円の似顔絵描きだからな」

タクシーに乗ると、私は言った。

「面白い。描くところを、見たいって気がするわ」

酒が入ると、響子の口調は、女らしくなってくる。

「それはいいが、焼酎のお湯割りだぞ。それ以外はない」

「そこで、ほかのお酒を飲んだ、という話は聞いたことがないものね」

「昔は、大岡川にダルマ船が浮かんでいて、そこに商店から酒場、住居から売春宿まであったそうだ。それらを、長屋に集めた、とも言われている。ダルマ船ってのは、結構な大きさがあってな」

「野毛の、冬さんの酒場というのは、およその想像はつくの。長屋というのが、どうしてもわからないところがあるわ。考えるより、飲みに行った方が早いと思わなくて?」

「トイレに行きたくなったら、必ず言ってくれ」

運転手が、吹き出すのがわかった。

「行っちゃいけないの?」

「いや、鍵つきの、女性用ってのがある。店には、キーがあるからな。俺の行く店のおっかあなんて、平気で普通のトイレに入って、男がドアを開けるのを、待ってるみたいだ」

長屋酒場は、男が経営している店も少なくない。女装した男が、女性専用のトイレに入ることは、厳禁されていて、大きな札も出ている。女が、男用のトイレに入ってはならない、とはどこにも書かれていないのだ。

すぐに、長屋酒場の前に着いた。

私は、響子を二階の『花え』へ連れていった。顔見知りの客が二人いて、声をかけようとしてきたが、響子を見てそれを呑みこんだようだ。花江も、横をむいたまま、コップとボトルを出した。

私は、お湯割りを二つ作った。

「梅干を、いただけませんかしら?」

響子が言った。

「壁を、四回叩いてみな。なぜか、梅干が出てくるからさ。魔法だよ」

口調で、花江が気を悪くはしていない、ということがわかった。

響子が、拳《こぶし》を作り、壁を上品に四回叩いた。しばらくして、梅干の皿を持った加奈が、現われた。加奈は、響子を見て、驚いた表情を隠せなかった。小さな声さえ、洩らしたほどだ。横をむいたまま、ボトルとコップを出した花江は、それなりに年季を入れている、ということになるのだろう。

飲んでいくか、と花江が言い、うん、と加奈が答えた。その間、私は口を挟む余地などなかった。加奈が、響子の隣に座った。

「この御婦人が、梅干を希望されたのだ」

客のひとりが言った。

「ごめんなさい。お湯で割った焼酎には、梅干を入れるものだ、と思っていましたわ」

「上品なところでしか、飲んだことがないんですね」

「いいえ、焼酎を飲んだことがありませんの。下品なお酒は、浴びるほど飲みましたわ」

「どこが、下品なのか」

「人の躰を切り刻む。それって、下品じゃありませんこと、お嬢さん。自分の手で殺したかもしれないというのが、二十数人。間違いなく自分で殺したのが、六人。長い間、浴びるように、下品なお酒を飲んできましたわ」

加奈が、うつむいた。明らかに、響子に圧倒されている。

「どんな罰でも、受けるべきですわよね。硲冬樹は昔馴染みで、そういうあたしに、ただ同情してくれているの」

「お医者さん、ですか?」

「画家よりは、ましですわよね。切り刻むのは躰で、心じゃありませんもの」

響子が、刺青の話をするのではないか、と私は一瞬危惧《きぐ》したが、その気配はなかった。

「あたしの手が、どれほど血まみれか考えると、どんなお酒を飲むことも許される、という気がいたしますの」

「そりゃ、そうだ」

客のひとりが、言った。

「裕冬樹という男も、あたしは背開きにしようか、と思っておりますわ」

「背開き?」

加奈が、裏返った声をあげた。

「魚の干物で、やりますでしょう。腹から開いたら、切腹ということになるので、関東では嫌われると。腹開きだと、すぐに内臓が出てきますしね。あたしは、たっぷり時間をかけて、背中から開いていきたいんですの」

そういうつもりで刺青ののみを受けると、響子は私に告げたようだ。

響子が、コップに口を近づける。酔うと、挙措《きょそ》にも女っぽさが出てくる。

「俺は、躰が悪いんだけど、診察して貰えないかな、先生?」

黙っていた客が、試すような口調で言った。

「お酒を、やめることですわね。肝臓が毀れかかっています。このままじゃ肝硬変だと、言われてません?」

「確かに。治したいんだ」

「アルコール性肝炎の場合は、お酒をやめるのが治療です。飲み続けるのは、ゆっくり自殺するようなものですね。肝硬変から肝臓癌まで、大して時間はかかりませんわ」

「まあ、間違ってない。医者が言ってるのと同じことを、あんたは言ってるよ」

「偽《にせ》医者と思われてるわけですわね」

「だって、先生と一緒だからね。偽画家ってもんはないだろうけど、似顔絵しか描けない先生だよ。一緒にいれば、利いたふうなことを言う、偽医者だね」

「そんな」

加奈が声をあげた。

「ちゃんとしたお医者様です。言われていることを聞いていて、わかんないの？」

「偽医者でも、ちゃんとしたことは言う。治療だって、本物よりうまくやっちまうかもしれん。ここは、偽物が集まるところじゃないか。先生だって、もう少しましな肖像画を描けば、たとえ売れなくったって、画伯と呼ばれたりするよ」

「そうですわね。あたし、時々ここへお邪魔してもよろしいかしら。お客様を、有料で診察するの。ひとり百円いただければ、飲み代の足しになりますし」

「ボトルは、先生のがあるしな」

「聴診器だけ、持ってきますわ。血圧なんて測っても、お酒を飲んでいたら、意味がありませんし」

「酒飲んだら、血圧が上がるからな」

「下がりますわ。血管が一時的に拡がるんですもの。それから、ポンと上がるんです。醒める時にね」

「本物だよ。本物なんだから」

加奈が、叫んでいる。私のことを言っているのかどうかはわからなかったが、かなり酔ってはいる。

「注射は、駄目ですわ。きちんとした病院でしてください。あたしは、聴診器を当てて、躰に様子を訊いてみるだけです」

「いいね。お医者さんごっこだね」

「そう、お医者様ごっこ」

二人の客が、嬉しそうに声をあげた。本物なんだから、と加奈が呟き続けている。

3

柄を半分に切り詰めた筆に、絵具を含ませた。左手の三本の指で持つ。中指と小指の上に置き、薬指で上から固定する。人差し指と親指で肌を押さえ、右手にのみを持った。

響子は、全裸で仰むけである。

私は筆の絵具をのみで掬い取り、全身の筋肉をひき締め、腕の力だけを抜いた。絵筆を持つ時も、私の躰はそうなっている。

最初ののみを、下腹に入れた。

響子の表情は、ほとんど変らなかった。二度目、三度目。私の感覚は、のみの先から出る色に、集中しはじめた。

ガーゼで拭っては、またのみを入れる。いや、色を入れる。私は、響子に対する思いそのものを、絵で表現しようとしていた。かたちはない。色がある。色の流れが、色の躍動が、色の静けさが、絵となっていく。

不可能なことを、私はやろうとしている。しかし、不可能が不可能でなくなる瞬間が、必ずある。無数の素描《デッサン》の果て。なにかが、かたちを乗り超えるのだ。

いま、乗り超えている。乗り超えたところを、描き上げられるか。私の絵の命は、いまそこにしかない。いや、三十年間、ずっとその命を求めてきた。そしていま、私の手が、その命を、眼に見えるものにしようとしている。

響子が、喘いでいる。私はちょっとそちらに眼をくれただけで、手は休めなかった。

部屋に、アラーム音が響いた。

四時間、経ったということだ。

私はのみと筆を置き、大きく息をついた。

それから、彫った部分を、アルコール綿で消毒し、ガーゼを当てた。小さな血のしみが、ガーゼに拡がってくる。

「しばらく、そのままじっとしていてくれ」

「かなり痛いものだね、冬さん。だけど、外側の痛みだ。内側から来る痛みじゃない」

癌の痛みは、内側から来る、ということだろうか。響子の肉体は、すでに内側からの痛みに苛《さいな》まれているのだろうか。

「耐えられるね。声を出すかもしれないけど、そのうち、快感になりそうな痛みだわ」

「飲むか?」

私は、スポーツ飲料のボトルを差し出した。

「こぼしそうだな。口移しで頂戴」

私は口に液体を含み、唇を合わせると、響子の口に流しこんだ。五度、それをくり返した。口づけではなかった。もういいと言ってから、響子は眼を閉じている。

三十分ほどで、血は止まった。私は新しいガーゼに抗生物質の軟膏《なんこう》を塗り、彫った部分に貼りつけた。

響子が、起きあがる。

私は道具を片付け、窓を開けて葉巻に火をつけた。

四時間は、あっという間だった。ひとのみも、失敗したとは思わなかった。いや、失敗は許されない作業なのだ。

三十年の、画家としての私の、手先の技術を、すべて出していた。余力は、充分にある。四時間どころか、二十四時間でも、私はのみを遣っていられるだろう。

響子の方が、限界に達する。生きている、キャンバスなのだ。モデルを座らせているのとは、次元が違うことだった。

「疲れたか?」

「いまの感覚は、よく分析できない。生体が、大きなダメージを受けている、という感じはないわ。これだと、三日に一度なら、問題ないと思う」

「シャワーなどは」

「冬さん、消毒や、その後の処置は、あたしに任せてくれる。キャンバスはもと外科医と言ったでしょう。あなたよりは、うまく完璧にやって、絵は守り抜いて見せるよ。特に注意すべきなにかがあるなら、教えておいて」

化膿の防止など、お手のものなのだろう。

「瘡蓋に、絶対に触らないでくれ」

「それだけだね」

響子は、服を着ていた。

「お腹が減ってきたわ。今夜は、お酒はやめておくけど」

一時に彫りはじめ、五時に終える。そう決めていた。昼食は抜きである。

私は、自分が空腹なのかどうか、よくわからなかった。まだ緊張が解けていない、ということなのだろうか。

できるだけ、平静でいようと思っていた。生活も、大きくは変えない。

食事のあと、私は店の巡回をやるだろう。『花え』で飲んだくれるだろうし、時にはたき子の部屋に出かけていく。

私は、タクシーで小さな北欧料理店へ、響子を連れていった。

羊のシチューを、響子はうまそうに食った。

「消化管が活性化してるな。彫るということが、いくらか作用しているのかもしれない」

「まあ、食欲があるのは、いいことだろう」

私は、食えば入る、という状態だった。

「食欲のままに、食べてしまうのはやめておく。消化管の活性化が、いつまで続くかわからない。もたれて苦しむの、いやだから」

「医者の習性でもないだろうに」

「肌への影響は、頭に入れておかなくちゃね。キャンバスとしては」

「俺の方が、思慮不足か」

「眼のこわさに、はじめは圧倒された。これがほんとの冬さんなんだと、しばらくして納得できた。いま、あたしはすごいことをやっているんだって、心から思うよ」

「ひと筆も、無駄にはしない」

「体調をきちんと管理して、肌の状態が変らないようにするよ」

食後には、コーヒーを飲んだ。

それから私はまたタクシーに乗り、響子をホテルで落とすと、自宅へ戻った。

店の巡回に出るつもりだったが、気づくと居間のソファで眠りこんでいた。眼醒めたのは、夜明け近くだ。

自覚はなかったが、かなり疲れていたのだろう。私はバスタブに湯を満たし、しばらく浸っていた。躰も髪も、丁寧に洗った。

それから、ウイスキーを三杯ほど飲み、二階のベッドに潜りこんだ。

やはり、三時間ほど眠った。

私は起き出し、躰を動かし、新しいシャツとズボンに替えた。

携帯に、着信がいくつも入っていた。ほとんどが、吉村からで、それは無視した。辻村からの着信が、ひとつあった。

水を飲みながら、私は辻村にかけた。

ヒロミのことで、N会からいろいろ言ってきていて、代理人という恰好で、すべて辻村が受けているのだという。代理人を個人というかたちにしないために、信治がいるNPOのメンバーになったらしい。

川野がいなくなって、組織の中の情報は通りやすくなっているという。自分で事故だとヒロミに言ったこともあり、川野のでたらめも加わって、信治はオートバイの事故で片腕を失い、相手方がやくざだったので揉めていると、ほとんどの会員が思いこみはじめていたという。

NPO活動の、ある種の落とし前のようにして片腕を奪られたことは、いまでは全員が知っているようだ。

だからといって、双手《もろて》をあげて信治を受け入れる、というわけでもないらしい。活動が過激すぎたためで、他のメンバーの安全も脅《おびや》かされかねない、と判断されたようだ。

顧問というかたちに祭りあげられ、実際の活動からは、排除されているという。

「信治とヒロミは、いま一緒か？」

「生活の実態を作る、ということを、ようやくはじめたわけです。ただ金はないわけで、早いとこ信治の職を見つけなけりゃなりません」

「そっちの方も、頼むぜ」

「わかってます。このまんまじゃ、ヒロミが躰を売ると言いかねませんので。いまのところ入管の問題もないんで、N会のことが片づいたら、ヒロミにもちゃんとした仕事をさせようと思います」

「N会の方も、絶対に独走するなよ」

「三田村のところより、ずっとやばい組織ですよ。素人もくそもなく、金にはなりふり構わず飛びついてくるって話です」

「用事は、それだけだな」

「昨夜、来られるかと思って、電話しちまったんです」

電話で喋っている間に、私はペットボトルの水を一本飲んでしまっていた。

もう正午近かった。

朝食と昼食は、一緒にとることにした。

電話が、鳴った。吉村だった。そばに来ているという。伊勢佐木町のイタリアン・レストランで、待ち合わせた。

店に行くと、吉村は奥の席に座っていて、ビールを飲んでいた。

「驚かないでくれよ。一号三十万の値がついた。これは引き合いで出てきた値だ。評価額がどれぐらいになるか、見当もつかない」

私の頭から、絵の値段など、きれいに消えてしまっていた。

描くことと売ることは別だ、などと考えていたのが、嘘のようだ。

なぜそうなったのか、考えようとは思わなかった。いま私は、かつてない充実と緊張の中にある。それ以外に、なにも要らない、という気分だった。

「売ったのかい、吉村さん？」

「先生、うちにも資金繰りというのがあって、五十号を一点、手放そうかと思ってる。ニューヨークとパリで、それぞれ個展。それにも金がかかるしね」

「俺が預けている絵を、売ればいいだろう」

ビールを注ぎかけた吉村の手が、宙で止まった。

ボーイが来たので、私はアクア・パッツァとパンとサラダを註文した。

「売れって言ったね、先生。あんたの取り分は？」

「正直なところ、どれぐらいだと思っている。俺は、駈け引きしようって気はない」

「七割。それだと、順当だろうとは思っている。八割と言われても、いや、九割と言われても、俺は売りたいね」

「じゃ、七割でいい」

吉村が、じっと私を見つめてきた。

「本気かい、先生？」

「順当なんだろう、それが？」

「俺は、あんたが厳しい値段の交渉をすると思ったよ。実際、ひどく厳しかったものな。俺は、ただ搾取する人間としか、扱われなかったし」

「個展を開いて、いろいろやってくれた。それで、値が上がったわけだろう？」

「正直、俺にはその自負がある」

「じゃ、七割だ」

「いいんだね。時間をかけて、売りたい。売約するものも、ニューヨークかパリの展覧会に出展後に、引き渡しという契約でやる。その方が、箔《はく》がついて、客も喜ぶ」

「好きにしてくれ」

「書類とか、いろいろあるが」

「弁護士に、説明に来させてくれ」

どうでもいい、と言いかけて、私は言葉を変えた。現実から、離れてしまうべきではない。響子に描いている絵は、まさしく現実そのものなのだ。

アクア・パッツァが運ばれてきた。

パンに、スープをしみこませると、なかなかうまいのである。

食物の味も、セックスの快感も、人としての情念も、忘れるべきではなかった。

「どういう心境の変化なんです、先生？」

「そっちに預けてある絵も、俺の絵だが、昔の絵さ。ひと月前でも、昔と感じるようになった。いまが、いまとして強く感じられるからだろう。昔の自分に、あまり執着は持たないことにしたんだ」

「天才が、考えることだからなあ。またいつ変るかわからんって気はする。でも、いま預かっている絵は、時間をかけて売らせていただきたい」

吉村は、ピザを頼んでいた。しかし、ふた切れ食っただけで、あとは忘れてしまったようだ。

「用事は、絵の値段のことだけか？」

「ニューヨークとパリで、ほぼ同時に展覧会をやる。その絵の構成をどんな具合にするかというのが、重大な要件だったのに、売っていいという話で、頭から吹っ飛んじまった。というより、百号を二点成約させれば、両方の費用を全部賄《まかな》えるし、俺の思い通りにできる」

「俺に、相談する必要はない。というより、昔をふり返りたくはないな」

これで、吉村がうるさく言ってくることはなく、私が判断を求められることもないだろう、と思った。

明後日の十一時に、弁護士を寄越すと吉村は言ったが、その次の日の午後にしてくれ、と私は言った。

吉村と別れると、私はその足で銀行へ行って現金を引き出し、タクシーを拾った。

ノックすると、汗にまみれた信治が、顔を出した。

「なにやってる？」

「いや、筋トレを。あがってください。ヒロミがいるんで、部屋は片づいてます」

私は、小綺麗になった部屋にあがった。

信治が正座をし、片手をついて、頭を下げた。

「なんてお礼を言っていいか、わからないです、親父さん」

「おまえ、片腕を奪られたほんとの理由を、ヒロミに喋っていなかったんだな」

「あいつ、気にして傷つくタイプですから。傷つくと、萎《しお》れた花みたいになっちまうやつですから」

「いま、萎れた花か?」

「川野のこととか、いろいろあったあとに、そうだったんだって知ったんで、いま自分が馬鹿だ、という思いが強いみたいです。兄貴が、時間をかけて、うまく喋ってくれたみたいですし」

「出かけてるのか?」

「少しでも、働こうって思ったらしく、昼間、ラブホテルの、メイドをやってんです。パートで、稼ぎはわずかですが、それでも助かります。俺も、なんとかしなきゃと思って、片腕を鍛えています」

「またどこかで馬鹿やったり、騙されたりするんだろうな。そのたびに、おまえは痛い目に遭うぞ」

信治が立ちあがり、冷蔵庫から缶ビールを出して、グラスに注いだ。

「親父さん、俺はヒロミに、いい女房なんか求めてないです。人のことを心配して、馬鹿だから騙されて、それでも人を恨んだりしなくて、はじめて会った時から、全然変ってないです。そういうヒロミと、俺は一緒に生きたいんですよ」

私は、グラスのビールを飲んだ。

「ラブホテルのメイドが、悪いとは言わんが、おまえと一緒にできる仕事はないのか。なんでもいいんだ。いつも、二人でいられる仕事を、捜してみろ」

「そうですよね。親父さんの言ってること、よくわかります。駄目な男と、馬鹿な女でも、二人揃えば、なんとか恰好つくかもしれませんよね」

信治は、水道水を冷やしたものを、ちびちび飲んでいた。ビールは、一日一本と決めていて、その一本は、私に出したのだった。

「おまえに、説教しようとは、もう思わん。腕をなくして、つらい思いをしただろうしな。ただ、おまえはヒロミって女を受け入れるには、まだ小さいぞ」

「わかってます。あいつの馬鹿は、半端じゃないですから」

「十年も、俺や辻村と一緒に仕事をした。ただ、給料を取るだけの仕事じゃなかった。だからおまえは、俺を親父、辻村を兄貴と呼んでる」

「今度のこと、親父さんや兄貴がいなかったら、全部駄目でした。俺はのたれ死にでしょうし、ヒロミも使いものにならなくなるまで、働かされたでしょう。俺、姉がひとりいるだけで、それもあんまり付き合いないし、親父さんや兄貴を、勝手に家族なんて思わせて貰ってたんです」

私も、どこかで息子のように思い、辻村は弟のように思っていた。こういうことがあって、はじめて見えてくる、自分の気持だった。

「親父さん、ほんとは有名な画家なんだそうですね。俺たちが付き合えるような人じゃない、と兄貴が言いました。兄貴は、薄々感じてたみたいですが、今度のことではっきりわかったって」

今度のことというのは、個展のことなのだろう、と私は思った。露出したわけではないが、裕冬樹という名は、私が知らないところでも出ていたはずだ。

「おまえらがいたから、俺は絵を描いてこられた。いくらか売れたというのは、偶然だが、続けてこられたというのは、おまえらがいたからだ。だから、おまえが言う通り、家族みたいなもんだったんだろう」

信治が、頭を下げた。その頭を、いつまでも上げなかった。ズボンの膝に、涙が滴り落ち続けている。

「泣くな、おまえ。あんな女と一緒にやっていこうってんだ。泣いてる暇なんか、ないと思うぞ。甘いことも、言ってられんし」

「わかってます。俺は、親父さんに拾って貰って、よかったです」

信治は、十一年前、バイクでマスタングに接触した、チンピラだった。転倒し、逆上してつかみかかってきたが、私の車は停止していたのだ。しかも、交通警官が見ている前で接触する、という無謀さだった。

警官にたしなめられ、そのまま逮捕されかねない雲行になった。事故は、示談にする、と私は言った。つかみかかってはきたが、殴られたわけでもないので、その点でも訴える気はない、と言った。警官も面倒を嫌がり、勝手に話し合えと言った。

修理費の負担をしろ、と私に言われ、冷静になった信治は、ただ頭を下げ続けた。バイクも、友だちから借りたものだった。免許も持っていなかったので、警官が提示を求めたら、かなり面倒なことになっただろう。

私は修理費の計算をし、その分、『アイズ』で働けと、辻村に預けたのだ。

あのころは、私も辻村も、まだチンピラ気分が、抜けきっていなかったかもしれない。逃げようと思えば逃げられただろうが、信治は律儀に『アイズ』に通ってきた。

辻村はかなり厳しくやったはずだが、信治は一日も休まず、修理費を働いて返した。

あのころの話をすると、夜食を食わせて貰えるのが魅力だった、とよく言ったものだ。バーテンという仕事が、信治には合っていた、と私は思った。

自分が若かったころの姿を、信治の中に見たというところが、私にも辻村にもある。

私は、ビールを飲み干した。

帰り際に、百万入った封筒を、信治に渡した。

「やるんじゃない。貸すんだ。これで、生活を立て直せ。二人でやれることも、肚を据えて捜せ。返済は、おまえとヒロミの仕事が、軌道に乗ってからでいい」

「親父さん、いくらなんでも」

「貸す、と言ったろう。俺はな、実を言うと絵が売れてる。財布から搾り出しておまえに貸すんじゃなく、余ってる金だ。つべこべ言える状態じゃないだろう、おまえ。黙って受けとっておけ」

自分が喋っていることが、あまりに人情話めいてきたので、私は苦笑し、信治の頭を軽く叩いた。

現実に、繋がっていたい。私の現実は、信治であり、辻村であり、たき子であり、経営している酒場であり、『花え』でもあった。

現実に繋がっているかぎり、私は冷静に響子に絵を描くことができる。

冷静さを失ったら、響子を殺しかねないという恐怖に似たものが、躰の底にわだかまっていた。

外へ出てタクシーを待っていると、風景が白く見えた。それは一瞬で、すぐに元に戻った。

4

五回目になった。

最初に彫った部分の瘡蓋は、剝げ落ちた。二回目の瘡蓋は、薄く、滑らかで、ぼろぼろになって落ちるのではなく、きれいに、透明な一枚の薄紙のように剝がれた。

消毒と事後の処置で、そういう差があるようだった。

二度目からは、私はただ彫るだけで、その後の処置は、すべて響子が自分でやっていた。専門的な処置がなされた、と考えるべきなのだろう。

「冬さん、あたし感じるんだよ。自分の躰の絵を見ると、感じてしまう。性的な感じ方をしてるね。いや、オーガズムと言うべきなのかな。鏡に映して見てると、立っていられなくなるんだよね」

「おまえ、ちゃんとしたセックスで、オーガズムは獲得していたんだろう？」

「結婚する前に、二人。夫とは、結婚当初は、熱心にセックスしたよ。そこで得られた快感がオーガズムと言うなら、いまの感覚は違うんだよね」

「気持がいいんなら、適当にそれを愉しむんだな」

「そのつもりだよ。この期《ご》に及んで、というのは否《いな》めないけど、気持がいいのが悪いわけないから。癌細胞は、快感とは対極のところにいるわけだから、結構な攻撃力になっているかもしれない」

キャンバスと絵描きの間に、性的なものは入りこんできていない。四時間彫ったあと、口移しでスポーツ飲料を、五回流しこむ。それも、すぐに動かない方がいい、と響子が判断しているからだ、と私は思っていた。

「おまえが、失神しちまうような絵を、俺は描いてやるよ」

「そこまで、しなくていい。ひとりで失神している姿を想像すると、ただ滑稽《こっけい》なだけだよ」

「どうなるか、俺にもわかっていない」

私は、ベッドサイドの時計のアラームが、四時間後になっていることを確認し、のみを執った。岩絵具はいまのところ八色遣い、それを混ぜることによって、自分が求める色を出している。それは、パレットの上の作業と同じだった。

のみも、何本か破棄した。研げば遣えるが、絵具と同じように、感覚のままに扱っていたかった。のみの針を研ぐというのは、一度出した絵具を、チューブに戻すのと似たことだ。

絹針は大量に買ってあり、竹もある。竹刀《しない》を二本買ってきて、それを分解し、持ちやすく削ったのだ。

のみを遣っていると、胸に去来するものはなにもなかった。自分が彫り出すものが、私には見えているだけである。狂気も、命を削るような情熱も、必要ではなかった。狂気も情熱も、絵を描く時、ほんとうは無駄なものであるということは、響子の肌にのみを当てていると、よくわかる。

素描《デッサン》に素描を重ね、行き着くところまで行き、そこからかたちのないものに跳躍する。これまで苦しみ抜いたその作業を、響子自身をキャンバスとすると決めたことで、いともたやすくやってのけているのだ。

必要なのは、緊張と充実であった。私の感応する色がある。それを作り出すのは、皿の中の技術で、絵具を何種類か混ぜ、水かアルコールで溶くだけだ。絵具ひとつひとつの特性も、自分の脚に彫りつけることで、感覚として理解できるようになっていた。

響子は、時々声をあげた。痛みによるものであることは、肌の反応でわかった。痛みのあと、身を硬くすることもないので、声に惑わされずに、のみを遣い続けることができた。

絵は平面であるが、感覚として立体であり得る。しかし響子の肌は、もともとが立体だった。その立体も、本物のキャンバスのように、私に馴染んでいた。

私の絵は、響子であり、響子ではない。響子に対する、私の思い。自分の中で、ただひとつ残っている、きれいなもの。

つまり、抽象なのだ。抽象以外では描き出せないものを、私は描いている。

これまでも、キャンバスにむかった時は、そうしていたはずだった。キャンバスの絵は、いつまでも残り、誰でも見ることができる。人が見るたびに、意図すらしなかった、普遍性というものが滲み出してしまう。

いまは、私と響子だけがわかるものを、響子の躰に描いている。のみで彫りつけている。その快感を、私は抑えた。緊張の糸を、快感はどこかで切るかもしれない。

アラームが、鳴り響いた。

私はのみを置き、冷蔵庫から飲みものを持ってきた。スポーツ飲料ではない。響子が、自分で作ってきたお茶である。口に含み、口移しで五回飲ませた。

響子は、三十分間、まったく動かずにいる。

その間に、私は道具を片づける。響子が寝ているのは、部屋のカーペットの上に敷いた、シーツの上である。ベッドでは、弾力がありすぎるのだ。

三十分経つと、響子は持ってきたアタッシュふうのケースから、布を出し、彫った部分に当てる。それでまた三十分じっとしていて、別の布を当てる。前の布よりはいくらか厚目で、シールのようになったところを剝がすと、かすかに薬品の臭いが漂ってくる。それを貼りつけ、上から穴の開いたシールを貼る。薬も、響子自身が作ったのだという。

私の薬品より、ずっとすぐれていることは、瘡蓋の質がまるで違うことでも、よくわかる。一時間で、事後の処置は全部終る。それまで黙っているので一度理由を訊いたが、余韻《よいん》を愉しんでいるだけだ、と響子は言った。

響子は、シーツの上で下着をつけ、服を着る。私は、シーツを畳んで、部屋の隅に置いておく。それはホテルで回収し、新しいものが用意される。

一時間の間、私はじっと待っているが、一時間で喫い終える葉巻に火をつけていた。そうしろというのは、響子の提案だった。

その一時間で、濃密で心も感覚も砕けてしまいそうな時から、心地よい時の中に私は移っていくことになる。

食事に出かける。響子が服を着た時から、もう絵の話はしない。いつの間にか色づきはじめた、街路樹の葉の話や、海の色の話。街を歩く人の服装の話。そんなことを、喋っているだけである。

響子は、彫った日は、酒を飲まない。アルコールは、まったく口にしないのだ。翌日は、いつものように飲むのだ、と言っていた。

食事を終え、私は響子を送ってホテルへ帰ってきた。おやすみ。この二十二年、さよならの言葉は、それだった。

私は、自宅へ戻った。

もう眠りこむことはなく、シャワーを使ってから、店の巡回に出かける。

響子との時間は、濃密な現実だが、店の巡回もまた、私にとっては日常の現実だった。

どの店も、そこそこに好調だった。人員も、ちょうどいい。

私が『いちぐう』に入っていくと、辻村より先に、坂下が前に立った。

「来週の月曜から十日間、店に三時間遅れることを、許していただきたいんですが？」

「三時間？」

「はい。実は、仲間と芝居をやっています。劇団なんて言えたもんじゃありませんが、全員が、夜の仕事をして、昼間、稽古をしているんです」

「それで？」

「十日間の、公演ができることになりました。ただ、二回公演の時は昼間もやりますが、普通は六時開演なんです」

「なるほど。芝居が終ってから、駈けつけるってことだな」

この店は七時開店で、深夜二時までやっている。十時には来られる、と言っているのだろう。九時から十二時までは、混み合う時間帯だった。

「お願いします。忙しいのは、わかっているんですが、それをやるために働いている、というところもありまして」

「おまえが芝居をやっているというのは、納得できる。声が、よくとおるんだよ」

「発声と滑舌《かつぜつ》は、基本ですから」

「まあ、辻村の考え次第だが」

「社長にお願いしてみろ、と言われてます」

「なら、俺は構わん。辻村に言って、初日に花を手配させよう」

「そんな。申し訳ないです」

「あれで、辻村はそんなことが好きなんだ」

私がくわえた煙草に火をつけ、頭を下げて坂下は離れていった。

「芝居か」

前に立った辻村に、私は言った。

「おまえ、前から知ってたな？」

「公演ができるところまで行くとは、思っちゃいませんでしたのでね。なかなかいい根性してます」

「で、どうなんだ。おまえのことだから、内容を訊くなり、脚本を読むなりしているんじゃないか。そして、二、三万は祝儀として渡してる。すでに渡してるな。公演の前にかかる費用の、足しにしろってな」

「ま、お見通しなんでしょうね。三万、包みましたよ。だけど、脚本を読むかぎり、つまらないですね。こむずかしすぎるんです。芝居っての、もともとは庶民の楽しみでしょう。面白くなくちゃ、困りもんです」

「実際に人がやると、わからんぞ。とにかく、店から花だけはしておけ。おまえの祝儀と同じ額だ」

「わかりました」

ちょっと頭を下げた、辻村の表情が変っていた。

私は腰をあげ、裏口から外へ出た。

辻村が、ビールケースを二つ並べ、手に携帯用の灰皿を持った。

「川野は、二百万でN会にヒロミを売ってます。金を払ってるのに女《ぶつ》が来ないというのは、やくざにとっちゃ面子《メンツ》の問題もあるみたいで」

「川野を切り刻んで、魚の餌《えさ》にでもすりゃいいだろう」

「川野は三田村のところに置かれたままで、N会は手も足も出せません。実力が違いすぎてましてね。力が、ものを言う世界ですから」

「それで、ヒロミを寄越せと言ってきているのか?」

「俺は一応、NPOのメンバーになって、ヒロミの代理人って立場なんですが」

「連中の失敗《ドジ》だ」

「普通じゃないんですよ。金を払うか、ヒロミを寄越すか、という問題に、どうしてもなっちまって」

「川野に手が出せないんなら、諦めろ、とは言えないんだな?」

「奪れるものは、なんでも奪る。それがやくざでしょう。N会は、なりふり構わずやらなきゃ、上の組織への上納金も出せないんでしょうね。とにかく、ひとりふたり、懲役に行ってもいい、という態度で、俺は何遍《なんべん》も、殺すって言われましたよ」

「まだ、ヒロミに直接手を出すところには、行ってないな」

「やってやるぞ、とは言いますが、交渉の余地あり、と考えてるんでしょう。やつらだって、荒事は避けたいでしょうから」

「どれぐらい奪れるか、測ってるってとこか。それにしても、やつら間抜けすぎないか。川野に、うまいことやられるなんてな」

「川野が、必死だったんでしょう。裕さんのマスタングが追いつかなかったら、ヒロミは手が届かないところに行ったかもしれません」

「やくざが、先に金を払った。そこのところが、俺はどうしてもひっかかるな」

「払ってなくても、払ったというのが、やくざでしょう。ただ、なにもないのに言うわけはないし、なにかの相殺《そうさい》みたいなことなのかもしれません」

「借金の相殺だったというなら、なんとなくわかる」

「三田村は、はじめどこからか金を貰っていると言っていましたが、次には、負っているのは二百万だ、と洩らしましたよ。あれ、現金のやり取りがあったわけじゃない、と裕さんに教えたんじゃないでしょうか?」

「わからん。会ったのは、あれが二度目だった」

私は何本か煙草を喫い続けながら話していて、その間、辻村はずっと携帯用の灰皿を差し出した恰好だった。

「次に会うのは、いつだ?」

「明日の午後です」

「親分が、自分で出てくるのか？」

「ほかに、喋れるやつはいません。中井《なかい》からして、親分っていうより、現場で若い者の尻を叩いてるって感じです。一番、貪欲《どんよく》だと思いますが」

「どこかに、部屋を取れ。俺が会う」

「やめてください、それは」

「話、つけられるのか、辻村？」

辻村は、返事をしなかった。うつむいているだけだ。

「どこかのホテルに、部屋を取れ。こちらが二人だから、そっちも二人で来いってな」

「俺は、賛成できません。最終的には、警察に相談というのが、妥当じゃないですか？」

「なにも、起きてない。少なくともヒロミにはな。なにか起きた時は、ヒロミに手は届かなくなってる。そして警察が、身を売っているフィリピン女に、なにかしてくれると思うか」

「日本人と、結婚してるんですよ」

「いまの段階では、擬装と判断されかねない。つまりヒロミは、俺とおまえで守るしかないんじゃないか？」

「やめましょう。そこまで、裕さんがやることはありません」

「そして、おまえはなにかやる。行きづまったら、必ずなにかやるな」

「だとしても、大したことは、できやしません」

「とにかく、明日は俺も会う。ＮＰＯの後援者みたいな立場でいい。辻村、知ってるかもしれんが、絵が売れて、俺には多少金があるんだ」

「裕さん、もう出しすぎるくらいの金、出してますよ。信治に、百万渡したでしょう。全部で、いくらになるんです?」

「絵を売った金は、つまらんことで遣いきってしまいたい。絵を売った金を、持ってちゃいけない。そんな気分になってな」

「無茶な話ですよ」

「心配するな。やくざの言いなりに、金なんか出さんさ。ただ、刺激が欲しい。薄汚れた俗物と、接していなけりゃならんような気がする。自分が、薄汚れていることを、自覚したいな。そしてもっと汚れて、腐臭をあげているような人間と、接したい」

「どうしちまったんです?」

「俺が、画家として少々売れていることを、おまえ、いつ知った?」

「つい、この間です。新聞に出ていて、裕って名前、そうあるもんじゃないですから」

「別に、内緒にしていたわけじゃなかった。俺だけのことだったんだ、絵は。だから、売れるはずがないんだよ。売れちゃいかん、と思う」

「わかりません、俺には」

「まあいい。とにかく明日、ホテルに部屋を取れ。この近所じゃなく、磯子あたりがいいな」

「わかりました。そうします」

私は頷き、何本目かの煙草を、辻村の灰皿の中に捨てた。

店を出ると、『花え』には寄らず、私は自宅へ戻った。

あまり酔っていなかったが、ベッドに横たわると、すぐに眠った。

翌日、昼食をとってから、私は車を転がして、磯子のホテルへ行った。

自分がなぜ、こんなことをしているのか、わからないまま、部屋に入った。

俗というやつに、しがみついていたいのか。そうしなければ、自分が自分でなくなる、とでも思っているのか。それとも、ただ馬鹿げたことがしたいのか。

「自分を、見失わないでくださいよ、硲さん。どこか、無茶なところがあるからなあ。とにかく、二時に中井は来ます」

それ以上喋らず、私と辻村は待った。

二時になると、辻村は携帯を出した。私は、電話をかけるのを止めた。時間は、たっぷりあるのだ。辻村の電話が、鳴った。

「ええ、待ってますよ」

それだけ言い、辻村は電話を切った。

「ホテルに、いたみたいです。こっちから、電話しなくて、よかったって気がします」

二時を、十分ちょっと回っていた。

チャイムが鳴り、辻村がドアを開けに立った。中井は、短軀《たんく》で赤ら顔だった。私は一応立ったが、名乗らず、頭も下げなかった。

「おう、人を呼びつけたんだ。それなりの話はあるんだろうな?」

中井が部屋まで連れてきたのは、ひとりだけだった。

「いい度胸をしてるね。こういうＮＰＯと事を構えたら、警察に睨まれないか?」

「なあ、誰だか知らねえけど、面倒臭い話は、俺はごめんなんだ。女を渡してくれりゃ、それでいい。いいか、あの女は、川野が売ったんだ。川野の情婦《すけ》だったのが、運の尽きだな。あいつは、女を連れてきた。その時の、写真もある。それから話し合いで、契約が成立したのよ。うちで働くって契約がな」

「契約金を、払ったわけじゃないよな?」

「払ったさ」

「金だけ払って、女を受《ぶっ》け取らない。これは、やくざのイロハにそむくね」

「なんだと、てめえ」

後ろに立っている、角力《すもう》取りのような肥満体が、低い声を出した。

「俺も、辻村さんには喋らせない。あんたも、後ろのでかいのは、黙らせていてくれ」

「黙ってろ、おい。俺がなにか言うまで、ただ立ってろ」

「おっす」

私は、煙草をくわえた。背後から、辻村が火を出してくる。

「金は、払ってない。川野は、負ったただけだろう?」

「そりゃ、金を払ったってことと同じさ、俺にとっちゃな」

「はじめから、そう言えよ。川野に負わせたんだって。だから、川野に追いこみをかけりゃいいんだ」

「あんた、どこの人だ？」

「生憎《あいにく》だが、おたくらの世界の人間じゃない。そのつもりで、喋ってくれよ」

「それにしちゃ、態度がでけえな」

「素人が、やくざに弱腰だと思うな。国家も、社会も、素人の味方なんだからな」

「おい、てめえ」

「そうやって凄《すご》んでも、無駄だって言ってる。その上で、話をしたいんだよ」

「死ぬの、こわかねえのかよ？」

「別に、こわくないね。ただ、あんたみたいな男に、殺されたいとも思わん」

「ふうん。時間をたっぷりかけて、くたばらせてやろうか」

「俺の躰の中にいるやつの方が、ずっと迫力があるな」

「てめえの躰？」

私は、下腹のあたりを、掌で何度か叩いた。

「このあたりにいるやつは、確実に俺を殺してくれる。苦しめながらな。あんたがなんかやってくれるなら、感謝したいぐらいだ」

「おい」

「余命が半年っていう癌に、やくざが勝てるのか、おい？」

中井が、たじろいだ表情をする。気の弱さを、言葉や態度や顔つきで隠している男だ、と私は判断した。しかし、わからない。暴発する時は、気の弱さもなにもないのだ。

「俺らは、川野の」

「じゃ、川野に追いこみをかけろよ。いいとこの若旦那だ。負わせたもんを回収するには、そっちの方がいいんじゃないのか？」

「野郎に、財産なんてねえさ」

「あるという話だが」

「あっただろうさ。もう、なんにも出てこねえよ」

「なるほどね」

喋っている間に、私は二本煙草を喫っていた。三本目は葉巻を出し、吸口をカッターで切った。

「女ひとり、渡してくれりゃ、それで終りさ。下らない話なんか、しなくて済む」

「なら、女を連れていけ。ＮＰＯは抗議するだろうし、テレビのニュースや新聞や雑誌でも大騒ぎするだろう」

「てめえ、てめえの方が、俺を威かしてるのか？」

中井の顔が、赤黒くなった。暴発する寸前だろう、と私は思った。沸点は、かなり低いようだ。

私は、ゆっくりと葉巻に火をつけた。

「俺を、怒らせんなよ、おっさん。人を殺すってことは、難しいことじゃねえんだ」

「だから、死ぬのはこわくない、と言ってるだろう。癌は、最後のひと月は、ずいぶんと苦しむというからな。あっさり殺してくれたら、感謝するよ。ついでに、あんたは殺人犯で、十年かそこらは、懲役に行かなきゃならないってことになる」

立ちあがろうとした中井を、私は手を出して制した。

「俺があんたと会うのは、金の話をするためだった」

「金?」

「そうだ。いくら払ったら、手を引いてくれるね?」

中井の赤黒い顔が、不意に狡猾《こうかつ》な色を帯びた。

「川野の金を、肩代りしてくれようってのか?」

「額にもよる」

中井が、煙草をくわえた。

しばらく、考えるような表情をしていた。私は、続けざまに、葉巻の煙を吹きあげた。

「川野が負ってるのは、一本だ」

「おう、百万か」

「てめえ、金の話で、ふざけるなよ」

「妥当じゃないのか、百万というのは?」

「一千万だ」

「川野が負ったのは、二百万だ。調べたら、そういう情報が入ってきた。取り立てるのは無理だ。だから、半分の百万が入ってくるだけでも、運がいいと思えよ」

「一千万だよ、旦那。そうでなけりゃ、女を渡しな」

「わかった。こっちから女を渡す筋合いでもない。勝手に連れていけよ」

「あんた、素人さんが、やくざの俺と駈け引きしようってのかい」

「吹っかけすぎてる。そうは思わんのかい?」

「あの女で、どれぐらい稼げるか計算したら、一千万だって安いもんだ」

「じゃ、俺は降りるしかないな」

「てめえ、俺を呼び出しておいて、挨拶がそれかよ」

「挨拶する筋合いじゃない。俺の出番じゃなかったみたいだ。そう思ったら、降りるしかないだろう」

私は、葉巻が消えないように、注意していた。中井は、私を見ていた。暴れると、とんでもないことをしそうだが、底の知れない不気味さ、というものはない。

「おまえ、辻村みてえに、のらりくらりとしてねえ。ましな話をしよう、と考えてるさ。つまり、金の話をな。ただ、少なすぎる。俺を、小さく見てるな」

「大きいも小さいもない。俺には、NPO活動に、寄付金として出そう、と考えている金があった。それが、こっちで役に立たないか、と考えただけさ。お呼びじゃなかったみたいだ」

「おまえ、ほんとのところ、いくらまでだったら、出す気でいやがった?」

「一千万なんて言われたら、関係ないことだ、と思ったね」

「一千万というの、取り消そうじゃねえか。額によっちゃ、話に乗らねえこともない」

「二百万まで、出せるよ」

「そりゃおまえ、どこかで二百って聞きつけて、言ってる額だろうが」

「逆だよ。二百なら、寄付予定の金にいくらか足せば、なんとか用意できる。それで、あんたに会わせて貰うことにした。ほんとは、半額取り立てりゃ、それぐらいでいい話だろう。だからはじめ、百万と言った。残りは、寄付できるってな」

「つまり、手持ちは？」

「百五十万だが、五十万ぐらいなら、なんとかできる」

「手付けで、二百万受け取ってやってもいい」

「寄付するのが、金持ちだと思ってるな、あんた。実は、金持ちで寄付する人間は少ない。そんなことをしないから、金持ちなのさ。俺は、いろいろ切りつめて、積立てた金が百五十万さ」

「信じられねえな」

「信じて貰えなくてもいい。俺がなぜ、三年に一度寄付しているか、その理由も言う気はない。とにかく、折り合えるんじゃないかと思って、会ってみたんだよ」

私は、腰をあげた。中井も立ちあがり、待てという仕草をした。その間に、辻村が割って入ってきた。

「もともと、おたくらの世界とは、無縁のところで生きてきている。今日、ここで会ったことも、記憶の中で消したいぐらいだ」

私は、ドアを開け、廊下に出た。

マスタングを走らせて、本牧のカフェまで行った。

辻村がやってきたのは、四十分ほど経ってからだ。

「背中が、まだ冷たいですよ」

「大人しいもんじゃないか」

「金の臭いを、敏感に嗅《か》ぎとりましたからね」

辻村は、これまで金の話など一切してこなかったのだろう。話すのも、N会の事務所だったという。

「で、どんな具合だ」

「しつこく、裕さんのことを訊かれました。うちのオーナー社長だ、と言っておきました。調べりゃわかることですから。金の方は、下げてきましたよ、浅ましく」

「半分にでも、下げたか?」

「まさしく。でも俺の勘じゃ、三百五十までで、三百に下げる気はない、と思います」

「いいだろう。少し時間をかけて、交渉してくれ」

「しかし、ほんとにいいんですか、裕さん。これまででも、出しすぎですよ」

「絵が売れた金は、できるだけ下らないことに遣いたい。五百でもいいようなもんだが、やくざを潤すというのが、業腹《ごうはら》だ」

「無茶してるわけじゃないのですよね？」

「俺の給料が、どれぐらいか知ってるだろう。気ままに暮して、お釣りがくるんだ。絵で、儲けようという気はない。第一、なぜ受けてるか、俺自身がわからん」

「そういうことなら、金が一番安全だとは思います。中井って野郎が下種《げす》で、そこがちょっとひっかかりますが」

「欲望の塊って顔をしてたな。あれも、人間の顔なんだろう。どこか、弱気なところもあるって気はしたが」

「まあ、よく見られてますよ」

辻村は、私の煙草に火をつけた。やはり、禁煙中らしい。この間、一本喫ったのは、気の迷いというやつなのか。

「俺が、勝手にやることだ。知っているのはおまえだけ、ということにしてくれるか？」

「そうします」

信治に話して、受け入れるようなことではなかった。気持さえも、傷つけてしまいかねない。私と辻村しか知らなかったら、なにもなかったのと同じことだ。

5

最後の部分に、さしかかっていた。

十一回目である。はじめて、ひと月以上が経過していた。響子の下腹から腰骨にかけて、何層もの赤い色が巻きついている。そこに、微妙に黒と、青の筋がある。

紛れもなく、私の絵だった。ただ、その全貌は、まだ見えていない。

下腹の方は、陰毛が少し邪魔になるので剃ったが、腰や尻や背中には、障碍《しょうがい》になるものはなにもなかった。

私はなにかに憑かれていたし、憑かれている自分を、よしともしていた。緊張は、はじめからまったく緩んでいない。爪の立たない、なんのひっかかりもない、硝子《ガラス》のような状態に私はなっていた。

のみは、どれほど遣ったかわからない。研ぐよりも、新しいものを、私は遣い続けた。筆先の、いやのみ先の感覚が、研ぐと変ってしまうのは、自分の腿で実証していた。

手は、自然に動く。動きが滞《とどこお》ることなど、一切なかった。

私の命が、ふるえていた。ここで生きている、と主張し続けていた。そして、キャンバスも生きていた。命と命が、絵になっているのだ、と私は思った。そういう思いも、ふるえの中で消えていく。

なにもない、無。そこで、命だけがふるえている。

かつてないほどに私は生き、同時にすべてを吐き出して、瀕死《ひんし》だった。

最後の、一点。三本針の細いのみで、彫った。

冷静だった。緊張していた。充分に生きていて、そして瀕死だった。

命のふるえは、収まっている。

「終った」

私は、短く言った。

かすかな声を、響子はあげた。

それから、シーツの上で、仰むけになった。響子のお茶を、私は口移しに飲ませた。

響子は眼を閉じ、じっとしている。

私は、道具を片づけた。のみもまとめて和紙に包み、絵具の皿は洗面所で洗った。絵具も、木箱に収《しま》った。

アラームが、いまごろ鳴りはじめた。私はそれを止め、葉巻を取り出した。響子が上体を起こす。

憶えているのは、そこまでだった。

闇だった。眼が醒めたのか、死んだのか、どちらなのかしばらく考えた。

「もうすぐ朝よ、冬さん。夜が明けるのが、めっきり遅くなってきた」

「眠ってたのか」

響子は、私の横に寝ていた。二人とも、服を着たままだ。

「死んでいく人みたいに、眠ってたよ。医者もどうしようもなく、眠るみたいに死んでいく人もいる」

「そうか」

手が、触れた。寝たまま、手を繋ぐような恰好になった。そして、また眠っていた。

眼醒めた時、外は明るくなっていた。手を放し、お互いに水を飲んだ。トイレに行った響子の、放尿の音を、私はぼんやり聞いていた。

「腹が減った」

私は、時計にちょっと眼をやった。

「南京街《なんきんまち》に、朝粥《あさがゆ》を食わせてくれる店がある。行ってみるか？」

「いいね。行ってみたい」

ホテルを出た。

歩いて、それほどの距離ではない。

「冬さん、すっかり自転車に乗らなくなったんじゃないの？」

「また、乗るさ。あれは、便利なんだ。酔っ払い運転もできるし」

朝粥の店は、いくつか席が空いていた。

「一週間後に、ホテルへ来る。それまで、冬さんに逢わない」

粥を啜《すす》りながら、響子が言う。

そのころ、瘡蓋はきれいに剝がれていて、私は絵の全貌を見ることができる。

「ホテルは、そのままにしておく」

「うん。あたしは診療のない日は、泊りに来るつもりだけど、食事なんかも、こっちでとることにするよ」

「わかった」

響子は、あの部屋に思い入れを持っただろう。そこで、私たちの絵を観たい、と考えているだろう。借りっ放しにしておけば、ほかの客は入らない。

「姿見の大きなやつを、入れておく」

「背中やお尻にも、描かれているからね。部屋にある鏡と、合わせれば後ろが観られる」

「一週間経つまで、俺はこのホテルに近づかん。食事は」

「それは、心配しないで」

遮るように、響子が言った。

「逢っておきたい人が、何人かいるの。このホテルに、別の部屋をとることにするわ。食事は、その人たちと一緒にする」

「わかった」

朝食を終えると、ホテルへ戻り、刺青の道具をひとつにまとめた。

曙町までマスタングを転がし、自宅のガレージに入れた。

刺青の道具を、もう一度遣うことは、多分、ないだろう。それでも、私は画材の抽出《ひきだ》しのひとつに、それを入れた。

携帯の電源を入れると、着信がいくつかあった。吉村のものは無視し、辻村にかけた。

「三百五十で、まとまりそうです。俺は、三百で粘ってるんですが、中井は三百五十まで降りてきています。現金を必要としているのが、はっきり見えますね」

「あと二、三日で、払ってやろう。金は、用意しておく」

午後になり、金を少しずつ出すのが面倒なので、私は一千万まとめておろしてきた。それは、袋に入れたまま、ベッドの下に放りこんだ。

スケッチには、出なくなった。スケッチをしなければならない、という気持は拭ったように消えていた。

絵というものも、私には非現実に思えてきた。これから先、まだ絵を描き続けるのかどうかわからないが、いまのところ、頭から飛んでしまっている。

夕方、定食屋でめしを食い、四軒の酒場を自転車で回った。

坂下の芝居は、成功でも失敗でもなかったらしい。要するに、知り合いとかが多くて、正規のチケットはあまり売れなかったみたいです。辻村はそう言って、苦笑していた。

逢っておきたい人が、何人かいる。私は、響子のその言葉を、しばしば思い浮かべた。誰と逢いたいのか、考えもしなかった。ただ言葉だけを、思い浮かべた。

長屋酒場に行くと、『花え』が満席で、『風の道』に入った。こちらも三人の客がいたが、私の座る場所はあった。

二度ばかり壁が叩かれ、そのたびに、加奈は冷蔵庫からなにか出して、持っていった。通信のやり方は、かなり複雑になっているらしい。

私は、カウンターの、煙草の焦げ跡を見つめながら、焼酎のお湯割りを飲んでいた。

加奈が戻ってきて、肥った躰を折り曲げて、カウンターに入っていった。

三人の客は、茶碗にサイコロを入れて、博奕を続けている。せいぜい、二千円、三千円が飛び交う程度の博奕なのだろうが、三人とも熱くなって、周囲のことは構わなくなっている。

「デッサンを、観てください」

私の前に立った加奈が、小声で言った。

「どこで、売れた?」

「売れてません。だからデッサンを観て欲しくて」

「売ってみろよ。どんな絵でもいいから、壁にかけたいという店も、あるだろう。曙町の、マッサージ店の個室でもいいぞ」

「命を賭けるというと大袈裟だけど、間違いなく青春は賭けてるんですよ、あたし」

「俺には、関係ないことだろう?」

「そうですよね。誰にも観て貰えないというのが、時々、すごくやりきれなくて」

そうなのだろうということはわかるが、耐えるしかないのだ。あるいは、狂うしかない。狂えば、やりきれなさなどとは無縁でいられるようになる。

私の煙草に、加奈が火をつけた。私は、カウンターの焦げ跡にまた眼をやった。

「一杯、いただいてもいいですか?」

「構わんよ。隣のおっかあは、いつも勝手に飲んでる」

加奈が、お湯割りに梅干を入れた。

私は煙草を消し、勘定を置いた。三人が、大声をあげている。茶碗に放りこむサイコロの音が、大きくなった。ほとんど叩きつけるように、投げこんでいる。

私が階段を降りても、加奈はついてきた。私は自転車のロックを解除した。

「おやすみなさい、先生」

加奈が、頭を下げる。

私は自転車を漕ぎ、自宅へむかった。酔うほどの酒も飲んでいないのに、ハンドルが時々覚束《おぼつか》なくなった。

家へ入ると、すぐにベッドに倒れこんだ。

翌日、正午ごろ、辻村から電話が入った。

「準備が、整ってます。まず、中井を部屋に入れます。硲さんはロビーにいて、俺が電話をしたら、来てください」

「わかった。三時だな」

昼めしを食う余裕はあった。私は車を出し、伊勢佐木町のはずれの蕎麦屋《そばや》で昼食を済ませてから、磯子のホテルにむかった。

三時を五、六分回ったところで、ロビーにいた私に電話が入った。

私はエレベーターで四階まで昇り、部屋へ行った。入口で、辻村が待っていた。

中井は、いかにも不満という表情を剝き出しにして、私を見あげてきた。背後に立っているのは、この間の男ではなかった。

「あんた、酒場を四軒も経営してるってのに、三百五十しか都合がつかないのか?」

「約束が違うな。この話は、流そう」

私は、踵を返そうとした。

「待てよ。世間話みてえなもんじゃねえか。確かに俺は、ひと言の文句も言わねえって、辻村さんには約束したよ」

「この金を、たやすく用意した、とは思わないでくれ。俺はこれから何年かは、NPOへの寄付もできなくなった」

包みを、テーブルに置いた。中井はすぐに手を出し、自分で数えはじめた。帯封をしたものまで、数えている。

葉巻を喫いながら、私は中井が三百五十枚を数え終えるのを待った。

中井が、下卑た笑みを洩らし、私に眼をむけた。

「確かに、あるよ」

「じゃ、あれだ、中井の親分」

辻村が言い、中井が封筒を差し出した。なんだかわからなかったが、私はそれをジャケットの内ポケットに入れた。

「やくざはな、奪れるものは、なんでも奪る。出すもんは、出さねえ。だけど、社長は気前がいい、と思うぜ」

一千万、と吹っかけたことなど、忘れたような口調だった。

「あんたらの世界とは、縁を持ちたくないね、もう。俺は、こんなことで金策に走るとは思わなかった。まあ、辻村がやっていることだ。辻村には、働いて返して貰う」

私は、部屋を出た。辻村はそのままついてきて、駐車場で私の車に乗った。

「苦労して集めた金だ、と中井は思ったでしょう。それがなんだと言われりゃ、そうですが。裕さんが持ってる封筒の中身、勿論領収証なんかじゃありません。ヒロミという女には、今後手を出さない、という念書みたいなもんです。ないより、あった方がましという程度でしょうが」

「醜悪さに、魅力を感じてしまうような男だったな」

「よしてくださいよ」

「なんでも、極端までいくと、すごいもんだ。奪るものはなんでも奪って、出すものは出さないか」

私は、車を山手を迂回する道にむけた。海岸通を避ける、という走り方だ。辻村はちらりと私を見たが、なにも言わなかった。

石川町で、辻村を降ろした。『サムディ』に用事があるらしい。あるいは、私と長く車に乗っているのが、苦痛なのかもしれない。

私が金を出すことを、なにがなんでも止めようとはしなかった。それが、気持にひっかかってしまうような男だ。

金のことはどうでもいいのだ、とはもう言わなかった。よく考えると、説得力のある言葉ではない。誰もが、金で苦労する。

私は不思議に、金で苦労した経験があまりなかったが、絵を高く売りつけようとはしてきた。金にこだわることで、逆に絵を売る後ろめたさのようなものを、押し隠そうとしていたのかもしれない。

最初に絵を買ったのは響子だが、私の絵が売りものになると考えたことは、一度もなかった。商売人になり、売れるものは高く売ってしまおうとするのは、奪れるものはなんでも奪るという、中井にどこか似ているかもしれない。

家へ帰り、料理にとりかかろうとしていた時、吉村から電話が入った。用事が山積しているので、会いに来るという。

私の方から、東京へ行くと言った。

電車に乗って浜松町《はままつちょう》まで行き、そこからタクシーで、南麻布《みなみあざぶ》の指定された店へ行った。横浜のタクシーは、東京の細かい道までわからないドライバーが多い。カーナビなど付けているが、一本間違って一方通行に捕まると、かなり走らなければ、抜けられないことも少なくない。

フレンチ・レストランで、吉村は結構高いワインを註文した。食事をしながら、私は自分が作ろうとしていた料理のことを考えた。吉村の用事は、吉村にとって大事なことで、私にはどうでもいいものばかりだった。

フレンチ・レストランなのに、葉巻を喫えないことに私は腹を立て、食後酒はやめて知っているバーへ行った。

響子と、時々行っていた店だ。私の連れが吉村でも、バーテンは表情を変えなかった。

私は、マールを飲み続けた。いずれ、そう遠くない日に、私はここでマールやグラッパを飲み続け、泥酔するのだろうか、と何度か考えた。

帰りは、タクシーに乗った。

横浜ならば、道を間違えることはない。

眼醒《めざ》めたのはベッドで、私はちゃんとパジャマを着ていた。

そんなふうにして、一週間が過ぎた。

私は響子に電話をし、海岸通のホテルへ行った。

響子は、バスローブを着て、部屋にいた。

「どうだった?」

「そんな。慎重な処置をしただけで、よく観てはいないわ」

送りつけていた姿見は、部屋に運びこまれていた。

私はそれを、部屋の壁に取り付けてある鏡と、むき合うように置いた。

「友だちとは、逢えたのか?」

「逢いたい人とは」

「そうか」

それ以上、私はなにも言えなかった。

「これで、冬さんの呪縛《じゅばく》は、解けると思うよ」

「迷惑だったか?」

「なに言ってるの。二十二年間も、冬さんの絵に付き合ってきたのよ。冬さんは、ここに到達した。到達したところが、冬さんの出発点だね。これからは、本来的な意味での絵を、描けるはずよ」

「難しいことは、言うな。俺はいま、新しい絵を描こうなんて気持は、微塵もないんだ」

「あたしは、嬉しかったよ。幸福だったとも思う。二十二年前に、道端で冬さんの絵を観た時から、あたしは幸福だった。曖昧で、なんとなくいいなと思うような幸福じゃなく、女として、痛いような幸福だった。こんな女は、いないと思う。どこを捜したって、いないね。自分でわかるけど、あたしはごく普通の女だよ」

「そうだよな、俺以外にとっては」

「なんで、こんな幸福なまま、贅沢に死なせてくれるの？」

「贅沢？」

「あたしの躰の絵、あたしと一緒に、消えてしまうんだよね」

「消えるよ。だから俺は、美しいという言葉さえ遣えると思う」

「画家が、美しいなんて言うんだ」

「その絵についてだけは」

「そうか、美しい絵か。裕冬樹、ほんとうに美しいかどうか、よく観てみろ」

響子が、バスローブを脱ぎ捨て、鏡の前に立った。

私の絵。なにかが、私に襲いかかってきた。自分が描いた絵に、私は戦《おのの》いている。私の思い。

響子への思い。それは、実在の響子への思いではなかった、という気がした。響子は、私にとって、具象ではなく、抽象だった。

私は、自ら刻みこんだ色の中に、引きこまれていた。全身が、痙攣した。この色。この世界。この哀しみ。

生きることは、哀しい。言葉で思ったのではない。自分の中に残っている、唯一のきれいなもの。それを描くと、これほどに哀しいのか。

形容しようがない感覚が、私を襲い、包みこんだ。

気を失っていたのかもしれない。

眼を開くと、バスローブをまとった響子が、私を見つめていた。

「ただひとつ残念なのは、それがあたしの膣《ちつ》の中ではなかった、ということ。でも、画家なんだから、許してあげる」

私は、自分が射精していることに気づいた。あらゆる快感を表わす言葉を総動員しても、私を襲った感覚を、表現することはできない。こんな女が、私の人生にいたのか。そう思っただけだ。

響子が、私になにかを手渡した。それが、まだパッケージされたままのブリーフであると気づいた時、私はようやく現実に戻りはじめていた。

パッケージを持って、バスルームに入った。夥《おびただ》しい、精液の量だった。私はシャワーを使い、陰毛に絡みついた精液を、洗い落とした。

響子は、私がバスルームから出た時、すでに服を着ていた。女医と言えば頷けるような、地味なスーツだ。

「腹が減ってるんだよ、冬さん」

響子が言った。任せておけ、と私は答えた。

第五章　水色の牙

1

私の日常は、もとに戻った。

いや、違うところは、多くある。スケッチブックを持って自転車で走り回っても、なにかを描こうという意欲は、まるで湧いてこなかった。

私の眼には、人々の服装が変り、街路樹の葉が枯れた色になり、落葉が多くなったのまで、しっかり見えていた。

路地に入ると、小さなものも見た。わずかに欠けた塀《へい》のブロック。窓硝子のむこうの、カーテンの色。擦れ違った男の髭に混じっている、数本の白髪。捨てられたペットボトル。敷石の間に生えている雑草。

それでも私は、なにをスケッチしようとも思わないのだった。

私は家に帰り、いつもより少し念を入れて料理を作り、鍋の火を落としてから、夕食に出かける。私の煮こみの料理は、数度、熱を加えながら、最低二日間は寝かせる。作ってすぐに食う、というわけではないのだ。

回る食いもの屋の順番も、ほぼ以前と同じようになっていた。

店の巡回も同じで、最後には『花え』に寄る。酔ってベッドに入るのだが、まどろんだだけで朝を迎えることもあった。

家の中の、細かい汚れが気になった。棚の上の埃《ほこり》、置いている物の、下の汚れ。バスルームのくすみ。

午前中、私は憑かれたように、掃除をした。画材もきちんと整理し、筆を洗い直し、パレットの表面の、乾いてかたまった絵具は、削り落とした。なにからなにまできれいにすると、窓の硝子を磨き、屋根に登って天窓も水をかけながら洗った。

家だけではあき足らず、車を洗剤で洗い、ワックスをかけて磨きあげた。

自分が画家だという意識は、次第に稀薄《きはく》になっていた。人間のかたちをした、ただの浮遊体だ、と自分のことを感じることもあった。

家に籠《こも》っているのではない。よく人に会って、言葉を交わし、それでも自分が喋っているのではないような、すべてが遠い感覚に襲われた。

性欲だけは、なぜか募っていた。

三日に一度、たき子を抱いた。交合をはじめると、私の感覚は現実から遠くなり、いつまでも果てることがなかった。

たき子がベッドボードに箸を置いているので、私は交合中に刺青を彫る真似《まね》をする。いまのところ真似だが、いずれたき子は、背中に女郎蜘蛛を彫ってくれと言い出すだろう。そして私は冷めた気分で、リアルな女郎蜘蛛を、大きく彫るかもしれない。巣を張っていて、それは濡れて陽を浴びたように輝き、そのむこうに樹木がある。

そんなものが、細かく私の頭に浮かんだが、絵だとは思えなかった。

たき子は、私の腿や臑の刺青の稽古の痕《あと》を、しばしばいとおしそうに撫《な》で、舐める。自分に彫るために、そうやって稽古をした、と思っているようだ。

私は、脱けようのない混濁に落ちこんでしまいそうだった。そこに甘美なものはなかったが、苦しいものもなかった。

川野が、弁天通のクラブの支配人になった、という話を辻村がした。川野商店と、併設して持っていたかなり広い駐車場は、持主が替ったのだという。

川野商店が、なにを扱っていた会社なのか知る前に、なくなってしまった。それは、商店主の間でちょっとだけ話題になり、すでに忘れられかけているという。

自転車を漕いでいると、携帯がふるえた。

私は、自転車を停めて、着信を見た。響子からだった。

しかし、聞えてきたのは、男の声だった。

「遠藤《えんどう》と申します。遠藤響子の夫です」

私は、眼を閉じた。

「響子が、亡くなりました。電話には、硲先生の番号だけ残っていました」

「そうですか」

「直接、お目にかかって、お話ししたいと思うのですが、横浜にうかがってもよろしいでしょうか?」

明日と遠藤が言ったので、私は時間と場所を告げた。

私は家へ帰り、ひとりで煙草を喫った。

寝かせてあるシチューに熱を入れ、少量を皿にとると、パンで食った。

気づくと、外も家の中も、暗くなっていた。明りをつけ、私はひとりで酒を飲みはじめた。

ソファで、眠っていた。いや、ほんとうに眠っていたのだろうか。夜は、もう明けている。

私はシャワーを使い、髭を当たった。

また寝かせてあるシチューに熱を入れ、ブランチに少し食った。

それから着替えをして、車を出した。

山手に、小さなカフェがある。

入っていくと、男が立ちあがった。

「説明がよかったんでしょう。迷わずに、ここまで来られました」

挨拶が済むと、遠藤がかすかに微笑んで言った。

「四日前です。診療所の方は閉めて、私の病院にいる、というかたちをとっていました。入院してです。カルテは、響子が言う通りに、私が作りました。苦しまず、やつれず、普段のままの響子で、死にましたよ。意識を失って、一時間ぐらいですかね。延命措置は生前に拒絶の文書を書いていましたので、眠るように死んでいくのを、私とあと二人の医師と、看護師たちが見守っていただけです」

「眠るように、病院で」

「なんら不審なものを残さず、響子は自分の命を消していきました。医師でしたからね。これ以上のことは、なにも言えません」

遠藤の言葉から伝わってくるニュアンスだけを、私は心に刻みこんでいた。

「納棺までのことは、夫である私が、すべてひとりでやりました。そうしてくれ、と言っていましたのでね」

「絵を、御覧になりましたね」

「観ました。死んでなお、息を呑むような美しさでした。私は、正直、嫉妬しました」

「私は」

「硲先生と響子の間に、関係がなかったことは、知っています。二十二年前、気紛れで買ったという絵を、しみじみと観た時から、響子の気持もわかっていました。持続しましたよね。私のような俗物には、とても想像ができないほどの、持続でした」

なんと言っていいかわからず、私は煙草を喫っていいか、と訊いた。御遠慮なく、と遠藤は言った。

「羊水《ようすい》のようなものかな。それとも、宇宙かな。二人で持っていたものの中にはそれがあって、二十二年間で少しずつ育ち、そして生まれ出てきたのが、あの絵です。私は、そう思いました」

「衝動です。衝動で、あれを描きたくなったのだろうと思います」

「陣痛ですね、その衝動は」

私は、黙っているしかなかった。言葉が、ただ言葉にすぎないから、私はあの絵を描いたに違いないのだ。

「響子は、あの絵を大事にしたのでしょう。躰の衰えが来る前に、一緒に消えていこうとしたのだと思います。硲先生にとって、それは残酷なことでしたか?」

「いや、彼女も私も、覚悟していたことです」

「一瞬の、人の人生にとっては、ほんの一瞬にすぎないけれど、光を放った、と思います。鮮烈な光をね。そういう絵でした」

遠藤が、膝の上で両手を組み合わせた。

「二日前に、荼毘《だび》に付しました。あの絵は、もうありません。それから響子をデッサンした、スケッチブックも、一緒に」

消えたのだ。絵とともに、響子も消えた。

「私のところにある、二枚の硲先生の絵は、私が所有していくことにします。二十二年前と、いまの絵なのですね」

「そういうことに、なります」

遠藤は淋しそうに微笑み、カフェオレを口に運んだ。丸顔に眼鏡をかけた、中肉中背の特徴のない男。額は、禿《は》げあがっている。

遠藤の外見が、はじめて私の眼に入ってきた。

「濃密なデッサンののちに、抽象に昇華されるのですね、硲先生の絵は。抽象でなければ描き得なかった理由は、あるのですか？」

「ある意味、彼女は私にとって、非現実でしたから」

遠藤が、私を見つめてくる。

「不幸と言うのかな、かわいそうと言うのかな。響子は、最後のところまで、生身であって、生身ではなかった、ということになりませんか？」

「遠藤さんという方が、おられた」

「私のことなど、どうでもいいのです。救うことさえ、できはしなかったのですから。しかし響子は、最後のあの絵で、救われたと思います。しかも、その絵とともに消えていくことができた」

それがなぜ救いになるのか、私にはわからなかった。救いなどということについて、私は考えたことがない。

医師であった響子の話をしばらくしてから、遠藤は腰をあげ、遠慮がちに右手を出した。私はそれを、軽く握り返した。

遠藤と会ったあと、いや響子の死を知った時から、私は混濁から抜け出したようだった。

その日も、私は店の巡回をし、あろうことか、『アイズ』ではカウンターに入り、バースプーンを遣ったりもしたのだ。

最後に回った『いちぐう』では、私がカウンターに入ったという連絡が、辻村には入ってい
た。

「なにがあったんですか。カウンターに入るの、川崎の店以来じゃないんですか?」

「たまには、いいだろう」

「まあ、悪いことだとは思いませんが」

「焼酎のお湯割りを作る稽古を、ずっと続けてきた」

「その腕が、生きたんですか?」

「お湯割りというのは、それなりに難しいんだ、辻村」

「そうですかねえ」

「焼酎だけ出す店を、作ってもいい、と思ってる。野毛にだ」

「そりゃ、受けるかもしれません。焼酎に合う、古びた家が見つかりゃいけます」

「なにを言ってる。ほとんど近未来的と言っていいような、カフェバーを、いや焼酎バーを作
る。全国の焼酎を、集めるのさ」

「なんだか、冴えてますね、裕さん」

「この店だって、虚構だろう。虚構なら、思い切ってはったりをかませばいい」

蓄音機が、ひどい音を出している。それがいい、と喜ぶ客もいる。辻村が手に入れた古いレコ
ードは、もともとここにあったもののごとく、どこからでも見えるように置いてある。

私の高揚は、息を弾ませるほどではなく、無自覚なほど低くもなかった。

つまりは、響子を失ったのだ。絵のモチーフを失ったことでもあった。心の中で生きている。記憶の中にある。そんな言い方は、いくらでもできた。しかし、スケッチ一枚、描きたいとは思わなくなった。

燃え尽きていないのは、絵に注いでいた生の力を、別の方にむけようとしはじめていることでも、はっきりと自覚できた。

いつものように『花え』に寄り、自宅へ戻った。

次の日も、その次の日も同じで、午後に自転車で走り回るのをやめ、筋力を鍛えるトレーニングに変えた。自転車は、夜の店の巡回だけである。

こまめに、料理を作った。寝かせることで味が深くなる、煮こみがほとんどだったが、モツやジビエまで、手を出そうかと私は考えはじめていた。

秋が、深まっている。

私は元町《もとまち》へ行って、ジャケットを数着と、革ジャンパーを買った。革ジャンパーは、イタリア製の洒落《しゃれ》た代物《しろもの》で、それに合うジーンズやブーツを揃えた。

自転車だけが、私に不似合いだった。

「仏頂面《ぶっちょうづら》で、酒を出しているんじゃあるまいな」

その夜も、私は『いちぐう』のカウンターに入っていて、そばにいた坂下に言った。

「そんな。控え目に、失礼な出し方にもならないように、きちんと出しているつもりですよ。辻村さんに、ずいぶんと言われましたから。笑ったりはしませんが」

信治は、よく笑うバーテンだった。出過ぎた笑いをした時だけ、辻村に叱られていた。おおむね、その笑顔は客に好感を持たれていた。辻村が育てたバーテンの中では、変ったタイプだったが、私にも辻村にも真似のできないなにかを持って、カウンターに立っていた。

坂下は、行儀のいいバーテンになりつつある。

「店でのおまえは、まあいいだろう。俺が言ってるのは、そんな芝居をしていないか、ということだ」

「芝居、ですか？」

「酒を一杯出す。仏頂面で、なにか考えながら、出す。酒は、その分、うまくなくなるさ。客は、どんな飲み方をしてもいい。出す方は、すべてを測りながら、気持をこめて出す。芝居の台詞だって、いや芝居そのものだって、そんなものだろう。カウンターにいても、芝居の勉強はできるんじゃないのか？」

カウンターに、客はいなかった。終電の時間帯だ。

「びっくりしました」

「まあ、素人が言うことだ」

「芝居と仕事を、そんなふうに結びつけて、考えたことはありませんよ。いや、びっくりしました。なにか、本質的なことを、聞いたような気がします」

「そんな、大袈裟なもんじゃないさ。ふと、そう思っただけだ」

「考えてみます。本気で、考えてみますよ」

「そう本気になられても、困る」

「一度、観ていただきたいです、社長に」

「辻村みたいに、俺はやさしくない。座っていて、ケツが痛くなったら、すぐに立って出ていくぜ」

「つまり、ケツの痛さを感じない芝居をやれ、と言われているんですよね」

「観ている人間は、ひとりだ。観客が千人いようと、ひとりだ。千人の観客は、そのひとりが千並んでいる、ということだろうと思うな。わかりにくい言い方で、すまん。千人に芝居を観せるんじゃなく、ひとりに観せる。表現というのは、そんなもんだ、という気がする」

「そうでしょうか？」

「千人いれば、千通りの孤独がある。それが、おまえの孤独と感応したくて待っている。そんなもんじゃないのか？」

「考えます。考えてみます。社長に、そんなことを言われるなんて、思ってもいませんでした。なんか、この店に勤めて、よかったと思います。いつも、酒を間に置いて、人と接してなきゃならない仕事ですよね」

「あまり、気にするな。俺は、芝居のことなんか、なにもわかっちゃいないんだから」

客が二人入ってきて、カウンターに座った。坂下が、前に立った。

私はカウンターから出て、裏口のドアノブに手をかけた。

「どうしたんですか。いまの坂下への説教、なんか説得力がありましたよ」

「ふと言ってみた。それだけのことだよ、辻村」

「俺も、そんなことを、ふと言ってみたいですよ」

私は外へ出て、ボータイを引き抜き、マフラーをしてジャケットを着こんだ。ジャケットの下にマフラーがないと、自転車では風に靡《なび》いて邪魔なのだ。

「おやすみなさい」

通りに出てきて、辻村が頭を下げた。

おやすみなさい、という言葉だけは、なぜか私は苦手だった。

2

加奈ひとりだった。

この長屋酒場のそれぞれの店は、混んでいる時とそうでない時が、極端だった。せいぜい五、六人を収容できる、という店の規模のせいかもしれない。『花え』が満席で、『風の道』に来たのだ。

「寒くなりましたね。自転車で、大丈夫ですか?」

「なにが?」

「風が、身に沁《し》みるだろうな、と思いまして」

加奈がお湯割りを作り、梅干のパックを持ちあげ、入れるかどうか眼で訊いてきた。私は頷いた。梅干が、この店の流儀なのだ。

「世間の風は、夏でも身に沁みる」

「硲さん、変りましたよね。ファッションなんかもそうだけど、なにか別のところで、大きく変った、という気もします」

「おまえもな。男とは、適当にやっているか？」

「適当なんてもんじゃないです。いままでのマイナスを、取り戻してやります。肥った女が好みという男が、意外に少なくないことがわかりました」

「それは、いい傾向だ」

「でも、硲さんに犯された時の、男が躰の中に入ってきた、という感じが、あんまりないんですよね」

「俺は、処女のおまえを、犯したのか？」

「あれって、慈善事業だったんですか？」

「いまとなっては、わからんな。荒っぽかったのか？」

「処女を破るのに、細心だったと思います。あんなふうに処女を抜かれて、あたしは運がよかった、という気もしています。若い男だったら、セックスを拒絶するようになっていたかもしれません」

「それじゃ、慈善事業だったんだな」

「その相手が、裕先生だということが、あたしにとっては大きな問題なんですよね」

「大した画家じゃない」

「大変な、画家であられます。あたしにとって、それが幸運だったのか、不運だったのか、いまだにわからないんですよね」

私は、焼酎を口に入れた。焼酎という酒が、いつからか好きになっていた。酒なら、どんなものでも飲む。どこか、ウイスキーに似ていた。考えてみると、製法は大きく変りはしないのだ。瓶で寝かせるか、樽で寝かせるか。穀物から作った蒸溜《じょうりゅう》酒は、それによって、焼酎になるかウイスキーになるか決まる。酒場の経営者としての私の知識では、そうだった。

そんな知識まで、私は加奈に披瀝《ひれき》したくなっている。つまり、日々、俗物になっている、ということだ。

「まだ、画家になりたいのか？」

「あたしの気持の中では、当たり前なんです。志《こころざし》に、疑問を感じたことはありません。でも、技倆《ぎりょう》と才能が伴っているかどうかは、自信が持てなくなる時があります」

私は、二杯目のお湯割りを、自分で作った。二杯まで、梅干は替えない。それも、この店のやり方だった。

私は、カウンター越しに、加奈の乳房に手をのばした。しばらく、揉んでいた。

「おい、スケッチブックを、出してみろ」

「えっ？」

「乳揉み代は、払うしかないだろう」

「あたしのデッサンを、観ていただけるんですか？」

「客がいない時は、オナニーみたいに、つまらんデッサンをやっているんだろうな。見せてみろ。おまえのオナニーを、すぐそばで覗きこんでやるよ」

「ほんとに、観ていただけるんですね」

私の下品な言い方を意に介した様子もなく、加奈はカウンターの中でしゃがみこみ、スケッチブックを出した。

それから、方々に躰をぶっつけながらカウンターを出てくると、ドアの外になにか出し、鍵をかけた。クローズドの札を出したのだろう、と私は思った。それがドアにかかっているのを、私は見たことがないが、店の隅に、邪魔物のように置いてあるのは知っていた。

私は、スケッチブックの、丁寧な素描《デッサン》を眺めはじめた。すべて、店にあるものを描いている。三十頁《ページ》はあるスケッチブックの、すべてがそうだった。白いままのものは、四枚あるだけだ。

「おい、セーターを脱いで、ブラジャーもはずせ。さっさとやれ」

加奈が、素速くセーターを脱ぎ、ブラジャーもはずした。

「木炭。二の腕で乳を挟んで、腕で下から持ちあげるようにしろ。髪はもっと乱せ。右手に煙草。斜めになって、俺の方を見つめろ」

私は、スケッチブックに、木炭を走らせた。精密なスケッチは省略し、そこそこのディフォルメを施した。画用紙に、男をそそろうとしている、半裸の女が出てきた。眼差しは、妖しい光を放っている。
　四、五分のものだった。
「着ていいぞ」

　スケッチブックをカウンターに置き、私はお湯割りを口に運んだ。

「なんでなんですか？」

　ブラジャーはせず、そのままセーターを首から被って、加奈が言った。

「娼婦じゃ、いやか。ま、典型的だが」

　久しぶりに、木炭を遣った。なんの抵抗もなかった。木炭は流れるように動き、ひとりの女を写し出した。

　女の気配が漂い出している、いい素描《デッサン》になっていた。いい絵は、まだ描けるのだ。ふるえる絵が、多分、描けない。

「自分が娼婦の姿になってると、いやな気分か？」

「そんなことじゃないんです。あたしのデッサンと、根本的に違います。どうして、こんなのが描けるんですか？」

「デッサンは技術という意見もある。技術は修練すれば、あるところまで誰でもいく。デッサンは、絵における自己表現の、第一段階だと、俺は思っている。おまえ、美大で勉強したようだが、技術が邪魔をするようになっているな」

　以前の私なら、こんなことを言うはずもなかった。いや、素描を見ない。

私は、通俗的でありたかった。通俗の中にこそ、普遍性がある、と思いたかった。それだと、また絵を描けるかもしれない。

商売にいくら精を出そうと、心の底のどこかでは、絵を描きたがっている。絵でないものを、捜そうともしている。

焼酎のボトルをスケッチしたものが、一枚あった。

私は木炭を二つに折り、横にして三度、画用紙に走らせた。それから、点をひとつ描いた。

「ボトルだ。あたしのよりずっとボトルらしくて、カウンターまで描かれている」

加奈が、呟いた。

「カウンターは、描いてない。いつも気になっている、煙草の焦げ跡だけを描いた」

「それでも、カウンターになってます」

「俺にとって、カウンターはこの焦げ跡なんだよ」

加奈が、うつむいた。

「おまえは、若い。自分を好きになれる瞬間が、あるはずだ」

「考えてみます。考えても考えてもわからないだろうけど、考えることしかできません」

「あとは、ひとりで描けよ、加奈。見る人間もひとり。それでいいんだ」

「このデッサン、いただいていいんですか？」

「落書きだ」

なぜ、こんな場所で描く気になったのか。加奈の素描が、ひたむきだった。それが、私になにかを思い出させたのかもしれない。

「処女である時間が、長すぎた。そのあたりを、破るしかないな。技倆はのびるだろう」

「処女が、絵に関係あるんですか?」

「処女である自分を、無意識に隠そうとしてきた。絵は、ボトルであろうが風景であろうが、モチーフを通して自分を描くことだ、と俺は思ってる。説教は、ここで終りだ。梅干を替えてくれ」

加奈は、黙って三杯目のお湯割りを作った。

飲み終え外に出ると、風が、冷たくなっていた。特に、深夜はそうだ。家まで、風に抗《あらが》うように自転車を漕いだ。

私はシャワーを使うと、コニャックを飲みはじめた。

三杯飲んだところで、眠ってもいいかな、と思った。

一日を、忙しく、決めた通りに過す。

私の生活は、日を追うごとに、きちんとしてきた。一日の最後に、長屋酒場で飲むのも、ごく普通の酒呑みだった。

説教の癖は、どこへ行っても抜けない。特に自分のところで働いている人間には、ひと晩で、ひとつか二つの説教をした。

時々、視界が白黒になる。いや色はあるのだが、そう感じる。

電話が、ふるえていた。

まだ、朝六時前だった。この季節になると、六時でも暗い。

辻村だった。

「信治が、死にました。殺されました。俺が、身許《みもと》の保証人なんかになってたんで、確認に呼ばれました。間違いありません。朝、監察医が出てきたら、司法解剖《しほうかいぼう》に回されるそうです」

「いまはまだ、霊安室だな」

私は飛び起き、車を出して、言われた警察署へ走りこんだ。霊安室は、地下にあった。

「なんだ、これは。どういうことだ?」

私は、かけられている布を取った。当直の警官が止めようとしたが、その前に見るべきものは、すべて見た。

外に出された。司法解剖が終るまで、触れることは許されないと、しつこく叱責《しっせき》を受けた。その間も、私は信治の屍体を思い浮かべていた。

信治の躰の衣服はとられていたので、どこをやられているか、よくわかった。腹と胸を刺され、顔を斬られ、棒かなにかで殴られたような腫れも、方々にあった。背中も、多分刺されているだろう。

左の拳が、異様に腫れあがっていた。それは、信治の武器だった、ということになるのか。

「ヒロミは、どうした?」

「ずっと、連絡がつかないんですよ」

「なにがあったのか、調べろ、辻村。警察とは別にだ」

「わかりました」

「行こうか」

「信治が、ひとりになっちまいますが」

「死んだら、誰だってひとりさ」

朝の街に出た。

駅にむかう、人の列。京急の日ノ出町の駅で、辻村を降ろした。南太田までは、電車で行った方が、ずっと早いだろう。道も、混みはじめていた。

私は、家へ戻った。

動揺は、していなかった。いずれこんなことになる、とも思っていなかった。人は、いずれ死ぬ。早いか遅いか。病や事故か、殺されるか。そういうことだ。

私は朝食用のサラダを作り、胡麻油《ごまあぶら》と醤油と芥子《からし》のドレッシングをかけた。パンと卵とサラダを食い終えたころ、辻村から連絡が入った。

「ヒロミは、三日ばかり前から、姿が見えないそうです。きのうの夕方、すごい勢いで信治が部屋を飛び出していくのを、隣人が見ています」

「ヒロミに関わることだろうな」

「それについちゃ、心当たりがないわけでもないんで、もう少し時間を貰えたら」

「待ってるよ」

信治の遺体は、夕方返されることになっているらしい。引き取りにいく辻村と、私は同行することにした。

夕方近くまで連絡はなく、私は遺体を引き取る辻村と、警察署で会った。

「一応、今夜はアパートに戻し、明日、火葬場で坊主に経をあげて貰って、骨にします」

「ヒロミは？」

「もうしばらくしたら、はっきりしますんで、待ってください」

手続きなどは、もう済んでいるようだ。私は自分の車で、辻村は業者の車に棺と一緒に乗り、信治のアパートまで行った。

数日前からヒロミがいなくなったせいか、部屋はいくらか散らかっていた。棺を置き、業者はそそくさと帰っていった。

業者が置いていった線香立てで、線香を焚《た》いた。

辻村の電話が鳴った。しばらく、短い返事だけをしていた。それから、ヒロミ、と声をあげた。

「おまえ、三百五十万を、返すつもりだったのか？」

かすかに首を振りながら、辻村が言う。

「そいつが、言ったんだな。父さんは、金なんか出しちゃいない。嘘を言われたんだ。帰ってこい」

辻村の口調が、強くなった。

「逃げられないのか。監禁されているんだな。えっ、閉じこめられてるのか」

しばらく、やり取りを続けていた。

「信治が、死んだ。きのうの夜、殺された」

辻村が、うつむいた。携帯を握る手に、力が籠められているのが、見ていてわかった。苛立ちが、全身を包んでいる。

「死んだって、言ってるだろう。電話に出せるわけないだろう。ここにいる。死んだ信治が、いまここにいるよ」

辻村の躰が、ぴくりと動いた。

「なにが嘘だ。いい加減にしろ。明日、骨にする。焼くんだよ。そう、火葬場」

電話の相手が、代ったようだった。

「わかった。落ち着かせてくれ。おまえは、女を落ち着かせて、帰ってくるだけでいい」

辻村は電話を切り、しばらくうつむいていた。それから、棺桶の中の信治の顔を覗きこんだ。

遺体には、服がかけられているが、花ひとつ入っていなかった。

「信治がそばにいなかったら、おまえのせいで信治は死んだ、と言っちまうところでした。ヒロミの馬鹿さ加減に、俺はつき合いきれませんよ」

「その馬鹿なところに、信治は惚れていたんじゃないか。もう、言うな」

辻村が、頷いた。また、信治の顔を覗きこんでいる。

ヒロミが、ある場所で客を取っているという情報を、辻村はすぐに摑んだようだった。

かわいがっている若い者が何人かいて、ヒロミの顔を知っている青年を、客として送りこんだという。ヒロミは、電話などは取りあげられている。その青年が、ヒロミと個室に入ってから、自分の携帯で電話をしてきたのだ。

ヒロミは、自分からそこへ行って身を売りはじめた。マウスジョブやフィンガージョブでなく、いわゆる本番で身を売るので、結構な金にはなるらしい。

「耳打ちした野郎が、いるんですよ。知らせてきたのが戻ってきたら、もう一度詳しく訊いてみますが、N会の中井のとこの若い者です。裕さんが、三百五十万で、ヒロミを保護したって、耳打ちしやがった。ヒロミは、信じなかったみたいですが、N会はヒロミに手を出さない、という念書のコピーを見せられて、信用したんです。そんなことをするのは、中井の指図があったんでしょう」

私が煙草に火をつけると、辻村も手を出してきた。

「信治は、裕さんに出して貰った百万が、一生かかっても返しきれない恩だ、と感じてたんです。ヒロミにも、そう言ってました。その上、三百五十万となりゃ、ヒロミは深刻に考えたんだと思います。自分が行けば、その三百五十万を、中井は裕さんに返すとでも考えたんですかね」

多分、考えたのだろう、と私は思った。そして信治には、なにも言わず、中井のところへ行ったのだろう。二日か三日して、ヒロミが中井のところへいるのを信治が知り、取り返しに行った。

そんなところだろう。二人の馬鹿が、馬鹿なりに動いた。

「三百五十万は、信治やヒロミには、絶対わからないようにしてたんですがね。知ったら、身の置きどころもなくなるでしょうから」

　辻村は、続けざまに煙を吐いた。

「まさか、中井がそういうかたちで、また手を出してくるとはね。文句をつけても、ヒロミが自分で来たってことにしかならない。まったく、やくざってやつは。奪るものは、なんでも奪るって言ってましたが」

「俺たちが、甘かったんだろう。金さえ出せば、終りだって考えてたんだからな。甘いから、ヒロミの性格につけこまれた。だけど、やつら、どこでヒロミの性格を」

「そうか。身ぐるみ剝がされた恰好で、三田村のところから放り出された川野は、N会系がやってる弁天通のクラブの、マネージャーですよ」

「じゃ、川野に復讐され、N会にはいいようにされたってことだな」

「証拠は、なにもないんですけどね」

「とにかく、やくざか。川野は、N会に引っ張りこまれたようなもんだろう」

「くやしいな。手も足も出せないっての」

　このまま黙っていれば、それですべてが終りだろう。

　煙草を消した辻村が、また信治の顔を覗きこんだ。

「できの悪い弟、だったんですかね」

　呟くように、辻村が言った。

　電話が入り、辻村は一度出ていった。

私は、信治を覗きこんだ。できが悪い、とは思わなかった。最後まで、全身でヒロミを愛した。結局、命を賭けて、愛したのだ。

「誰も、おまえの真似はできなかったさ」

私は、信治に言った。線香が短くなっていたので、一本足した。セットになっているのか、細い蠟燭《ろうそく》もひと箱ある。その炎が、時々揺れた。

「コンビニで。こんなものしかなかったですが」

戻ってきた辻村が、袋を床に置いた。サンドイッチとコーヒー牛乳のパックだった。

「いま、ヒロミと会ってきたやつと話したんですが、新しいことは別にありませんでした。ヒロミは、スペイン系が入ってるんで、フィリピン人にしては肌が白くて、人気が出そうなんだそうです。携帯とパスポートは、取りあげられてますね」

ヒロミをどうにかしようという気は、私にはなかった。私たちの価値観とは違うところで、生きている。それが理解できたのは、信治だけだった。

「しかし、頭に来ることばかりですよ」

「なにが?」

「NPOの幹部は、すっかり腰が引けて、信治はすでにNPOと関係なくなっている、と警察には言ったらしいです。俺も、正式に加わっていた、というわけじゃないですしね。いい顔してるだけなんだろうな」

「まるで、世間ってやつが、そこにあるんだろうよ。俺やおまえは、ちょっと浮世離《うきよばな》れしてた。

まともだったのは、信治だけさ」

「馬鹿じゃねえと、あそこまでやれませんよね」

私と辻村は、サンドイッチを分け合って食べた。

それから壁に寄りかかって、信治を見続けていた。そうやって朝を待つしか、方法はなかった。

朝になると、私は辻村と、棺桶に蓋をした。蓋についている小窓も開けず、時間通りにやってきた、業者の車に乗せた。

火葬場では坊主が待っていて、戒名《かいみょう》をどうするかと訊かれた。俗名のままでいい、と私は言った。白木の位牌《いはい》に岩井信治と書かれ、あげられた経は、十分ほどで終った。

喪服さえ着ていない私たちは、外に設けられた喫煙所で、焼きあがるのを待った。

3

私はまた、毎日午後は、自転車を漕ぐようになった。ただ、いろいろな場所を、走り回ったわけではない。

野毛町の北側まで、丘を迂回して出かけていった。

そこに、N会の事務所がある。古いビルの二階がそうで、エレベーターはなく、階段を使っているようだ。

ただ、中井の白いベンツは、それだけが別のもののように、磨きあげられて停っていた。若い衆がひとり運転手でついていて、暇があると磨いているようだった。

毎日方向を変えて、人の出入りを見張っていた。一度だけ、川野が入っていくのが見えた。私が行く時間には、大抵ベンツは停っていたが、いない時でも、夕方になると帰ってきた。

「なにをしてるんですか、裕さん？」

見張っている時に、後ろから声をかけられた。辻村は、煙草をくわえている。条例で、歩きながら煙草を喫うことは禁じられたが、平然と煙を吐き出した。

「あそこ、N会の事務所じゃないですか」

「なんとなく、様子を見てる。たまたま、こっちへ来たんでな」

「たまたまじゃないでしょう？」

辻村は、携帯用の灰皿で煙草を消した。

「おまえは、なにをしているんだ？」

「裕さんが、自転車でこっちへ来るのを、坂下が何度も見てるんですよ。だから、気になって来てみたんです」

「俺は、あいつらを観察していただけだ」

「ひとりで、なにかやろうと、思わないでくださいね」

「おまえこそ、なにかやろうとしているんじゃないのか？」

「ほんとのことを、言い合いませんか。裕さんと俺の仲じゃないですか」

「行こうか」

自転車を押して、私は言った。

「信治が、殺された」

歩きながら、私は言った。

「俺が殺されたのと同じだ、と思う」

「俺もですよ。だけど、N会がやったという証拠はない」

「やつらさ」

「俺も、そう思いますが、やつらの中の誰がやったかなんて、わかりっこありません」

「だから、やつらがやったんだ。やつら全部が」

「まさか、N会を相手に、なにかやらかそうとは思ってないでしょうね」

N会を見張りながら、私は充実していた。やるべきことが、やっと見つかった、という気分だった。充実し、高揚していると言ってもいいだろう。

「やるつもりだ」

「なにを?」

「なんでもいい。やつらにひと泡吹かせたい。なにか見つけて、警察に密告してやってもいい。あの白いベンツを、パンクさせてもいい」

「子供みたいなことを、言わないでください。俺だっていろいろ考えていますが、そりゃN会を相手じゃありません」

「おまえ、なにを考えている？」

「俺は、川野の野郎が、許せないんです。元凶は、あいつです。片腕をなくしたんだって、殺されたんだって、あいつのせいじゃないですか」

「川野は、N会の事務所に出入りしている。川野になにかやろうってことは、N会になにかやろうってことだ」

「それでもいいです。川野だけは、半殺しにするか、ほんとにぶち殺すか、とにかく許せないんですよ。財産は全部奪られ、親父が施設に入る金だけ残されたって話ですけど、自業自得でしょう」

「だからって、ぶち殺せるのか、川野を？」

「N会に知られないように、やっちまえばいいんです」

「辻村なあ」

「俺は、チンピラでしたよ。やくざと喧嘩する側の、チンピラでしたけどね。ひとりでやってるんだっていう、誇りは持ってました。チンピラの誇りなんか、屁の突っ張りにもならねえと言われりゃ、そうだと言うしかないですが」

「一匹狼だ、とは思ってたよな。月並みな言い方だが」

「そうです。裕さんは、俺と同じ匂いがしたんです。そして信治も」

誇りを持っていたかどうか、私にはよくわからなかった。ただ、ひとりきりだという思いはあった。

「自分を、見てみたんですよ。いまの、自分をね。すっかり老いぼれて、硲さんのおかげで専務なんて呼ばれて、若い者に酒の作り方を教えています。家へ帰りゃ、娘みてえな歳の女に、敷かれてます。これが、男の人生ってやつなんですかね」

「若かったころの自分と、較べるな。誰だって、歳はとる」

「そうですよね。だけど、このまま老いぼれちまうのかな。硲さんは、俺はこの間まで知らなかったけど、新聞を見ると、有名な画家なんじゃないですか。ただ老いぼれていくだけじゃなく、なんか光があります」

「俺は、三十年も絵を描いてきたんだよ」

「その三十年が、生きてるわけでしょう。硲さんが、信治やヒロミのために、相当の金を出した。ほんとなら止めるところですが、いいかなと思っちまった。有名で、みんなが絵を欲しがってて、金はあるんだろうな、なんて思っちまったからです」

「なぜ売れたのか、自分じゃわからん。三十年やってると、そういうことも起きるんだろう、と思うしかなかったよ。しかし、絵で金を儲けちゃいけないんだよ、俺は」

「なぜです?」

「俺に残っている、ただひとつの純粋な部分だったからだ。描くのと売るのは違う、なんて思ったこともある。いや、ずっとそう思ってた。それも、これだというのが描けなかったからさ」

「わかりません、俺には。立派なことじゃないんですか?」

「くだらんことさ」

「酒場を成功させていったのも？」

「そっちは、仕事だった。仕事で成功すりゃ、立派と言われたっていいだろう」

「俺は」

「おまえがいたから、酒場は成功した」

「お互い、そこそこによく生きてきたってことですかね。五年前に、マンションを買いました。キャッシュですよ。三ＬＤＫで、二人で暮すにゃ、広すぎるぐらいです。それに、新品でした。いい給料を貰って、その気もないのに、金は溜《たま》ってたんです。この女に残してやろうと思って買ったんですが、暮してて、居心地が悪いと何度も感じましたよ。それ以上に、俺はよくやった、と思いましたが」

「俺たちはよ、辻村。元チンピラなんだ。いまは、誰もチンピラなんて言わん。チンピラのままでいたのは、信治だけさ」

「あいつ、俺の心の中の、おかしなもんを掻き回しましたよ。底に沈んでたもんが、浮かびあがってきました。つまり、昔を思い出させたんです」

酒場では、客同士の悶着が起きることもめずらしくなかった。威《おど》しにくるやくざもいた。そのすべてを、力で押さえこんできたのは、辻村だった。

「おまえ、本気で川野をぶち殺す気か？」

「若いころだったら、間違いなくやってました。いまは、自分の姿がよく見えないです。裕さんこそ、本気でＮ会にひと泡吹かせようと考えてるんですか。偉い画家の先生が」

「皮肉か、おい」

「まさか。俺は、恥じてます。裕さんのことを、よく知らなかったんだって。断食道場なんて嘘で、げっそりしてる時は、身を削って絵を描いてたんですよね」

「俺も、おまえを枠の中に入れちまったんじゃないかと、恥じてるよ。酒場は、おまえに任せきりだった」

「よく見ておられました。俺が言うのもなんですが、経営者はそれでいいんです」

「こんな話、もうやめよう」

「わかりました」

歩きながら喋っていたので、N会の事務所はもう遠くなっていた。

「それで、裕さん。本気でなんかやるつもりなんですか？」

「ひと泡、吹かせてやる」

「N会は、古いタイプのやくざで、いずれ潰れると思います」

「N会だけじゃない。信治の片腕をとった、Y連合にもひと泡吹かせてやる」

「Y連合は、近代的なやくざですよ。企業舎弟《しゃてい》がどこまで拡がっているか、マル暴だって把握していないでしょうし、その気になったら、荒事だって平気でやります。あんまり危険なことは、考えないでくださいよ」

「昔、相手がでかいからって、俺たちびびったか？」

「いや、それは」

「昔は、昔だよな。元チンピラの意地ってやつを、俺はやくざに見せてやりたいが、いまの自分を守ろうっていう、分別もある」

辻村を、ほんとうに危険なところに、立たせたくはなかった。私の充実や高揚は、辻村のように生きてきた男とは、無縁でなければならないのだ。

「両方に、ひと泡吹かせる。片方だけやるのとは、まるで違いますね。俺には、不可能だって気がします」

「俺の方が、おまえよりちょっと狸《たぬき》かな。考えていることが、小狡い」

「狼じゃなく、狸ね」

「そうだ。最終的なところでは、俺らは高みの見物だ。二つの組織がぶつかり合い、潰し合う。そんなふうに持っていけばいい。高みの見物をして、溜飲《りゅういん》を下げる。信治にだって、やったぜと言える。そういう方法を考えるのが、元チンピラってやつだろう。そう思うと、元、って言葉も悪くないぜ」

「元チンピラね」

「らしくやろうぜ、辻村」

「いいですね。らしくって考えると、深刻なことはなにもなくなります」

「肩で、風を切っていた。世間に対してな。いまは、自分の心に対してだけでいい」

私は、辻村を誘いこむべきではなかった。それだけは、考えなければならないことだ。もし友情があるとしたら、多分、この思いがそうだろう。

「N会の事務所を張ってみたが、収穫はあまりなかった。川野が出入りしていることを、確認したぐらいかな。中井は、事務所にいることが多くて、出かけていても夕方には帰ってくる」

ほんとうは、収穫などどうでもよかった。見張りながら、私はやり方を考えていた、ということだ。そのやり方は、頭の中ではほぼ決まっていた。

いまは、それが危険すぎないかどうかを、考えている。

「女の仕事《しのぎ》に関しちゃ、Y連合の縄張《しま》に、N会が徐々に食いこんでるってのが、現状です。どこまでY連合が許容するのかを、測ってるってとこですね。ぶつかると、すぐに退いてますよ、N会は。それでも、しつこくまたやる。うるさい蠅みたいなもんでしょう、Y連合にとっちゃ。N会も、ちゃんとした仕事が難しいんで、なんとか女で金を稼ぎ出そうってことでしょう。ほかじゃ、勝負にならないですから」

「Y連合は、どうして叩き潰さない」

「そりゃ、N会がいて、便利なこともあります。警察に点数を稼がせなきゃならない時、N会と分散できますからね。それに女の仕事《しのぎ》じゃ、抗争まがいのことが表面化すると、客がぱたりと来なくなります」

「N会が押して、Y連合が守ってるって恰好か」

「川野なんかを取りこんだのも、そうなんでしょうね。川野商店の財産を取りあげちまったら、Y連合には用がないんでしょうが」

企業舎弟に不動産を扱う会社があって、そこととの貸借が作られていって、最後は取りあげられた。そんなことだろうというのは、私にも想像はついた。

辻村は、若い連中の面倒を看《み》るのが、好きである。それは、昔からのことだった。バーテンで働いている者のうちのひとりは、前科を持っている。そういうことも、辻村は私に隠さず、私も黙って認めた。なにかあると、十人ぐらいは集まるのかもしれない。

「俺はやっぱり、川野を放っときたくないですね。川野ひとりを、ぶち殺せりゃ」

「気が済んでから、懲役に行くか。やめとけ、そんなのは。頭を遣うんだよ。俺ら二人が、傷ついちゃならねえんだ」

「川野だってやくざになったみたいなもんだし、組織が背後にいるんです」

「相手がやくざだからだ。やくざと抱き合い心中をするほど、おまえの人生って、軽いもんだったのか？」

「だけど、実際問題、組織を相手にしたんじゃ、俺ら潰れるしかありません。川野は、まだ正式の構成員になってるってわけじゃないんですよ」

「やめておけ。俺が考えていることより、危険だ。とにかく、俺らが関係したことがわからんようにやる」

「俺、拳銃《けんじゅう》を一挺《いっちょう》持ってるんですよ。なに考えたのか、横須賀で拳銃を買いこんで、持ってやがったやつがいたんです。こってり絞って、取りあげて預かってます」

「そうか」

「遠くから、川野を狙うぐらいだったら」

「当たらんよ。顔が見えるところまで、近づかなきゃな」

辻村が、うつむいた。

「しかし、拳銃ねえ」

「取りあげてみても、どうすりゃいいかわからないじゃねえですか。布に包んだまま、俺の部屋に置いてます。銃身の短い、弾倉が回るやつです」

「撃ち方の研究ぐらいしておけ。役に立つことがあるかもしれん」

「してますよ。信治の骨を持って帰ってから、それをそばに置いて」

「そうか」

私は、自転車に跨がった。

「俺は行く。やる時は、二人だ。うまくいくという気がしてきた」

「やっぱり、へたれなんですね、俺は。二人だと思うと、急に安心してきました。一匹狼が、泣きますよね」

「三十年前とは、違うんだ。守らなけりゃならない、人生もある。それを守って、しかもきちんとやってのける。これだと思うぞ」

「そうですね」

私は体重をかけ、ペダルを漕いだ。

4

小林がどこにいるのか、調べるのは難しくなかった。Y連合の女の仕事《しのぎ》の責任者である小林は、山下町のマンションの事務所にいることが多い。なにかあると、そこから出かけていくのだ。

小林の事務所は、Y連合の支部で、本部は横浜駅の近くにあるらしい。

私が必要としているのは、小林の動きだけだった。

山下町まで、自転車で大して時間もかからない。私はすぐに、習慣となっている小林の動きを、把握した。

午後十一時ぴったりに、事務所を出、Y連合系の店を車で見回り、なにもなければ自宅へ戻る。若い衆がひとりついていて、運転手も兼ねていた。ごく普通の、目立たない国産車だ。

店の巡回のあとで調べるのに、なんの問題もなかった。

その習慣を摑むと、もう山下町の事務所を張ったりはしなかった。

私は店の巡回をし、どこか一軒ではカウンターに入り、バースプーンを使ったり、シェイカーを振ったりした。そして帰り道に『花え』に寄り、いつものように飲むのだ。

自宅へ戻ってからも、寝かせてあるシチューに熱を入れ、新しい料理の下拵え《したごしら》をする。

私はある高揚の中で、日々の生活をきちんと守った。守っている自分が、いとおしくなるほどだった。

川野を誘い出すのは、辻村の役目だった。

私の計画を聞いて、辻村は最初たじろいだ。たじろいだ自分が許せなくなったらしく、途中から私が抑えていなければならないほど、積極的になった。

「Y連合としては、N会は眼障りではあるらしいんです。ただ、N会には上部組織がありますし、ただ叩き潰すってわけにはいかない。いいチャンスだと思うでしょう。抗争を仕掛けられるわけですから」

「念を入れる。勝手に動くなよ」

「裕さんこそ、先走らないでくださいよ」

辻村との連絡はすべて携帯にして、店でも普段以上の話はしなかった。ぴったりと掌に吸いつく、黒い革の手袋を買い、ひとつを辻村に渡したぐらいだ。

私は、同じ柄のジャケットを、二着買った。

車は、自分で整備した。やれることは高が知れているが、もともと不調の車ではない。車だけでなく、やるべきことを捜し続けた。キッチンの棚の中を掃除したし、階段の軋みを直し、キャビネットの中を整理し、クリーニング屋にシャツを持っていった。店で着る白いシャツは、クリーニングしたての糊《のり》の利いたものである。

私は、充実している。

見えているものが、白黒に感じられることなど、まったくなくなった。混濁もない。すべてが、鮮明である。

何日かぶりに、『ウェストピア』に出かけていった。

いつものように、閉店少し前に、山手のマンションの部屋に行った。

暖房をかけ、熱い風呂に入り、コニャックを出して飲みながら、葉巻にも火をつけた。

いつものように、たき子は帰ってきた。

「店の、権利証だ」

私は、封筒をテーブルに置いた。

「彫るの？」

「ああ」

たき子が、首のあたりまで肌を紅潮させた。

ウォークイン・クローゼットに外套《がいとう》とドレスをかけると、ガーターベルトからストッキングをはずし、私の眼の前で黒っぽいストッキングを脱いだ。

内腿に、蝶が一羽舞っていた。

「シールだな」

「刺青が入っているって考えるだけで、興奮してきて。シールでもよ。本物だったら、たまらないわ」

「俺が背中に彫るのは、おどろおどろしいぞ。そんな蝶を、丸めて食っちまうやつだ」

「食べて。あたしも一緒に、食べて」

「いつもと同じようにしてろ。今日は、のみを試すだけだ。わずかだが出血し、瘡蓋《かさぶた》ができ、それが剝がれると元に戻る。それを試すだけで、色は入れない」

「わかった」

たき子は、バスルームに駈けこんでいった。

私はコニャックを舐め、葉巻を喫い続けていた。

しばらくしてから、和紙で包んだのみを持って、寝室へ行った。ベッドボードに、箸がひと組置いてある。

私は横になり、しばらくまどろんだ。

気づくと、バスローブ姿のたき子がそばに座っていて、のみを見つめていた。

「ちょっと、立ってみろ」

のみを取りあげて、私は言った。

たき子が、私にむかって立った。肉付きはいいが、ウエストのくびれが、すべてを豊満という言葉に変えている。

「後ろむき」

たき子が、背中を見せた。細いウエストが、尻の大きさを際立たせている。後ろに突き出した恰好の尻で、大きな乳房と同じように、垂れはまったくない。

躰を眺めただけで私は欲情してきた。

たき子が、ベッドに戻ってくる。私の腿の刺青に唇を当てる。ひとしきりそれを続け、私のものを口に入れた。

すぐに私はたき子を四ツ這いにし、後ろから挿入した。

「痛いぞ」

「ねえ、しながら、彫るの？」

「線などはそういうわけにはいかないが、ぼかしはこの恰好だ。痛さに耐えられなかったら、半端な刺青になる。今日は、その試しでもある」

「して。彫って」

私は、腰を動かした。しばらくそうしてから、のみと筆をとった。筆で、背中に絵を描く。絵具はついていないので、毛筆による愛撫だった。たき子は、すでに声を出しはじめていた。

筆を、彫る時のように左手に持ち、私はのみを当て、彫った。

「痛い。でも、やめないで」

彫っていく。手は自然に動き、彫るたびにたき子は呻きをあげる。

その呻きが叫び声になり、不意にくぐもると、たき子は放尿しはじめていた。

「ブタ女。もっと彫るぞ」

もっと、と喘ぎの中でたき子が言う。全身が紅潮し、また放尿しはじめる。構わずに、私は彫り続けた。

私が、昂ぶってきた。私はのみを置き、しばらく激しい動きをすると、射精した。

精液と尿にまみれた局部を丸出しにして、たき子はうつぶせになった。全身が紅潮している。

くぐもった声をあげ続けていたが、不意に叫び声をあげて、躰をのけ反《ぞ》らせた。

それを三度ほどくり返して、やっと落ち着いたようだ。

私は、葉巻に火をつけ、コニャックを舐めた。

起きあがったたき子が、シーツに触れ、うつむいた。

「痛かったか?」

「痛い。だけど、すごい。気が変になった。もっともっと、やって」

「のみの痕が、どうなるか見てからだ。下絵も描かなきゃならないし、絵具も揃えなきゃならん」

「すごいよ。待つから。待つのも、興奮するから」

「俺は、帰るぞ。とてもじゃないが、そのベッドでは眠れないだろう」

私は、シャワーを使い、服を着こんだ。

私は外に出て通りに立ち、しばらくタクシーを待った。三時半を回っている。

ようやく拾ったタクシーで、自宅へむかった。街はクリスマス用のイルミネーションで、消えていないものも多い。『西埠頭』か。私は呟いた。そういう埠頭は、横浜にはない。

自宅へ戻ると、私は冷えた鍋に熱だけ入れた。その間、革の手袋をして、手に馴染ませていた。

それから、二階へ上り、自分のベッドで眠った。

翌日は、雨だった。ただ、途中で雪に変った。クリスマス前の雪など、横浜にはめずらしい。

降ってはいるが、積もるほどではない。

水曜日だった。『いちぐう』が、休みの日だ。夜の十一時に、私は寿町《ことぶきちょう》で辻村と落ち合い、松影町の通りを歩いた。Y連合の若い衆が、ひとりで酒場から出てくるのが見えた。

私と辻村は路地に身を隠し、男が近づいてくるのを待った。

そばへ来た。背後から首を絞めて路地に引き摺りこみ、辻村が脇に二度、鉄パイプを叩きつけた。ほんのひと呼吸の間で、頽れた男は、なにが起きたかもわからないだろう。

額を二度、鉄パイプで殴った。血が噴き出してくる。片手の肘《ひじ》を折り、躰に鉄パイプを叩きつけ、肋骨《ろっこつ》を二、三本折った。

折れていない方の手の指を、足で押さえて叩き潰し、鉄パイプを放り出して、私と辻村は通りに出た。

人影はあるが、その間、路地の前を通った人間は、ひとりもいなかった。

石川町へ行き、『サムディ』に入り、カウンターに腰を降ろした。

社長と専務が揃ってやってきたので、店長の佐々木《ささき》は、緊張した表情をした。

私が水割りを頼むと、完全に試験だと思ったようだ。自分でカウンターに入り、手際よく水割りを作って出した。辻村は、ショートカクテルを頼んだ。

水割りは、きちんとした出来だった。カクテルも、悪くないらしい。

「いいだろう」

佐々木が、ほっとした表情を浮かべた。

Y連合の若い衆は、N会にやられたのかもしれない。あのあたりには、N会の経営が入っている、売春宿がいくつかあるのだ。

N会かどうかの、証拠はない。個人的な恨みで襲われたのかもしれず、ただの喧嘩なのかもしれない。事情がわからない分、組織には緊張が走るだろう。

両方とも、いつもの状態ではなくなってくるはずだ。

しばらく『サムディ』で飲んでから、きちんと支払いをし、外へ出た。

辻村は、若い女が待つマンションに帰り、私は『花え』へ行って、一時過ぎまで飲んだ。私が来ているのがわかったのか、帰り際に『風の道』から、加奈が出てきた。

なにか言いたそうだったが、私は無視し、長屋酒場の前に置きっ放しだった、自転車のロックを解除し、跨がって自宅へむかった。

翌日は、午後八時に、野毛山《のげやま》公園のそばの有料駐車場へ行った。

川野が運転する中古のシーマが、八時五分過ぎに駐車場に入ってきた。管理人のいる駐車場だが、五時には帰り、無人になる。

私と辻村は、東京で買ってきた、ゴムのマスクを被っていた。それは顔にぴったりで、ある歌手を想像させるものだったが、色をくすませると、目立たなくなった。

「きのうは、決まりましたよね。元チンピラも、捨てたもんじゃない。Y連合もN会も、ずっとピリピリしてるみたいです」

「いいな。俺たち、名もなきゲリラ兵ってやつだ。いや、テロリストか」

二分ほど、待った。川野は駐車スペースに車を入れず、じっとしていたが、さらに二分ほど経って、外に出てきた。

辻村が、車のライトを点け、ハイビームにした。辻村が借りてきたレンタカーで、ここに置きっ放しにするつもりだった。終ってから、出せばいいのだ。

駐車場は、駐車券を取るとゲートが開き、出口で券を機械に入れ金を払うと、出られるようになっている。

私と辻村は車を降り、ライトを背にして立った。駐車中の車はまばらで、川野はこちらを見ていた。

「川野さんだね？」

「そうだ」

「そっちへ、行っていいか？」

「来なよ」

辻村がライトを消し、私たちは川野の車の方へ歩いていった。

「なんだ、てめえら」

川野が、ゴムのマスクに気づくのと、私が百万の束を差し出すのが、同時だった。もう片方の手には、四百万持っている。

「なんだよ、そのお面はよ」

「済まない。来てみたら、横浜に不穏な空気が流れていて、顔を晒《さら》したくないんだ」

「南京街のホテルってのが、約束だったろうが」

「それも、こわい。どうも抗争の雰囲気があって、そんなことに巻きこまれたくないんだ。それで、ここにして貰った」

「手付けが、百万だよな」

「ここにあるよ。それより、抗争は大丈夫なのか？」

「どうってこと、ねえだろう。Y連合の若いのが、ひとり半殺しにされた。N会じゃ、なにもやってねえ。親分は、Y連合から仕掛けてきたんじゃねえかと、神経質になってるが」

「なら、話はできるね」

「金を持ってきたんなら、話は聞いてやる」

「あんたの車の中でいいかな。剝き出しの現金《ナマ》を持ってるんだ」

川野の眼は、私の左手の四百万をちらちらと見ていた。

「いいぜ、乗りな」

私は助手席に、辻村は後部座席に乗った。

「女を集める仕事、して貰えるのか？」

「十人って言ったな、おい。それで、風俗店をやるって？」

「日本人じゃなくても、いいんだ」

川野は、私の手にある金が、気になって仕方がないようだ。私たちの被ったマスクは、暗いせいかよく見えていないのかもしれない。

「N会は、俺たちが商売をはじめると」

「気にするな」

遮るように、川野が言う。

「俺が、親分に話を通してやる。決まった額さえ出しゃ、それ以上の金はいらねえ。親分は、今夜は事務所だ。俺も、やらなきゃならねえことがある」

「わかった。手付けは、払う」

私は、川野にひと束渡した。それを確かめ、帯封をつけたまま、川野は内ポケットに入れた。私の手の、四百万を見ているようだ。

「そっちの方は？」

「女の数を確認してからだ。そうなった時は、俺たちも名乗る」

「そうだよな。商品だもんな」

言った川野の言葉が、途中で切れた。川野の躰がシートから浮きあがり、頭がのけ反っている。辻村が、後部座席から川野の首に細紐をかけ、引っ張っているのだ。私は川野の腹に、三度、力任せに肘を打ちこんだ。川野の躰が、ぐったりした。

運転席から引き出した川野の、両手と両脚をガムテープで固定した。途中で気づいて暴れようとしたので、口にもガムテープを貼り、首筋にスパナを打ちこんで、気絶させた。

素速く、シーマのトランクに押しこんだ。

「行こう」

私は、運転席に座り、辻村が助手席に滑りこんでくると、車を出した。駐車券は、ダッシュボードの上にあった。

それと百円玉を四枚、辻村が渡してくる。窓を開け、カードを入れ、百円玉を落としこんだ。バーがあがった。

行ったのは、南太田の信治のアパートだ。脚のガムテープだけ切り、両脚から抱えるようにして、川野を信治の部屋に運んだ。

床に、転がした。川野の両側に、私と辻村が立ち、交互に蹴りつけた。それほど強くはないので、もの音がする、というほどではなかったはずだ。それに、隣の部屋は空室のままで、明りはついていなかった。

ここがどこかも、川野にはわかっていない。両側から間断なく蹴りつけられるので、川野は躰をのたうたせ、やがて動かなくなった。

冷蔵庫を開けた。

清涼飲料のペットボトルが、数本。缶ビール四本。ほかに卵などが入っている。

私はペットボトルを二本出し、一本を辻村に渡した。二人とも、息が弾んでいる。

川野が倒れているのは、この間、信治の棺桶が置かれていたところだ。ペットボトルを半分ほど飲んだところで、中身を川野の顔に垂らした。

気づき、上体を起こそうとした川野を、私と辻村はまた両側から蹴りはじめた。ガムテープで口を塞がれているが、川野の表情は、恐怖と苦痛で歪んでいた。

五分も蹴らないうちに、川野はまた気絶した。顔に、水を垂らした。同じことを五回くり返すと、川野は蹴っても反応を示さなくなった。

手首のガムテープを剝がし、準備していた同じ柄のジャケットの一着を、川野に着せた。もう一着に手をのばした辻村を、私は止めた。

「俺が、やる。ここは俺だ」

辻村は、しばらく私を見つめていた。それから、かすかに頷いた。

私がそのジャケットを着ている間に、辻村が川野の持物をポケットに入れ直した。百万の束も、突っこんでいる。

四百万をどうしていいか私は迷い、結局、冷蔵庫に入れた。ここはまだ、信治の部屋だ。時計を見た。

私と辻村は、黙って煙草を二本喫った。

それから、ぐったりしている川野を車に運び、後部座席の左側に乗せ、私は右に乗った。運転席の辻村が、拳銃と弾丸を渡してきた。辻村が、車を出す。

私は拳銃の弾倉に弾がないことを確認し、撃鉄を持ちあげ、引金を引いた。それから、弾倉に六発の弾丸を詰めた。

車は、山下町にむかっている。

ひと言も喋らず、辻村はステアリングを握っていた。

5

十五分ほど、路肩で待った。

オフィス街だからか、人通りはあまりない。こんな場所に支部を構えているので、そこがＹ連合だと知っている者は、少ないだろう。

クリスマスが近づいて、繁華街はまだ人出が多いはずだ。

きのうは雪が降っていた、とふと思った。地に落ちれば、消えてしまうような雪だった。

「あれだ」

私は言った。

小林についている若い衆が、駈けてくるのが見えた。そばを駈け抜けて、駐車場の方へ行く。

「よし、出せ」

私が言うと、辻村は車を出した。

小林が、舗道に出て立っているのが見えた。

停った。

私は、川野の髪を摑んでウインドに押しつけ、グラスを下げた。川野が、車から顔を出したように見えるだろう。

小林が、川野に気づいた。私は川野の肩ごしに、拳銃を握った腕を突き出し、腿のあたりにむけて引金を引いた。

小林が、吹っ飛ぶのが見えた。その時、車はもう発進していた。ウインドグラスをあげた。私は、汗をかいていた。拳銃は、握ったままだ。

「追ってこない。車は、追ってきていません」

「当たったんだ。腿のあたりで、なにか飛び散るのが見えた」

野毛山公園の、駐車場にむかった。

まだ、パトカーのサイレンの音さえ聞えてこない。スタジアムのそばを走り抜け、大通りをそれて、都橋を渡り、野毛山公園にむかった。

「車を出してこい」

駐車場の出入口の前で、私は言った。辻村が、飛び出していく。私は運転席に乗り移り、車を発進させた。

辻村は、運転がうまくない。最近では、女に運転させて、自分では動かさなくなっている。それにしては、よくやったものだった。

野毛山を降り、桜木町《さくらぎちょう》にむかい、N会の事務所の少し手前で、車を歩道に乗りあげて停めた。

後部座席から、川野を引き出し、運転席側に回した。ぐったりして動かないが、鼓動はあった。ポケットに、拳銃を突っこんだ。

そばに、車が停った。辻村だった。私は、助手席に飛びこんだ。N会の事務所があるビルの前を走り抜けた。白いベンツは、まだあった。

「成功だ、辻村」

私は、被っていたゴムのマスクを剝ぐようにして取った。辻村も、信号待ちの時にそうした。

「車を返せば、終りだ」

辻村が、不意に笑い声をあげた。ステアリングを叩きながら、笑い続けている。

「俺は、自分が男だって思えましたよ。弟分に、やれることをやってやれたって」

「もういい。ここが限界だ。これ以上は、危険過ぎる」

「これまでも、充分、危険でしたけどね」

「あとは、高みの見物だ。やくざ同士が、派手にやり合うだろう」

「俺は、店に行きますよ。なんにもなかったって顔をしてね。そして、水割りを作るんです。それが、俺の仕事だから」

「俺を、その辺で降ろしてくれ。俺は、どこかで飲みながら、高みの見物だ」

「ひとりになったら、もうしばらく、俺は笑ってます」

辻村が、車を停めた。

「なにかあったら、電話しますよ」

「ああ」

私は、辻村の方を見た。

「お互い、もういい歳なんだ」

「ですよね」

「よくやったさ」

私は、辻村の腕を二、三度叩き、車を降りた。車は、すぐに走り去った。

いくらでも、タクシーがいる場所だった。

ドアを開けた一台に乗りこみ、私は来た道を引き返した。

川野のシーマは、白いベンツのそばに移されていた。人影はない。

通り過ぎて、少し行ったところで、私はタクシーを降りた。

コイン・パーキングがある。私はそこに、私のマスタングを入れていた。

マスタングに乗り、私はジャケットを脱ぎ捨て、革ジャンパーに替えた。手袋をはずし、指をしばらく揉んだ。

コインをいくつか落としこみ、私はマスタングを出した。ほんのちょっとだけ、N会の事務所に近づいた。

ジャケットなどは、助手席のバッグに押しこんである。車を停めたのは路肩ではなく、ビルとビルの間にある、砂利《じゃり》を敷いた空地で、あらかじめ見つけてあった場所だ。ただ駐車に適したというところがあり、ほかの車が駐められていたら、路肩で動きを待つしかないと思っていた。

空いていた。テイルからわずかな隙間に突っこみ、エンジンも切った。運転席に座っていて、白いベンツが視界の隅に捉《とら》えられる場所だった。

人の出入りはなかった。

二時間ほどして、辻村から電話が入った。

「なにをしてます?」

辻村の声は、静かな響きを帯びているだけだった。

「飲んでるんですか?」

「いや、海を眺めているところだ」

「海ですか」

「浮標《ブイ》に繋留された、船の明りがきれいだ」

「いや、すごいことになってますよ。Y連合は、本部に戦闘部隊を待機させていたみたいですね。N会系の店が、軒並み踏みこまれて、構成員は捕捉されちまってます。どうなるかわからないけど、N会は潰滅《かいめつ》でしょうね。ドンパチやるんじゃなく、静かに進行してて、マル暴も、動きに気づいているのかいないのか、わかりません」

「そうか」

「小林は、腿に貫通銃創を受けて、重傷だそうです」

「調べてるのか、辻村?」

「いや、入ってくる情報だけです。ヒロミのいるところは、秘密の売春宿だったんですが、そこもやられました。ヒロミは、南太田のアパートに、帰れるんじゃないですかね」

「もう、ヒロミのことはいい」

「そうですね。帰ったって、信治はもういないわけですし」

たくましく、生きていくさ。そう言おうとした言葉を、私は呑みこんだ。ヒロミについて私たちは、多分、なにも言う資格はないのだ。

私も、辻村と同じくらい怒っていた。ヒロミを、馬鹿なお人好しだと思っていた。信治だけが、そう思っていなかったのだ。

どこか、私たちより度量の大きいところが、信治にはあったのかもしれない。いまごろになって、辻村もそれを感じたということなのか。

「辻村、笑ったか?」

「笑いましたよ、馬鹿みたいに」

「笑うだけ笑ったら、むなしくなったか?」

「よくわかりますね。ま、三十年のつき合いですからね」

「もう、帰れよ」

「そうしようと思ってます。まだ、店には客が多いんですが」

私は、煙草をくわえて、火をつけた。

「そこ、風は吹いてますか?」

「いや、静かなものだ」

私は、港の夜景を思い浮かべた。

「雪が降っているような気がするが」

「わからないんですか?」

「落ちてくると、消えちまう。そんな雪だよ」

実際、フロントウインドには、小さな水滴がついているようだった。ワイパーを動かしてみた。確かに、細かい雨か、霰《あられ》か、雪と呼んでいいものが、降っているのかもしれない。

「いま、十一人のグループの、会計が入りました。それが終ったら、帰ります。あとは坂下に任せて、大丈夫でしょう」

「帰った方がいいな」

「裕さん」

辻村の声の背後から、店の喧噪《けんそう》が伝わってきた。店の外で喋っていたのが、中に入ったという感じだ。

「ひとりで、いないでくださいね」

「女のところにでも、行ってみる」

「それが、いいですよ」

私の視界には、まだ港の夜景があった。

西埠頭。横浜の、どこにもない桟橋。船が、一艘《そう》だけ繋がれている。赤い錆《さび》の出た、古い貨物船だ。

「おやすみなさい、裕さん」

「ああ」

私は、灰皿で煙草を消した。

「おやすみ」

しばらく沈黙が流れたあと、電話は切れた。

私は、なにも考えてはいなかった。白いベンツが見える。それと重なるようにして、西埠頭の情景があった。

午前四時を回った。

N会の事務所には、明りが点いたままだ。

私は車から出て立小便をし、それから二十メートルほど歩いて、自動販売機でスポーツドリンクを買った。缶が三本で、一本のプルトップを引き、飲みながら車に戻った。

ビルから人が飛び出してきたのは、五時少し前だった。

白いベンツが、車のいない道に出て、バックをしながら玄関につけた。

私は、車のエンジンをかけた。

ビルから、ひとり飛び出してくる。特徴的な短軀《たんく》で、それが中井だとわかった。

空地から、車を少し出した。中井が乗りこんだ白いベンツが、急発進した。私も、ローで道に飛び出し、セカンドで踏みこんだ。

私が想定していた、最も幸運な状況は、中井がひとりで出てきて、自分でベンツを運転することだった。

このままだと、相手は二人ということになる。

白いベンツは、横浜駅方面にむかっていた。真っ直ぐに行くと、Y連合の本部ではないか、と私は一瞬思った。それからすぐに、上部団体がある、東京に逃げようとしているのだ、ということがわかった。

道にこれほど車が少ないので、密《ひそ》かについていくというのは、無理なことだった。すぐに、追跡に気づかれるだろう。

ならば、近くにいることだ。私は、四速から三速に落とし、踏みこんだ。すぐに、後方についた。このあたりに多い警察車輛を警戒しているのか、スピードをあげてふり切ってこようとはしない。

私も、二、三十メートルの車間はあけていた。一号線も、首都高速も使う気はないようだ。幹線道路を通れば、行く方向を警察に把握されるシステムがある、という話を聞いたことがある。

脇道を縫うようにして、しかしベンツは東京にむかっていた。すでに、横浜駅は通りすぎている。

前方にある神奈川署を避けて、さらに路地へ入った。横浜の街区についてだけは、私の頭には、カーナビとも呼んでいいものがある。自転車で走り回っていたので、路地まで知っているのだ。これを直進し、右へ曲がれば、瑞穂埠頭へ行く道になる。

右へ曲がらせることは、できないか。後ろからの脅威《きょうい》を与えれば、曲がるかもしれない。思った時は、四速から三速に落として、踏みこんでいた。ベンツがスピードをあげる前に、後部に突っこんだ。二速に落とす。ベンツは、ブレーキをかけたようだが、それが利く前に、押していた。左のテイルに圧力がかかるように、押しこんでいる。車が横になりかかるのだけを、ベンツはなんとか立ち直らせようとしている。さらに、踏みこんだ。

曲がった。苦しまぎれに、ベンツは右へ曲がった。

これを直進すると、瑞穂埠頭である。そこは、米軍の管轄下《かんかつか》で、進入はできない。左右に入るのは、きわめて難しい。

私は踏みこみ、ベンツと並んだ。幅寄せをし、左に押した。マスタングの馬力はベンツに負けていなくて、左へ押しこんでいく。道が、狭くなった。ベンツがブレーキをかけた時は、もう遅かった。路肩に突っこんで傾き、傾いたまま電柱にぶつかって停った。

私は直進し、停め、バックで退がった。シートベルトをするのさえ忘れていたのか、運転していた男は衝撃でフロントグラスから飛び出し、車の数メートル前に倒れていた。

ベンツの後部座席が開き、中井が出てきた。私も、車から出た。

「てめえは」

「汚なすぎたな、中井。おまえの腐ったはらわたを、ここで摑み出してやるよ」

「ひとりか？」

マスタングの方へ、中井は窺《うかが》うような視線をむけた。

「おまえを相手にするぐらい、ひとりで充分だね」

革の手袋をしているだけで、私は武器になるものは持っていなかった。中井が、二度、三度と四股《しこ》を踏んだ。私はもう、なにも喋らなかった。

中井に近づく。中井も、近づいてくる。不意に、中井の姿勢が低くなった。意外なほどの速さだった。突進してきた中井の頭を、私はとっさに避けた。それでも肩のあたりに当たっていて、私の躰は飛び、地面に落ちた。

跳ね起きる。中井の頭。横というより、斜め前に踏み出すことで、それをかわした。ふりむく。ぶつかる寸前に、私は横へステップすると同時に、膝を中井の腹に蹴りこんだ。上体を折った中井が、腰から匕首《あいくち》を抜いた。刃が、外灯の冷たい光を浴びて、別のもののように光を放っている。

近づいた。白い光をかわし、中井の膝のあたりを蹴った。大して効いたようではなかったが、ふり返りながら放った回し蹴りは、中井の頭に横から当たった。吹っ飛んだ中井が、膝を立て、雄叫《おたけ》びをあげた。私は、すでに息を切らせていた。いくら吸っても、空気が躰に入ってこない。中井が、匕首を構えて突っこんできた。かわし、掌底を顎に入れた。中井はのけ反ったが、私の革ジャンパーの端を片手で摑んでいた。腹に、なにか入ってきた。異物だが、生き物が入ってきたような気がした。腰を捻りながら、私は肘を中井の首に打ちこんだ。

中井が、膝を折る。飛びかかった時、中井が突き出した匕首が、私の左の鎖骨《さこつ》の下に入ってきていた。

首に手をかけ、私は中井を押した。呼吸が苦しいのかどうか、よくわからない。気づいた時、中井に馬乗りになっていた。髪を摑み、頭を路面に叩きつけた。

倒れていた。

起きあがろうとし、誰かに止められた。

なにも、考えなかった。これで終るだろう、という思いがあっただけだ。

気づいた。

終ってはいなかった。自分の鼓動を、自分で感じ、聴いていた。

「気がつかれましたか？」

声がした。私の顔の横には、点滴の袋がぶらさがっていた。

呼吸は、苦しくない。

「一時間以上、眠っておられましたよ」

三田村の声だった。隣の椅子に腰を降ろしている。もうひとり、私のそばに立っていた。

「死んでないのか、俺は」

「駈けつけた時、先生は中井の頭を、何度も路面に叩きつけてました。そのまま続けていたら死んだでしょうが、後ろの首筋に、一発入れさせていただきましたよ。中井の方は、とうに死んでましたね。割れた頭から、脳が流れ出していました」

私は、眼を閉じた。躰に、わずかだが力が蘇《よみがえ》っているような気がする。

「医者がいましてね。喧嘩《でいり》の時は、いつも待機させています。怪我人が多いですから。腕はいいんですよ。先生を、ここまで生きさせていたんですから」

「どこなんだ、ここは。病院か？」

「船の上です。私のクルーザーが、瑞穂橋の脇のところに繫留してあって、それを出し、外洋にむかっています。レインボーブリッジをくぐり、観音崎《かんのんざき》をかわし、もう剣崎《つるぎざき》が近づいていますよ。そこを越えると、外洋です」

「確かに、躰が揺れているような気がする」

「あまり、喋らないでください」

もうひとりの男が、耳もとで言った。おまえが、俺を生き返らせたのか。言おうと思ったが、気力は起きなかった。

「なぜ、俺を、助けた？」

「助けていません。もうそろそろ駄目だろうとこの医者が言うので、ありったけのカンフルを射ったところです。それで先生は、一時的に、眼を醒したんです」

「なんのために」

「これから死ぬのだと、先生に教えたいと思いましてね。気づかないうちに死ぬより、俺は知って死ぬべきだ、という考えです」

「三田村、喋りすぎだ」

「もっと、喋りたかったですよ」

「こんなもんさ」

躰が、揺れている。

「いま、剣崎をかわそうとしています。このあたり、波がぶつかるので、荒れているのですよ」

生きて、思うさま、絵を描いた。おかしな人生だった、という気もする。

「もうひとつ、教えておきます。先生は、やくざとやり合って死んだりしてはいけません。ただ、消えていくんです。誰にも、知られないように」

「消えていく、か」

「生きているか、死んでいるかも、誰も知りません。ある日、消えて、残っているのは絵だけということになります。これからしばらく走ると、水深の深い海域に到ります。そこに、先生を沈めます。絶対に、浮かびあがってくることは、ありません」

消えていく。自分に、ぴったりではないか、と私は思った。

やはり、思うことはなにもなかった。

消えていく、ということが頭にあるだけだ。

「深いのか？」

「一千数百メートルでしょう」

「なら、暗いな」

「とても」

「明るいところで、眠りたくない」

「ほとんど、光はないでしょう。静かで、ただ重い」

「三田村」

「なんでしょうか？」

「気に入った。その消え方」

「お気に召していただける、と思っていましたよ」

咳が出た。血が、口から噴き出したようだ。

「船、汚したな」

「俺の船に、先生が絵を描かれた、と思います。波に洗われれば、消える絵ですが。意味のない男の意地を、血で描いた絵。そして、波に洗われて、消えていく」

昼なのか、夜なのかも、見えはしなかった。これからは、昼も夜もないのだろう。

「気に入ったよ」

もう一度言ったが、声になったかどうか、わからなかった。

本書は書き下ろし作品です。

この作品はフィクションであり、実在の人物、団体とは無関係であることをおことわりします。

北方謙三（きたかた・けんぞう）
一九四七年佐賀県唐津市生まれ。中央大学法学部卒。七〇年「明るい街へ」でデビュー。八一年『弔鐘はるかなり』でハードボイルド小説に新境地を開く。八二年『眠りなき夜』で日本冒険小説協会大賞、吉川英治文学新人賞、八五年『渇きの街』で日本推理作家協会賞を受賞。八九年『武王の門』で歴史小説に挑み、九一年『破軍の星』で柴田錬三郎賞、さらに近年は中国小説での活躍も目覚ましく、二〇〇四年『楊家将』で吉川英治文学賞に、〇六年には『水滸伝』全一九巻で司馬遼太郎賞を受賞する。〇九年には日本ミステリー文学大賞に輝いた。

N.D.C. 913　372p　20cm

抱影《ほうえい》

二〇一〇年九月三〇日　第一刷発行

著　者　北方謙三《きたかたけんぞう》
発行者　鈴木　哲
発行所　株式会社講談社
東京都文京区音羽二－一二－二一／郵便番号一一二－八〇〇一
電話　出版部（〇三）五三九五－三五〇五
販売部（〇三）五三九五－三六二二
業務部（〇三）五三九五－三六一五
印刷所　大日本印刷株式会社
製本所　黒柳製本株式会社
定価はカバーに表示してあります。

ISBN978-4-06-216535-8

北方謙三の本

旅のいろ

聖女か魔女か。卓越した経営センスで破綻会社を再建し、名もなき映画監督や料理人に一夜の成功と快楽をもたらす女、聖子。だが彼女に関係した男たちには必ず、破滅か死が訪れる。弁護士風間もまた、彼女の樹海に足を踏み入れるが!? 性の深淵を描ききる男と女のミステリー。

煤煙

正義派でもない。金のためでもない。ヤミ金融の連中を脅し、言いがかり同然の裁判を起こす。有罪確実な人間を無罪にすることに暗い歓びを感じ、船の上で生きる自由を選ぶ。法を逆手に、この世の秩序に楯突《たてつ》く中年弁護士、青井正志。毀《こわ》し、毀れていく、その行き着く先は？

講談社文庫

新装版　活路（上下）

小普請組の晴気竜行は幽閉された友を救い出すため、延寿国村を手に死地に斬り込んだ。だが友は謀殺され、竜行は刺客として生き抜くしか途《みち》はない。高鳥源太と左文字一角は、その竜行との結着を願うのだが。剣にすべてを託した男たちの慟哭譜。比類なき迫力で修羅を描く！

試みの地平線〈伝説復活編〉

「ソープに行け！」――性、友情、仕事。若者の悩みを受けとめ、一刀両断に断っていく、あの伝説の人生相談、HDP《ホットドッグプレス》誌の人気連載「試みの地平線」がよみがえる。一六年にわたる連載から、名問答を厳選。大人になった〝小僧ども〟のための中年編も加えた文庫オリジナル。